天下盐商

吴长青 著

吉林文史出版社
JILINWENSHICHUBANSHE

图书在版编目（CIP）数据

天下盐商 / 吴长青著 . -- 长春 : 吉林文史出版社 , 2020.6
ISBN 978-7-5472-6937-4

Ⅰ . ①天… Ⅱ . ①吴… Ⅲ . ①长篇小说－中国－当代
Ⅳ . ① I247.5

中国版本图书馆 CIP 数据核字 (2020) 第 094478 号

天下盐商
TIAN XIA YAN SHANG

作　　者: 吴长青
策 划 人: 常晓鹏
联合策划: 册府文学　爱读文学
责任编辑: 吴枫
封面设计: 土土
出版发行: 吉林文史出版社（长春市福祉大路 5788 号）
印　　刷: 北京瑞达方舟印务有限公司
开　　本: 880mm×1230mm1/32
印　　张: 9
字　　数: 203 千字
版　　次: 2020 年 10 月第 1 版
印　　次: 2020 年 10 月第 1 次印刷
书　　号: ISBN 978-7-5472-6937-4
定　　价: 58.00 元

天下盐商

吴长青 著

天下画音

引 言

在过去的一支船队中有这样三个人，我的作品将会从他们的日常生活写起，写那个时代的气象以及那个时代人们之间的默契与隔膜。我相信每一个伟大的时代都离不开那些默默无闻的人，甚至早被历史遗忘的普通人。

熟悉历史的人也许有纠结，不熟悉的更是无畏，因为每个人都在创造着自己的历史，哪怕这个历史与宏大的东西根本没有一点儿关系，但是对于个人而言，也许无意义才是本真。我的记忆里有着关于大洋的无尽遐想，但更多的是胆怯和恐惧。

在我的心里有一个大洋，那个大洋宽阔无边，大到我在十岁的时候就对大洋产生了无穷的畏惧，以至于一系列无尽的变故由此而来，那些不祥与无休止的底层人之间的憎恨也由此而来。三十多年过去了，大洋的记忆和历史的旧迹依旧像陈年的照片一样，虽然泛黄到落色，但是那底版丝毫没有褪色。

再后来，两个老水手与他们的船只一起倾覆于他们操戈多年的长江上，以至于我每年回乡都能看到一个衣冠冢。我对大洋的仰望与想象与生俱来，一直流淌在我的血脉里。三十年前到二十年前，大洋在我心里仿佛就是一只来自地球外的巨兽，所向披靡，无所不能。我庆幸自己没有在大洋上漂泊，尽管我的祖父、外祖父、外祖父的父亲、我的太爷以及我的父亲都曾在长江上闯荡多年，甚至我的堂兄和我的不少同学，都有在大洋上谋生的经历。每当我们听到一桩桩海难的时候，都会庆幸自己没有在那些人群中。

我真心没有一点儿征服大洋的幻想，有的几乎都是逃避和无尽的恐惧。我对大洋、远行大洋的人们，除了仰望还是仰望。

所以，我打算写一部关于大洋的小说，一部关于航行在大洋上的人们的快乐与烦恼，他们的缱绻与情感的小说。我特别感念我的朋友，在美丽的江滨城市触动了我的情感，给了我写这部作品的信心。

我小说中的人物来自那片土地，是那片土地养育了他们，在大时代来临的时刻，他们作为普通人，熔铸在那个时代里。英雄的背后总有若干普通人，他们与英雄一样光耀于世。历史的辩证就在于，不仅让后来人看到英雄，而且成就了一批与时代一道渐行渐远的普通人，因此，那是一个英雄的集体。

一生二，二生三，三生万物；仓廪实而知礼节，预贮米粟谓之储偫；一粟不是少数，而是无数的简约，民生万物自古不是小事，大达江山社稷，小抵万民居家度日；因其大而达天宇，纵其小而关涉每一个人的当下。故为："充实而有光辉之谓大，大而化之之谓圣。"这个"圣"可齐天可达地。唯有认定"一"，珍视一箪食才是临天达地的"圣人"之道。

谨以此，献给远行大洋的英雄，我的亲人，我遥想中的人们。

目　录

第一章　风起阊门

蔡东藩云："士诚起兵，在元至正十三年，至二十四年，自称吴王，二十七年，缢死金陵，由吴王元璋，给棺殡葬。降将多赦罪不问，唯叛将熊天瑞被执，枭首示众。吴会皆平，改平江为苏州府。"我们的故事也就从这里说起。

阊门在苏州城的西侧。公元前506年，这里曾是孙武、伍子胥等率吴军伐楚的出发地和凯旋地。大明上下朝臣对阊门的历史还是了解的，可别小看了这个阊门，那可是水陆城门，京杭大运河缓缓流经这里。城外的上塘街和山塘街虽然经受多年战争的浩劫，可眼下毕竟是江南富庶地，人们修复战争创伤的力量还是非常巨大的。战争平息后，鱼米之乡的繁盛即刻显露出来，借助运河的便捷，商贾南来北往，丝绸、牲畜贸易频繁。明人唐寅诗作《阊门即事》写道："世间乐土是吴中，中有阊门更擅雄。翠袖三千楼上下，黄金百万水西东。五更市卖何曾绝，四远方言总不同。若使画师描作画，画师应道画难工。"

大明皇帝朱元璋知道平江地区老百姓对张士诚怀有情感，常遇春和徐达攻城十月之久才打下平江城，没有百姓的支持张士诚是不可能坚守如此之久的。心怀嫉恨的朱元璋总觉得这是个大大的隐患。

于是一场史无前例的强制迁徙人口的行动开始了。

全城青壮劳力举家都被赶到阊门，运河里云帆重叠，妇孺的哭喊声响彻全城，不从者就地正法。阊门的吊桥始终配合着这场运动，出去了的别想回来，想回来的无疑是送死。秘密的清城行动就这样在新朝建立的时候同步开始了。官兵的桹櫓仿佛也使着性子，变了节奏。他们曾是张士诚的旧部，平日里他们跟随张士诚懒散惯了，自从归降吴王之后，一下子操起多日不用的桹櫓，似乎也不怎么习惯了，很多人摇起櫓来，犹如喝过斗酒之后打起了踉跄。不过，他们高兴啊，因为可以借助这样的行动再回起兵的长江北岸去了。

俗语说，兔子逼急了咬人，狗急了则跳墙。再顺的民众逢上这样的遭遇，也会忍无可忍。可是他们没有武器，也没有头领，所以，明智的选择便是保全性命。性子急躁的，或是看不开的，跳下护城河淹死的也不在少数。人在背井离乡中谈尊严就是强人所难，他们宁愿变换一种新的方式继续存活下来。

一个士兵，一个自认为命大的士兵突然大喊："城门失火啦！"果不其然，突然城门上"轰"的一声震耳欲聋的响声，让本就混乱的场面更加混乱了。城门浓烟滚滚，人们哭喊着。忙着驱赶和羁押百姓的官兵们陆续把视线转向了城门。

起锚，起锚，一艘艘载着男女老少的帆船在运河里向北，一路向北。

那个士兵带着一个人转身钻进人群，消失在阊门楼上燃起的滚滚烟火里。

阊门城楼的爆炸引发了朝野上下的震动，调查结果显然也是不尽如人意。不过，革职从军、问斩似乎掩盖不掉人们对这次行动的野蛮和粗暴的评价。因为这是皇帝的个人行为，所以历史自然对此保持沉默，民间再多的议论似乎只可当成流言蜚语。

我要赘述的就是那个士兵和那场烟火。那个士兵的喊叫与事件的发生是否有着某种关系？这说明了，这个士兵是个大大的疑犯。没错，我为此展开了调查。

鉴于年代久远，特别是历史上也没有留下此类史料，这给我的调查带来了前所未有的困难。我无法穿越，更无法与死去的那些士兵对话，所以，还原历史几乎是不可能的。我只能在历史的陈述中寻找蛛丝马迹。

我相信这个士兵的命够大。他八岁随张士诚兄弟贩卖私盐，每次都是他通风报信。要说死，不知道已死了多少回。可每次他不但没有死，还能从盐官那里搞来一些小玩意儿，那些小玩意儿无非是贩子们贿赂盐官的器物。盐官们大概也是思乡心切，看到孩子便生出了思乡之情。

后来，张士诚兄弟等十八人在江北起兵，他也有幸被张士诚带在身边。话说战争之中，生灵涂炭，人的命数更是风吹雨打漂萍般地不可捉摸。因为他是张士诚的人，自然有机会见识不少张士诚的幕僚。因此，大字不识一个的他，居然有机会看到了他老乡施先生写的绘本绣像的《水浒传》。这也算是奇观了，放在别处，也许诸位还觉得我在胡言乱语，可在富庶的江南，早在宋代就有了蚕丝贡品，绣像绘本在大户人家，或是家学甚好的太湖流域已经悄悄流传。这个幻想少年看到眼前的场景，居然想起了《水浒传》里的画面。不能不说，这是个天才少年。那场火呢，怎么早不来晚不来，正在他幻想的时候轰然而起呢？

《永乐大典》所引的《行军须知》一书中提到，在宋代守城时曾用过火筒，用以杀伤登上城头的敌人。到了元明之际，这种用竹筒制造的原始管状火器改用铜或铁，铸成大炮，称为"火铳"。没错哦，就是因为士兵使用火铳不慎，炮口没有对准人，也没有对准自己。结果，火铳炸掉了城墙的一个角，点燃了木楼亭阁。

正是这个富有想象力的年轻人在一个充满想象的关键时刻，一头冲进了城里。不仅他自己冲进城里，还拽着一个人。没错，那个人是在山塘街上做理发生意的店主，姓阮，阮兴无。在城墙炸开的那个角落，"扑通"一声，他们一齐跳进了护城河，一个猛子扎到了河心，又一个猛子，他们潜到了对岸，后面依旧是滔天的哭声和救火的呼喊声……

这个阮兴无也是命大，正巧撞在了我吴氏宗祖的手上，换了别人，情况可能不是这样子的。而且他的水性很好，他如果没有连扎两个猛子的能力，恐怕性命早就不保了，还要因逃跑受到株连。至于这个幻想少年，更让我着迷，他从火铳走火到对于《水浒传》画面的联想，继而做出一系列大胆的举动，之后竟然冒死从官兵的阵营里逃脱出来，真的不可思议。这在遥远的明朝初年，真是让人百思不得其解。

我查了族谱和能够查到的史料，依然对当年的阊门楼爆炸事件以及这个士兵为何逃跑找不到合理的依据。后来，我发现阮兴无是一个突破口，因此我打算从阮兴无入手，也许能够打开一个缺口，寻找一点儿亮光，照亮尘封已久的幽闭记忆之城。

《水浒传》中的阮小二、阮小七其实不是虚构的人物，而是老施家的邻居。因为水性好，他们一下子就被施耐庵先生相中了。但人家也不是以捕鱼为业，而是扬州盐商的水手。比如这个阮兴无的父亲因为跟从了盐商史大典，然后混迹在扬子的茶楼酒肆，结识了一帮扬州的厨子和堂子里的人。人说扬州"三把刀"啊，这理发的也不可小觑。史大典有个经典的口头禅就是："万事得从头开始。"是啊！哪个人不在乎自己的头呢？这阮兴无就成了扬子理发店的跑堂的。朱元璋从滁州一路打到南京，天长、扬州挨在一起，于是乎，扬州的盐商乘船逃到镇江，向东的都去了苏州。阮兴无也就阴差阳错地流落到了苏州。

张士诚对阮兴无的手艺蛮满意的，每次都是由我家宗祖带上阮兴无到张府上来刮剃他的光头。一来一往，这两个"江北佬"就绕到一起去了，居然还有点患难之交、磕头把兄弟的意味。

我一直不想说出我这个宗祖是哪个谱系和多少世代的。说起来，我还真的有些开不了口。《水浒传》里不是有个吴用嘛，宋江的军师，对了，他就是吴用的父亲吴实啊。吴用就是施先生根据吴实的事情虚构出来的。历史就是这么荒诞，文学充当戏说的角色，这个当然不好，话说回来，要看是说谁的，谁说的？

吴实与阮兴无说到底都是乡党，一个是跟随盐商做水手，我宗祖吴实是跟张士诚贩私盐造反做土匪。我对这个"匪"字并不忌讳，成者为王嘛！

他们两个又凑到一起去了，会不会又想干点什么？一时半会儿还真是说不清。话说那些在阊门楼上灭火的官兵对于逃跑的吴实没有一个不替他惋惜。大明皇帝不但没有对张士诚的旧部大肆杀戮，还将他们就地收编，按理说混口饭吃不成问题。这下好了，吴家成了朝廷通缉的对象。阮兴无本没有什么事情，乱世之下，小民的安危本不是个事。但是因他是与吴实一起逃跑的，情况就变得异常复杂了。

前面说了，吴实到底识得几个字，他居然知道宋相文天祥有一条从江北逃到太湖流域的路线。暂且不谈这个。单说吴实的动机也是值得探讨的，他是贩私盐的主儿，喜欢常年游弋在湖荡与大江之上。那种声东击西、雾里看花的玄妙与神秘，着实诱人，他居然看不得官府那套听命和顺从的成规。这也是"贱"的一种，也可看作是一种"作"吧！问题在于，他就是喜欢。对于这样的祖宗，我也拿他们没有一点儿办法。

有人说吴实会浑水摸鱼，阮兴无当然学会了扬州人的"闷声发大财"，这两个人走到一起，自然会有故事和奇迹，甚至有人认为这也是"激情逃跑"的一种范例。失火一说，考证下来，其实是"江北人"对于"剃头""洗澡"的一种粗俗的说法。"失火"不就是"一干而净"嘛！理发、洗浴算是打扫卫生之类的俗语。所以，吴实看到阮兴无，一兴奋就露出了"江北佬"的本性来。无巧不成书，真的失火了。吴实知道自己闯祸了，闯了大祸。陈账连着新账一起算，若是连脑袋都保不住，索性倒不如跑吧！

月光下，这两个年轻人几乎是背靠背来抵御黑夜的困扰。江南湿气重得很，两个身子贴在一起黏糊糊的，犹如串在一根绳子上两条待宰的鲇鱼。两人虽然都张着嘴巴拼命吸气，却不敢发出一点儿声音。

两人简单地休息了一会儿。天刚蒙蒙亮，两人打算继续做水上的野鸭子。江南芦苇荡，一望无垠，栖息在水边的野鸟看到有人侵占了它们的地盘，居然集体俯冲向他们发起了攻击。两人伪装成稻草人，才算平息了一场人鸟之间的恶战。

事已如此，后悔无用，只能一条路走到黑。阮兴无则深感被缚赶散的屈辱，正当无计可施之时，巧遇吴实才有了合力逃脱的机遇。

他们想跑到一个无人之境，可人生总归是需要经营的。两个男人在大明开国的江边泽国经营自己的一方世界，这会是一种什么样的情形呢？

第二章　生死之交

按理来说，先皇帝平定诸侯割据，皇恩浩荡，大赦天下，人人都可以实现自己的国家梦、个人生活梦。两个本该可以过着平静生活的普通人却被阴差阳错地抛到了世俗生活的背面。要怪只能怪朱元璋，又有谁愿意离开富庶的江南远赴江北蛮荒的盐碱地呢？

他们不干。可国家的政令他们不敢违抗，因为直接结果就是就地正法。而另一个幻想少年因为偶然开过一个玩笑，结果也背离了原先的生活规律。

回到茫茫的湖荡，阮兴无的水上功夫渐渐展露出来，只见他竹篙一挑，就像是飞翔中的燕子，三丈宽的河面，他一个轻捷的倒插葱就从此岸飞跃到对岸。吴实对官船与民船了如指掌，他们密谋偷袭一艘官船。

吴淞江上的官船一般都是专为朝廷进贡货物的，也有一些配备武器的军船，类似后来的军舰。阮兴无研究了吴淞江水域的潮水规律，吴实则对来往的船只进行了观测与统计，特别关注了夜间停泊码头和开行的实际时间。阊门楼往北走的官船还在继续，吴淞江上不断漂来从阊门楼方向来的浮尸。

自古华山一条道，取道长江奔赴江淮之间腹地的官船此刻正在以最快的航速跨越长江。这样的场面在遥远的明代不啻是一种对皇权的宣示。江北的盐民土著看到此情形，几乎有些傻眼，他们从来没有看到过如此浩荡的官船。帝国初期已经有了这样的底气和实力操纵万民的大迁徙。史学家们都把目光转向了此后的"七次下西洋"，却不知，这次由先皇帝发动的"万民大迁徙"好比是"七次下西洋"的模拟演习。阮兴无此刻想到的却是怎么能够打劫到运载自己家人的那只船，船上有他的老母和妻儿，还有自己的伙计。

吴实原本要押送的那艘船上大多是阮兴无理发店所在的弄堂的邻居。一定要找到那只船。

大军浩浩荡荡，官船也是戒备森严，除了樯帆和篷布，影影绰绰。在一望无垠的沼泽地里，两个"江北佬"密谋起突袭的计划来。"匪"的思维中有一条是常人万万想不到的，那就是不计后果地玩命，玩到哪里算哪里。他们此刻只能用"匪"的思维改变自己的现实处境。一阵密谋之后，两人换了身份，吴实与阮兴无对天叩头。一阵忙碌之后，两人做了分工：吴实负责放风，阮兴无提刀，要以死抵罪由阮兴无负责，吴实曾是张士诚手下干将，目标大，朝廷定不会放过。两人约定，一旦败露，吴实负责阮家后嗣子弟的抚育。

两人伺机行动，打算从一艘官船下手。

一天，两天，眼看着时间就这么悄无声息地过去了，两人有些心烦意乱。难道官船都征调到闾门去了？吴淞江上依然碧波荡漾，日出日落，静悄悄的。

两人用芦苇搭成的窝棚开始渗水，雨季来临，潮位上涨，这意味着江面越来越阔，江上打劫的难度更大，两人心急如焚。他们用两个月时间开凿了一只树船，其实就是一个筏子，在大树中间剖面上开凿出一个凹槽，人可以在凹槽中蛰居，也可以坐在其中划动。鹭草覆盖其上，远看还以为是上游漂来的一座废弃的柴垛。

两人在凹槽里趴着随船漂来漂去，随潮而涨随潮而落，阳光乌云轮番交替，时令在悄然转换。度日如年的积郁考验着这两个天真的年轻人。

胡思乱想就是生产力，今天说是创意。多么美好的胡思乱想，可是胡思乱想会带来间歇性的灾难，因此，没有人愿意胡思乱想。因胡思乱想而吃了官司的人，往往会忏悔，请求原谅，保证以后不再"胡思乱想"。

大抵上手艺人是朴素的，就是图个一日三餐有着落。可是阮兴无不再是以前的那个阮兴无了，他觉得自己混不开。因此，他要出人头地。自遇上张士诚之后，他不一样了，开起了理发店。这在公元十四世纪一点儿都不落后，当时，商业架构的雏形在沃野千里的江南已有不小的规模了。吴实也一样，在接触到张士诚的幕僚阶层之后，他居然爱听《水浒传》里的人物故事，甚至想碰那些重得担不起的汉字。

可此刻，他们任凭阳光从头顶洒下，两人觉得手脚都麻木了，因为凹槽太窄了。两个伪装的"水鬼"在做着各自的"白日梦"。

水流从"树船"旁哗哗而过。一个漩涡过来，"树船"飞旋，像是要挣脱星球的引力飞向深不可测的水洞。两人极力控制住"树船"，防止倾覆。可就在一刹那间，一只大手伸向"树船"的边缘，两人几乎同时看到了那只大手，可是谁也没有动，他们本能地用身体向对方传递了一种默契，尽管两人无法一同跃起互对眼神，躺着分明是掩护对方。两人忖度着事态的发展，对这只莫名其妙的大手，两人的反应几乎是同时做出的。

与此同时，凹槽的底部开始慢慢进水，原来凹槽的底部有一块插着的木板，抽去了木板，人可以从凹槽的底部钻到江里。两个过江之鲫一个翻滚，紧紧抱住把在"树船"沿上的那个人，三人一同沉入江底。只见那人拼命挣扎，眼看着身体有些疲软了，两人才将他拖到岸边，一阵折腾，终于将他弄醒。

员外访友途中失足落水而死的消息不胫而走。一时间，谣言四起，吴淞江上有水怪的传闻也传得有板有眼。到底情况如何？听听员外是怎么说。

话说这个落水的员外也不是外人，竟然是《西厢记》里那个张君瑞的叔叔张喆，张喆家道殷实。也许人们出于对张家的嫉妒才造出那么一个张生来，目的无非是要诠释"天下有情人终成眷属"这么一个道理。

张喆有着江南大户主人的雍容华贵，也有家学丰厚的斯文。平日里，张喆喜欢研究金文，这在当地算是一个奇迹。史料记载最早的甲骨文随着殷亡而失传，金文起而代之，成为周代书体的主流，因铸刻于钟鼎之上，也被称为钟鼎文。据考察，商代铜器上便刻有近似图画之金文；其后继续演进，至商末之金文亦与甲骨文一致。此种金文至周代而鼎盛，续延至秦汉。但商代器物和铭文皆少，秦汉已至末流，所以应算周代为主流。金文与甲骨文有所不同，甲骨文笔道细、直笔多、转折处多为方形，金文笔道肥粗、弯笔多、团块多。金文早在汉代就已不断出土，被学者所研究。金文是研究西周至战国文字的主要资料，也是研究先秦历史的最珍贵的资料。

这么一个员外，这样的雅趣，在全国可能也找不出几个来。张喆在研究金文之余，还喜结交一些做蚕丝纺织和蓝印花布的乡间士绅。这些人基本都生活在吴江、南通，而他正好在这两地中间的位置上，上南去北都比较方便，只是陆路难以到达，一般走水路更便当，省去了河港湾汉的无故阻隔。虽说"隔河千里远"，但人的雅趣是任何东西都挡不住的。说来也蹊跷，他觉得在这些世俗生活里同样可以获得研究金文的灵感，甚至他认为金文与一些方言土语有着一种必然的联系。

也是一个寻常的时日，张喆带上两个伙计，扯起了风帆，一路南下，他这回去吴江看一款新式的纺绸。黄大生绸庄的黄金甲捎信来一定要张员外去为他们的新丝绸剪彩。哪巧东北风来得猛，船帆一吃劲儿，椗断帆落，风硬生生地把船给打翻了。张喆水性好，一骨碌从水底折返上来，抓住了一块木板。他死死抱住木板，虽说这木板有一定的浮力，但水浸得太久，木板的浮力大为减小。张喆想，怎么也不能这么个死法。他寻找着下一个目标，并调整好自己的姿势，准备拼尽最后一丝气力也要游到岸上。眼看风平浪静了，可张喆渐渐感到自己已经有气无力。也许贵人有贵相，这天象也不让张喆就这么无声无息地死去。

张喆被拖上岸时着实已经奄奄一息了。吴实说："咱们好歹还逮住了一头肥牛。"阮兴无到底还有些同情心，也不嫌张员外脏兮兮的、挂着水草的脑袋，托在双膝上在他后心位置上死命一拍。张员外瘦瘦的身体本能地向上一弹，"哇——哇"，一肚子水全给拍出来了。

再后来，张喆把两个伙计的尸体找回来了。他于心不忍，最终厚葬了伙计。阮兴无把沉船收拾停当。为答谢救命之恩，张喆赠送他们民船一艘，还送了两人碎银无数。

张喆归来，谣言不攻自破，水怪的传言自然也销声匿迹。倒是救人的两人留下了几分传奇色彩。

得了船只的吴实和阮兴无则一路鼓帆北上，他们要去追击阊门出发的官家船队，一支押送着平江府平日不喜讨论朝廷正事的"屁民"开赴江北的船队。

拖挂在张员外送的这艘民船后面的"树船"就像一只小舢板。一路逶迤的水波，丝丝缕缕，不绝于后。这只英雄的"树船"的机关，颇费了吴实的一番心计。别的不说，如何防水就是难题，这在当时也算是一个了不起的发明。平素那些船的木板与木板之间的缝隙是要靠蘸满了桐油的麻丝用细凿子一点点錾进去的，类似于修长城的墙砖与墙砖之间用熬好的糯米汤汁点蘸进去，保证了墙砖的缝隙不被雨水侵蚀而腐朽。"树船"的难题其实并不在于木板的自由抽拔，而是防水。细心的读者可能已经想到了，我上文说到是整树的一半剖成的"树船"，其实，还有一半在尺寸上比另一半做得小一号，正好可以镶嵌进去。木栓只是套在外侧较大的一个剖面上，拔开木栓可以使其自行下沉，而小号的"树船"则是单纯只能载人，这样船体上的人不跃出舱面就可以从船体潜到水底。

民船有风帆动力的牵引，"树船"也一路向北。为了不连累张员外，他们对民船做了一番改装，除了换桡加樯杆之外，还在船头两侧加了"青面獠牙"的独角兽的木拐头，兽头的一只角涂上了陈年的朱砂红；还把象征羽扇纶巾温文尔雅的宽头改成了尖头，减少了风的阻力面。两人还给船只起了个名字叫"扬帆号"，顾名思义就是"加紧赶路"。他们要追赶官船，企图阻止一场国家行动。

史书也许不会记录以下这些。在阊门赶散途中，在常熟尚湖一带，五千官兵押送十倍于己的平江府民，其中真正到达江北的不足一万人，其余的散落在长江南侧，死伤人数无法统计。

"扬帆号"以轻捷、快速的姿态一路跟随官船向前。火攻显然是不行的，因为家眷老少都在船上，火攻只会同归于尽。吴实深谙行伍规矩。说实在的，押解人最大的难题还是吃饭、上厕所问题。官兵们也是苦不堪言，走走停停，哭声震天。这些来自北方的官兵对于北方其实并不陌生，但是对于习惯了苏州城里生活的江南人则又是另外一种情形。

吴实他们一身乞讨的装扮，在船队驻扎的地方接触到了下层的官兵。他用私藏的匕首结果了一个兵之后偷偷地换上了他的服装。阮兴无在船后接应，两人又如法炮制暗杀了几个官兵。后来，又有两艘官船莫名其妙地停滞在尚湖里。只见人声鼎沸，船上的人像炸开锅的沸水，船还未到岸竟有人开始跳水，有人明知手脚捆绑着也要往下跳。

阮兴无一把刀着实不够用，割断了绳索的老百姓四散逃跑，大队官兵开始向最后两艘船的方向集结，一场搜捕行动同时展开了。

第三章 节外生枝

悄然进行的暗杀本没有发出多大的动静，后面的两艘船也没有特别大的异常。这支船队计划从运河向北驶入长江，另外一支则沿护城河从常熟方向进入长江，最后到达同一个目的地——淮水两岸和海州以南沿海地区。

可是挣脱了官兵羁押的部分百姓按捺不住了，很多人跳水逃跑，也有一些胆大的人开始由起初的观望加入截杀官兵的行列。情况显得万分危急，大队的官兵开始向后面包抄而来。官兵们开始包围最后两艘船。穿着官兵服装的吴实亦在人群中，而阮兴无在伺机向他的"扬帆号"方向挪动。

对于这样一种局面，他们两人真是始料不及，按事先的约定，他们开始做最坏的打算。两人将名字和身份做了互换，目的是要保证有一个人能够出去，特别是阮兴无有家眷，吴实的官兵身份可以浑水摸鱼，蹭到哪儿算哪儿。

官兵的包围抓捕并没有能有效控制住局面，很多百姓一想到自己将被遣送到荒凉的江北，浑身哆嗦，早晚得死，还不如死在江南故土。官兵看到这个阵势，感到情况不妙，决定采取强行拖拽的方式登船抓人平息暴动。百姓们哪里肯听从使唤？此刻已经分不清官兵与百姓，吴实伺机掌控着船桅，他想让船向吴淞江方向驶去；如果不行，准备弃船向东隐蔽。

形势异常紧急，官兵的一支分队即将靠近大船。阮兴无的那艘船已经没有什么动静，这使得吴实有些纳闷，他担心不测来得太早。如果不是乘着混乱之机，他放一把火逃跑也是不太现实的。这时候，船上诈死的官兵开始反击，对不服从命令的百姓，他们开始抓人，抓到的集中到一起。吴实眼看着情况不对，想潜伏到后面的那艘船上。官兵的围堵让他死了这份心，怎么逃跑都插翅难飞，如果此时跳水，不是被抓住判重刑砍死，就是沉湖被淹死。

正当他无计可施之时，后船桅杆的白帆上站立起来一个人。官兵们注意到这个目标，人群都在向这个目标围拢。吴实此刻明白了，这是阮兴无的调虎离山之策，他吸引了大批的官兵。吴实抓住最后的机会，将自己的大船上帆扯足，东北风此刻正扬起，帆借风势一路向南。几个没死的官兵开始反应过来，拼命去抢吴实手中的船舵。在官兵将要扑上去的紧要关头，三五个被解缚的百姓冲上前去，将扑上来的矮个子官兵抬起扔进了湍急的河水里。河面上形势变化之快，令官兵们彻底蒙了。徐达、常遇春捉拿张士诚押解回应天，洪武皇帝大赦天下，哪里来的残匪如此胆大，在这个节骨眼儿上起事？这让官兵的首领异常恼火，决定不惜一切代价剿灭残匪，并安排人火速向州府和朝廷报告。

军情紧急，传令兵火速向上级报告发生的紧急情况，尚湖地区的残匪活跃，始料未及。吴实的船如箭一样疾驶，一路冲向东南。吴实也是拼了吃奶的劲儿紧握着厚实的木舵。喧哗的人群此刻安静下来，大家屏住呼吸，有人吓得张大嘴巴竟然忘记了合拢。突然，一个高挑的厉声冲着吴实而来。

"这位好汉，我看你实在是不要命了，还带着一船人不要命……"女子的声音打破了沉默，顿时人群中有人开始抱怨起来。

"你是什么人？"

"你想干什么？"

"停下来，让我们上岸吧。"人群中出现哀求声。这让吴实感到有些茫然不知所措。吴实抬头望去，只见那女子生得浓眉大眼，一对紧绷的锁骨，细脚伶仃，多日的折腾使得颜面显得苍白憔悴，但那眼目中的精致一如春日黄花，掩藏着的妩媚尽收眼底。细心人一看便知她是苏杭吴地的女子。

吴实顾及不了许多，冲着女子问道："你道如何是好？我便行事。"只见那女子嫣然一笑，这笑让吴实魂飞魄散：这眼神和神情，不就是《水浒传》里的扈三娘吗？

"好汉有所不知，我是淮安楚州梁红玉家族第十代，名唤梁娟儿。自家中变故，流落苏州，今与勇士相识，斗胆异议，还望包涵。"女子话音未落，吴实大喊一声："大家随我而来。"原来，吴实远远看见阮兴无驾着"扬帆号"已经紧跟而来，远处已经燃起了熊熊的烈火，一船人紧急疏散到沼泽地里。

梁娟儿已经发觉后面有一艘不大的船尾随而来，她哪里知道是阮兴无的船，以为是官兵追上前来，正准备提刀迎战。吴实说："姑娘，那是我的弟兄，请你帮着疏导人群吧！"人群又开始抱怨了。

有人责问："为何停在水道上疏散人群？"

还有人嚷叫："休想赶我下船，要死就死在一起，我哪儿也不去。"

最奇怪的是，竟然有人说："没有家园了，到哪里找家去？"一时间，人群中有人开始对吴实的动机产生了怀疑。

"你是哪方响马？想干什么？"

问话问得吴实有些不耐烦了。他急吼吼地说："不愿意死的就跟我走。"立刻，人群中有人开始嚷起来了："把老子从哪里带过来的，还给我送回去。"这下，吴实彻底蔫了。

看到众人争执不下，身上血迹未干的阮兴无不耐烦了，他说："大伙别闹了，我们是帮大家重新寻找家园的，我们的家园就在这里，哪儿也不去！"阮兴无这么一说，大众才平静下来。外面的风开始冷飕飕地刮起来。不好，冷空气要来了，风中夹着凉雨滴。立秋之后的天到底不一样了，必须在官兵大部队到来之前疏散掉人群，否则后果不堪设想。

阮兴无掌控着"扬帆号"和"树船"，一头冲进了港汉。官兵不敢贸然行动，除了船队正常行驶外，留下一队官兵在等待大部队的到来。那艘船已经破损，被阮兴无点上一把火，船上的人群死伤无数，还有些人跳水，死活无人顾及，剩下的被官船接走，继续向北航行。

青春年少的梁娟儿急躁地跺脚说："大家请安静，目前的形势非常紧张，我们已经没有选择，必须就地逃命。不愿走的，就等官兵来抓；愿意走的，分成几路。否则，谁也不能活命！"吴实听罢，觉得这话真有道理，这也是他所想的。不料，这话居然从一个女子的嘴里说出来，吴实觉得自己产生了从未有过的窝囊感与挫败感。

"阮三，你看怎么办？"吴实不忘提醒了一下阮兴无，这一对患难之交的兄弟面对如此大难总算没有失散，真是大幸啊！

"我看这女子的想法不错，分路行动。"阮兴无居然赞成梁娟儿的主张。

两队人马，一队分流到"扬帆号"，另一队留在"官船"上。"官船"上明显不可久留，须寻找到可以登陆的地方，再就地疏散。

时间已经不多了，如何分流人群？这是个不小的难题。

抓阄，这是民间最常见的方式。抓到最后，只剩梁娟儿自己还没有结果。梁娟儿到底跟吴实走还是跟阮兴无走？这是个难题。

那抓阄的场面一上来也算平静，四十三颗黄豆除了一颗排除在外，二十一颗被涂上了灶烟灰，四十二个人抓，抓到黑色灶烟灰豆的走到一边，剩下的二十一人站一边。剩下的一颗就是梁娟儿的。大伙都站好了，等待吴实和阮兴无各自带队逃亡。时间一分一秒地过去了，人心跟着扑通扑通地跳得慌。稍有不慎，身家性命疏于一瞬，刹那的惊心动魄全在于对当下的大势的把握。

吴实说："大伙别怕，一定要心齐，否则都活不了命。船上的武器和木器各队一半。"

阮兴无也不甘示弱，他说："我们这队和他们不能走一条路线，他们从岸上逃避，我们走水路。"

各队准备行动。阮兴无的话音未落，吴实插话道："最后一颗黄豆怎么办？"这时候大伙才从整队肃穆的紧张气氛中缓过神来。大伙不约而同将目光齐刷刷地一起朝向了梁娟儿。

只见梁娟儿神情自若，消瘦的面庞绽出了几分冷峻之色，单薄的青衿难掩披坚执锐的坚韧。她说："你们都走，我断后。"这么一说大伙才明白，此刻他们面临着前有堵截、后有追兵的境地。上了年纪的人干脆"扑通"一声跪了下来，连呼："你是仙姑下凡，是我们的救命恩人哪！"大伙一起跪了下来。阮兴无急得对着吴实大吼："这女的怎么回事？你搞什么鬼啊？"

吴实一脸无奈，赶忙道歉解释："此女乃前朝韩世忠元帅夫人淮水东楚州梁红玉后辈，我也是与她素昧平生，只是在此船上偶遇，哪知道她有元帅夫人之气？罢了，罢了。"

阮兴无毕竟年少时与盐商闯荡江湖，在扬州城见过一些世面，后来到平江府做点理发小生意，自然听说过一些前朝往事。听说面前此女乃梁红玉后辈，大惊失色，他连忙拱手作揖说："难怪大伙称你仙姑，或许真是元帅夫人再世，请受我一拜。"

夜幕降临了，河面上的风越发清冷，人群中有些骚动。这个异常的举动令吴实不安起来，从他眼里射出的光芒撞击着阮兴无，令他更加不安起来。

"我上岸，你用'扬帆号'，大船归梁娟儿，如何？"吴实带着商量的口吻问阮兴无。阮兴无伸出手做了一个大大的手势，两个男人的大手随即拍到一起，那"啪"的一声异常响亮，冲破了寒意的包围，充满了一种亢奋劲儿。阮兴无说："兄弟，记住你是阮兴无，我是吴实，今日一别，但愿今生还能相见。"阮兴无说着从口袋里掏出一把剪刀，这是一把理发剪。阮兴无大手一掰，剪刀顿成两半。他将一半递给了吴实："他日相见，以半片剪刀合二为一为证。"两个汉子紧紧抱在一起。

只见梁娟儿已经到达舵位，大喊一声："船到码头车到站，大家散伙吧！"吴实看到梁娟儿的神情淡定从容，内心不禁一紧：她才是全船人的主心骨，而自己只是一个逃兵，只是一个体面一点儿的逃兵。如此想着，心里便荡起了几分羞愧，他想继续装到底，否则这群人在他手上也会白白送死，到那时杀人者就是他吴实。

"姑娘，请受我一拜，我会来见你的。"吴实说这话时，喉咙里泛起一阵堵，但他克制住的哽咽还是流露出来了。他慌忙地干咳了几声。

这莫名而来的尴尬的确来得不是时候。这时候，人群中骚动更大了，再不走，今夜可能都走不了。

"勇士，赶紧走吧，这船人就靠你们俩了，如有时日，我们定相见。"梁娟儿说着拿起一把朴刀割下了几缕发丝，顺势绾了一个结给了吴实。吴实一看梁娟儿这举动，惊讶得目瞪口呆，连忙说："不可以，不可以这样子的，我吴某一定会铭记在心。"

"上岸，抓到黑豆的统统上岸！"吴实命令道。

"抓到黄豆的上船，快，上船！"阮兴无急忙冲着大伙喊。

只见混杂的人群骚动更大了，原先整好的队伍乱得不像样子。吴实有点后悔：这样的场面怎么能够让他们有时间表演呢？面子重要还是命重要啊？

人群里有磨磨叽叽的，有暗自诅咒的，还有推推搡搡的。面对此景，吴实感到了前所未有的紧张。阮兴无同样发现了问题的严重性，不禁脑门儿一拍，两人一个会意赶紧各自跑到自己的队伍里。

此时，"扬帆号"靠拢了上来，这条曾经是张员外对外当车马的行船，后来又被改成了"海盗船"偷袭官船，现在成了一条"义船"。"噔噔噔噔"，一阵急促的跳船声，船也晃得不行。有几个人又顺着船沿返回官船。阮兴无急得暴跳如雷，说："这是干什么呢？干什么呢？不要命啦？"

有人开始吼叫起来了："我们不上你们的当了，你们是什么人？我们要回去！回苏州。"阮兴无撑开散着桐油味的布帆，仿佛什么也没有听见。"扑通"一声，起事的那个人滚落到水里……顿时，船上鸦雀无声，"扬帆号"一路驶向茫茫的夜幕。

吴实数了一下人数，发现船上多出了三个人，这下连他自己就是二十五人。当初分配物资的时候是按照二十一人分的。这样一来，意味着另外四个人会缺吃少喝。

吴实主动拿出自己的一份，梁娟儿看到此景也拿出了自己的一份。人群中一下站出五人各自拿出自己的一份。吴实说："你们各拿一半即可。"这样加上梁娟儿的一半正好凑全了另外四个人的粮食。

一阵夜风过来，空气中多了几分凄厉，偶尔传来几声河狸拍水的声音。吴实熟悉河道汛情，他趴在船舷上用吊桶提水，划了一阵，绳子在他手里攥出了勒痕。他手一扬，吊桶提了上来。他借着烛光看了一下水情，微微一笑，背对梁娟儿说："姑娘，我们到了！你多保重！"夜色里，两个偶遇的人无声无息地互相对视了一眼，各自又收回极其疲惫的目光。船缓缓地靠岸，小舢板放下了水，大伙拖拽着用麻绳做成的绳梯一个个地上了舢板，十人一组往岸边划去。吴实第一个跳上岸去，第一组上岸了，第二组又上岸了。

茫茫吴淞江上，一艘黑魆魆的大船在漂荡，而江岸上一群互相说不出名字的人纷纷踏进了芦苇丛里。没有人知道天明以后他们有什么遭际。

第四章　海量福祸

初秋的河面上一片沉寂，上塘河是去不得的，那里通向阊门，有重兵把守。而枫江向南连接吴淞江。这条古运河的路线的确帮了这帮不愿北上江淮的平江遭徙的百姓。但皇帝的诏令谁敢不从？不从就罪该万死。两支逃亡的队伍一支一路南下，一支一路向东北，一支陆路，一支水道。其实，他们并不清楚自己要到哪里去。他们哪儿也不想去，就是要回家。然而，此刻的苏州已经不再是以前的那个家了。

古书云："唯太祖自得国以后，有心偃武，常欲将百战功臣，解除兵柄。只因北方未靖，南服亦尚有余孽，一时不便撤兵，只好因循过去。但心中总不免猜忌，所以草创初定，即拟修明文治，有投戈讲学的意思。"洪武皇帝爱猜忌不是现在才有的，而是由来已久。据说，洪武皇帝元夕出游，市上张灯结彩，并列灯谜。谜底系一妇人，手怀西瓜，安坐马上，马蹄甚巨。洪武皇帝还朝命刑官查缉做灯谜的百姓，缉拿杖死。刑官莫名其妙，奏请恩宥，自然不成。刑官遵旨照办，后才想起原来谜底便指皇后马大脚。

所以，在张士诚盘踞多年的平江府听到一老妇人说张士诚的好话，这能不引起洪武皇帝的重视吗?沈万三好可怜啊！洪武皇帝其实早就瞅上他了。洪武皇帝自己曾写诗道："百僚已睡朕未睡，百僚未起朕先起。不如江南富足翁，日高一丈犹拥被。"洪武皇帝入金陵，要修城墙吧，但是缺钱，于是，与沈万三商量。皇帝的意思不言自明嘛。两人商量好，一人一半，沈万三即刻募集工役，日夜赶造，结果比皇帝提前三天完成。你想想吧，会是什么后果？然后让他筑苏州街，沈万三用了茅山的石头。洪武皇帝说："好，你挖山居然不审批，哪来这么大的胆子？治你个死罪不为过。"罪名竟然是擅自挖掘山脉。马皇后出面力保，不得已打了几百大杖发配云南戍边。结果沈万三病死路上，家财充公。如此戏说，民间不胜枚举。但说，这移民途中居然跑了人，那可不是小事啊。

话说知府、诸将一筹莫展，禀报金陵圣上，那可是守土失责，军纪法纪不容，从上到下一路追究，没有一个逃脱得了。不禀告，若有一天圣上知晓，那又是欺君之罪，同样各个治罪。报与不报，两派争得面红耳赤。知府暴跳如雷，守将脸色铁青，一言不发，承诺把逃亡者一个不少地缉拿回来。知府则说："到了地方就是刑官的事情，与你守将没有关联，军方不用插手。"两派互不相让。这番争论不要紧，恰恰给那帮闯祸的出逃者争取到了逃跑的时间。

差人来报，在枫江与吴淞江之间发现一艘疑是官船的船，大堂里的气氛顿时紧张起来。知府毕竟是地方事务一把抓，守将还得请求知府的官粮养活下属。其实，他们两人与其说是争吵，还不如说是互相推卸责任，一旦上面查办下来，可以把问题推向对方，或者是自我保护，也是背向达成了一种攻守同盟的默契。可他们总有办法，老狐狸自有保存自我实力的套路。当然，遇上洪武皇帝未必能得逞，魔高一尺，道高一丈，否则，皇帝不就给他们做了？最后会商的结果是，暂不报皇帝，但是必须在一周之内将问题彻底化解，不留蛛丝马迹，否则后患无穷，对谁都没有好处。

知府骑马走陆路，守将率水军走水路，一路向吴淞江方向疾驰而去。

梁娟儿一夜无语，唯有江上偶尔飞过来的鹭鸶给她捎来几许慰藉。她抛锚，即刻做了简单梳洗，仿佛她已经预料到自己将面临的那些不测。她不想死，所以，她要体面地活。活得虽不能像她姑祖太那样壮阔和惨烈，但她想尽可能安静地活下来。梁氏后人不再钦慕做"烈士"，而是做一个体面的人即可，有口饭吃，有个地方能躲风避雨足矣。

"船上的人听着，限你们在半个时辰之内主动投降，否则就放火烧船。"先头到达的知府人马中有主官开始喊话，而且喊得非常专业。时间一分一秒地过去了，梁娟儿不想有所回应。看着没有什么动静，知府亲自喊话："大胆刁民，竟敢偷船。赶快上岸自首，否则，严惩不贷。"知府毕竟是有水平，不提什么逃亡之类的话，让人不要往那方面去想，正经人有谁希望坏事知道的人越多越好啊？

话说守将的水军借着东风，一路张帆结队，气势汹汹。来船直接紧靠住民船，持矛的士兵纷纷跳到梁娟儿的船上。士兵们甚是好奇：劫持官船的人呢？守将顿时紧张起来：难道是空船？抑或是劫掠官船的水匪？守将不禁出了一身冷汗，他不清楚接下来会发生什么。

这时官船的前舱蹿出火苗，不大一会儿两艘船烧了起来。守将大声说："放筏子，筏子。"筏子就是舢板，不同地方的人说法不同而已。守将和几个护卫上了木筏子，离开了大船，大船上来不及逃跑或是身上有火跳水而死的还不在少数。

这一来，问题复杂了。在岸上看得清清楚楚的知府则不这么看，他

认为这是守将故意销毁证据，存心害他。人心实在太复杂。知府急得直
跺脚，不知怎么办才好。还是师爷反应比较快，连忙说："依我看，你
还是向皇帝修书一封，陈清事实为佳。"真是什么地方出什么人啊，知
府不干，说："你是存心让我送死啊。你看他们都不主动去寻死，我们
为什么偏要去送死呢？我看见船明明就是他们自己烧的，他们不去，官
船不是好好的吗？大家说，是还是不是？"这一说不要紧，好像是一
种提醒，更是一种暗示。话就按知府的统一口径这么说好啦。

看官有所不知，吴地有个习俗，凡大小船只到某地有大买卖，必定
带香烛纸钱、鞭炮蜡烛，以敬河神。古有北方传说西门豹治邺，对河神
的嗤之以鼻成为佳话。但南方民间似乎对河神仍然极为信赖。这火就是
从堆放鞭炮处燃起来的。可鞭炮总不可能自燃吧？没错，就是梁娟儿亲
自点燃的。

而她自己已经从前舱门偷偷潜入水中，只剩两只眼睛露出水面。夜
里她竟然将前舱盖子底下凿出了一块活板出来，在官兵上船的那刻，她
一个鸽子翻身，鬼使神差地跃入水中。别说岸上无法看到，就是在船上
的人也无法觉察水面的变化，只是水面漾出几朵涡纹交织成的水花。这
是何等的技艺啊。难怪当年梁红玉能面对数倍于己的金军，带领家乡妇
女组建的水军助韩世忠元帅挺进长江，成功狙击来犯的金人。梁红玉擂
鼓进军的场景仿佛在梁娟儿那几个轻捷的动作中全部展现了出来。

梁娟儿逡巡了船的所有角落。当来到前舱看到那撬开的裂缝，她
顿时就明白了，那是原先逃亡者们干的事。要说这官船该是质量最好的
吧！细看看你就明白，很多木板都不是整块的，而是断板拼凑。皇帝
当是不知，也许是开国之初，国运废弛，国库空虚所致。这样的船只怎
能打仗？梁娟儿陷入一种担忧的境地。当务之急是怎么样逃出去。按理

说，她作为梁氏第十代后人，对江淮之地并不陌生，但是故地的种种凄凉让她再也无法回到先人的故地。

在官兵跨上官船摇晃不定混乱的当儿，她一个翻滚从前舱的豁口滑进了河里，顺势抱住了那块从船上截断的木板。她用腿一蹬，顺着河流向下游淌去。初秋的河水凉到骨子里，饥肠辘辘的梁娟儿一度昏厥，官兵救火的嘈杂声又惊醒了她。"我不能死，不能死……"只见河面上一个渐渐远去的身影顺着湍急的水流向下游右岸渐渐靠近……

话说明朝定定，明洪武皇帝朱元璋为人事问题折腾得焦头烂额。武臣立功，要推徐达、常遇春；文臣立功，要推李善长、刘基。刘基知洪武皇帝秉性，不肯受命。李善长官至右丞相，日益居功自傲，为此洪武皇帝忧心忡忡。洪武皇帝后来终于得来机会，将李善长法办。李善长之后，由汪广洋任右丞相，胡惟庸任左丞相。作为征粮重镇的苏州府出现了严重的督粮不力情况，洪武皇帝对苏州知府采取一年一换的制度。等到知府陈宁任职苏州，其手段极为残忍，竟"烧铁，烙人肌肤"。此人是洪武皇帝重用之人，连他的儿子也看不下去，建议他不要采取极端手段征粮，他竟用杖将其子击毙。如此，官民矛盾已经在苏州激化。富人更是难逃劫难，上文已经交代，连洪武皇帝朱元璋也在动这样的心思。此时，胡惟庸的地方势力蠢蠢欲动。皇帝怎能不知？

这帮逃亡者也是吃了豹子胆。一个曾经是对手张士诚的旧部且想象力无穷的吴实，巧遇上混迹在盐枭之地的剃头匠阮兴无，突然又冒出一个前朝十代韩世忠元帅夫人梁红玉的后裔梁娟儿。这事儿在偌大的明朝本不算个事儿，区区小民自不配撼动天朝的强大基业。但这事儿偏偏不是发生在他地，恰是发生在天朝的畿辅，财赋的首地，加上文化重镇的苏州。恰遇上这是胡惟庸的势力范围，几股势力在此博弈，这才给了这几个小民可乘之机。要说这几股势力中，李善长根深蒂固，尾大不掉；胡惟庸居心叵测，后来居上。

张员外死了两个伙计，自己得亏了吴实与阮兴无的挽救，才保全了性命。救命之恩当以涌泉相报，他将自己的旅船送予两个救命恩人。不料，知府却是催粮紧得很，特别是对他这样一干有田产及织机户催粮增税，态度有恃无恐。他自然也是昼夜忧心忡忡，精神颇为不济。张员外时常想起自己大难不死，竟有几分侥幸。他常寻思那两个异客到底是什么人，又去了何方。有农商兼具思维的人在那时算得上是人杰了，他对自己戏剧性的遭遇同样充满了一种宿命之感。话说着，忽听得田头一阵嘈杂，那声响不同于寻常。张员外不禁向外一看，只见几个伙计围着一个人喊喊喳喳。张员外一看形势不对，庄园里打死人找地主，在他的地块上打死人，他张某逃不了干系。看此情形，张员外三步并两步，匆匆忙忙赶到田地，却见一个年轻女人眉清目秀，只是颧骨有些高，已经昏死过去。张员外疾呼邻人懂医的周道人相救。周道人安排家中女性帮衬着清淤暖身、号脉喂汤，一阵忙碌，总算将女子从濒死的境地挽救了回来……

这女子不是别人，正是随水漂至张员外十里荷塘之侧的梁娟儿，被几个挖藕的伙计发现，从湖泥塘里拽上岸来才得以留下一命。

张员外是心细之人，加之自己曾经有落水经历，自是对梁娟儿的遭际颇为好奇。但是碍于性别及乱世的忌惮，他也只是轻描淡写，只询问为何落得如此境地。梁娟儿看得面前的张员外慈眉善目、仁厚待己，也就将自己从苏州城被羁押至阊门，然后上了官船，从常熟的尚湖之滨遇到两义勇之人，然后从运河逆行，一路到吴淞江，再从犬牙中逃出的经过和盘托出。如此一说，张员外即刻知晓了来龙去脉。原来如此，不承想两义士救他之后，竟然一路向北追到押送苏州城百姓去江淮的官船。他内心不禁打了一个寒战。如果深究，那艘改装的民船正是出自张员外之手。张员外有知情不报、窝藏包庇之罪，更有助虐叛君的死罪。

事已至此，如何了得？但想自己的性命得亏了两义士，否则早已葬身鱼腹。这么一想，张员外心里微微平复了许多。真是一报还一报，人生自不得消停，受人助得助人，自古皆然，顺势而为。张员外如此一想，更加坦荡。听得梁娟儿说起自己是韩元帅梁夫人的十世后裔，他自然敬佩万分。他心想，也是天意为之，否则怎会如此巧合？内心禁不住动了恻隐之心，他决意收留梁娟儿，但是为了避嫌，必须隐姓埋名，就着张姓以义女称呼，外人一概不知此事，将她隐匿于乡野之地，以防官兵追查，性命叵测还牵连旁系。

张员外如此精心，让梁娟儿颇感意外。她自是一番推辞，一者担心连累张员外，二者自己的亲人在乱世之中不得下落，自己无心安居，当以乞者寻之方才安心妥帖。一番执意，张员外自是好言相劝，言如此混乱，一时半会儿未必称心，不如休整待机出发。当然，两义士行踪也是他们共同的话题，毕竟人生偶遇，已然这样，不如顺势待之，也算是完成一项义举，自然不足与常人道，心仪者自是心领神会。

梁娟儿觉得去织机房为宜，可以学徒名分藏匿于众人之中。张员外仿佛一夜之间长了许多心眼，其心路自是经过了一番常人无法想象的历程。

张员外本就一乡野庶人，只是萌了祖上的德分，承继了三代以来积累的田亩。鱼米之乡，植桑养蚕也是天运自成的习俗。纺纱织布，漕运物流，随着运河的繁盛，这些都在江南盛行开来。张员外安心自得，自从落水之后，他的想法与以前不一样了，特别是梁娟儿的一番言语更使他明白家国如出一体。以往的尧舜之事只觉遥不可及，与黎民更是相去甚远。如此云云。不承想，眼前所经历之事，恰恰无一不与国运苍生息息相关，只觉得自己略知晓一些圣贤之事并不足以解释此事。此番觉悟令他"脑洞"大开，倍感欣喜，却又无处寻得解决办法。

民如草芥，此话恣肆；生民涂炭，道理皆出于此。张员外自知人生寥落莫过于此。想那二义士，如此坦荡，倒觉得有几分快意，进而为自己收留梁娟儿之举，生出豪迈之感。此谓大与小，也谓优与劣，普通人知晓如此之差分，精神之势无异于一次彻底的涅槃。

面对苍天，一度四顾茫然的张员外不禁哈哈大笑起来……

第五章　遭遇蛙人

却说这年秋季江南大水漫天，一年的好收成几乎泡汤，而朝廷的征收任务有增无减。苏州是江南福地，贡献给朝廷的赋税也是全国之最，苏州府台的任免都与贡献朝廷的实绩挂钩。常言道"铁打的营盘、流水的官"，苏州府的官员平均一年一换，大凡到苏州任上的官员都是朝廷信任甚至是刻意栽培的官员。明制有官田与民田之分，"民田多归于豪右，官田多留于贫穷"的现状令朝廷甚为不满。

金炯任苏州府台却与户部尚书滕德懋一唱一和，向洪武皇帝奏请均平官民田则。圣上不以为然："你们这是什么意思？刑部你给我下去查查什么情况啊？原来你金炯自己拥有的官田竟然多于民田啊，你替你们自己说话。"金炯至死也不知道自己冒犯了圣上的底线。金炯何许人也？乃是张员外的远房亲戚，要知道，打老虎也是连着苍蝇一起打的。张员外也有织机和民田啊。张员外想想，连那沈万三都被皇帝玩死了，他张某人算什么呢？在官府查办金炯的当夜，张员外紧急召集家中一干人等把金银细软能装的一齐装上。一艘弃用的沉船被雇工从后湖里拉了出来，除淤清洗，扯篷搭台，一阵忙碌。张员外唤来机工织女，工钱结清遣送回原籍。

梁娟儿的去留成了张员外的一个难题。梁娟儿倒是自告奋勇，主动站了出来。她一个欠身陈情于前说："蒙张员外给予小女搭救之恩，如今遇到危难，古有花木兰，今我权当你一差役，请勿推辞。"梁娟儿说得情深意切，张员外也是慈善之人，本无意推辞梁娟儿，看着祖代经营的老宅不禁老泪纵横。在离开老屋之前，张员外从泥墙洞里推开一扇门，原来是个夹板墙，里面有两把长土铳，还有一个颇为沉重的木箱子。张员外暗示船工小心把木箱搬运上船，并用稻草覆盖严实，自己则抱起土铳擦拭起来。看那船工满头大汗，肩上的木箱里大概就是火药、松香和硫黄了⋯⋯

船工进屋催促。依照经验，朔月二更落潮，若趁顺水天亮前也许能够逃脱，否则前路还真不好说。梁娟儿牵起张员外夫人的手正欲向外走，张夫人竟自个儿啜泣起来。只见她抚摸着廊柱一步一回头，灯笼的光线不好，差点磕到了张夫人。梁娟儿一个箭步背起了张夫人，另有其他家眷人等，一行八人快步上船。梁娟儿与船工一起摇橹撑篙，总算在子夜时分，行船出了漕可泾，径直向淀山湖方向驶去⋯⋯

张员外累了，小眠了一阵，不承想，水面上突然有了异常的响动。船工和梁娟儿都吃了一惊，难道遇到了水怪不成？传说中的漕可泾到吴淞江一段有过水怪，但没有人真正看见过。也传说下雾天气，有人看到过飞鱼，从淀山湖方向飞来的怪鱼。张员外也颇感意外，他在河流上穿梭了几十年，也没有遇到过什么真正的鱼怪，因此对河面上的声响倍感蹊跷。行船有些摇晃，家眷中有人率先尖叫起来。张员外赶紧制止住，以防被巡查官兵或水匪听到。

张员外听说过水匪，江南的水匪不同于江北的盐枭，无非是一些残部为了活命趁机打劫良民，还有就是赌徒穷光蛋为了偿债铤而走险或在亡命天涯前捞点路费，所以，杀人越货的并不多见。遇到水匪一般都采用谈判的方式来化解眼前的灾难，只要谈妥价钱就可以活命，这也是江湖上的老规矩。张员外对水匪倒是不太上心，但要是遇到所谓的东洋倭寇，那情况就极其复杂了。

张员外定了定神，继续察看河面上的动静。河面上湍急的水流确实有些吓人。张员外看看星相，算了一下，大概抵达了甪直境内。张员外指着一处芦苇荡说："就此靠岸泊船。"船工听命，一个回旋舵，行船转了一个圈，直接停了下来。梁娟儿守着木舵，一动不动，像个哨兵，称职的哨兵。

河面上的声响倒是没有了，但芦苇荡里并不安静，像有千军万马在疾驰。一溜风过后一排芦苇压地，忽地万头攒动。梁娟儿本已敏感，现在更觉得不同寻常。她惦记着他们，会不会他们也在这里？他们现在怎样？这些问题萦绕在她的脑海里。万一遇到水匪又当如何？她把在官船上带来的一把刀紧紧攥在手里以防意外。

大明初定，江山虽然在皇帝手上，但是觊觎权力者从来没有放弃过对权力的奢望。草民疲于奔命之时，才是位高权重者蓄意行事的最好时机。难怪皇帝对苏州的府台高度戒备，对江南的富商如此忌讳，他们一联手，皇帝也是足够麻烦，底层出身的皇帝明白啊。所以，他才感慨："百僚已睡朕未睡，百僚未起朕先起。不如江南富足翁，日高一丈犹拥被。"当皇帝不快活啊，所以，才找你张员外、李员外、周员外的麻烦嘛。

张员外也睡不着，他估摸着情况会向坏的方向发展，他需要对策，以不变应万变。他这一走去哪儿啊？何处是家园？这才是他亟须解决的难题。西方是不能去的，锡澄运河可以去江北，但是一路上都是重兵把守，向西就是皇帝老儿的首善之区。北方是古城扬州，西北方则是皇帝的老家啊。只有向东，一路向东，东北也行，大不了去盐枭之地，做一个快活的盐枭。张员外想到这儿，不禁有些兴奋。

船舱里传出的鼾声和孩子的磨牙声打断了他的畅想。这一船老小怎么经得起折腾？转念一想，张员外情不自禁地伤感起来。梁娟儿听到张员外发出细微的悲戚之声，蹑手蹑脚走近张员外。小声说："前方可有投靠之处？"这一问也问住了张员外。"有倒是有，松江有我远房的表亲，只不过兵荒马乱多年不联系，不知道有甚变化？"梁娟儿低语道："我曾与阮兴无、吴实有约，如果能够找到他们，或许我们会有转机。此外，可以沿大宋文天祥南奔之路回溯江北，也许是一条生路。"此话一说，张员外一喜，说："甚合吾意。"

约莫四更天时分，河边的嘈杂声中终于现出几个人头，"水鬼"一袭黑衣，他们从一艘类似现在的潜艇中钻了出来。说是潜艇，其实就是一只改装的气囊，这在遥远的明代还真是稀罕之物，比如怎么解决排水问题、氧气问题，还有夹舱的设置。这是需要特别交代的地方，否则看官们会觉得是胡说八道，就像前文我提到的"树船"一样。

这样的装置可谓是南北物件的结合，为什么呢？北方的骆驼皮配上南方的大木桶，正是这样精心的组合成就了明代的一只潜艇，也就是用骆驼皮包着一个仅能容纳一个人大小的大木桶。大木桶里的氧气供人呼吸，骆驼皮防水，透过骆驼的眼眶膜可以瞅见水面上的船只和什物。

蛙人和潜艇是古代南方人最为神奇的创造，这在皇帝那儿也是稀罕物。正是这些私人的怪念和奇想保全了智慧者的基因，否则，掉头的都是这些先知先觉者。

这几个"水鬼"也就是蛙人。从未见过水鬼的张员外大吃一惊。

船工一看苗头不对，一个鱼跃翻身，竟然跳进了河里，结果呛了水，在水里挣扎，但也没有人想出办法来。梁娟儿一跃身也跳进河里。她一个鹞子翻身，死死拽住了船工的头，一把拎到船舷，将他一把推了上来。船工哆嗦着，一个劲儿喊："您饶命，快救命。"张员外冲他一个"呸"，再看梁娟儿已经走到水鬼面前，一身凛然，颇有义士之风……

那不是梁红玉再世吗？张员外的内心涌起一股暖流。

这梁娟儿也算是识得一些世面，且不说在家族中有这么一位家喻户晓抗金的英雄，且说她祖上从偏僻的淮东跨越长江再到富庶的江南，也算是有些故事。骨子里的仗义与担当，贸然地使得她与自己的亲人离散开来。不承想又遇上了救她出死地的张员外。本以为自此可以隐姓埋名，再北上去寻找自己的亲人，哪里想到张员外竟也遇到人生劫难。

在不知去路的河上突然冒出水鬼，这令梁娟儿有些无所适从。俗话说"恭敬不如从命"，只见她恭恭敬敬地对三个蛙人道："各位官人，小女子远道而来，多有冒犯，还请官人见谅。"话毕，一个躬身作揖，礼节尽数，实在无可挑剔。只见个儿高的一个蛙人冲到梁娟儿面前，一把夺过梁娟儿别在腰间的朴刀。梁娟儿眼疾手快，一个720°转体，竟然从高个儿蛙人的臂下绕到来人的后面。蛙人顺手操起一柄钢叉向梁娟儿掷来，梁娟儿一个弯弓仰面，钢叉从梁娟儿的头上飞越而过，直接飞向了河心。另两个蛙人一看形势不妙，"扑通"一声跳下水去，水面上即刻升起了漩涡。梁娟儿好生纳闷：这个像"江猪"一样的"潜水囊"里到底隐藏着什么秘密？梁娟儿的心思在张员外一家的安危上，对来者不善的蛙人高度警惕，只见这个蛙人并没有离开的意思，不禁看了一下张员外。张员外也不是等闲之辈，他脱掉黑色外套，一个反侧身扫堂腿，一个大手反操横劈下去，正中蛙人的腰间。蛙人"哎呀"一声，窜进了河里，河心冒出一串长长的气泡……

东方已经泛起了鱼肚白，吴淞江上渐渐升腾起水雾来。依照经验，水匪会在此刻下手，一者行船失去防范，容易得手；二者掩人耳目，不易觉察。张员外安顿好家眷，与梁娟儿一起摇橹划桨，乘着河水退潮加快行驶。船工失魂落魄，一脸的哈巴相。船到周庄境内，张员外稍稍喘了口气。此时的周庄也不太平，这个地方早已经被洪武皇帝皇帝看中，要不沈万三怎么可能落得那样的下场？

下午时分，船过了锦溪，在即将抵达张浦码头的时候，张员外平静地给了船工一些银子，握着船工老许的手说："你在我家这么多年，让你受苦了。既然遇到这样的难事，我也无以报答你了。这些碎银带上，找条便捷的顺路回去吧。"老许本就是个孤儿，在张员外家打杂了许多年，自己也不知道父母是谁。这一来，老许千恩万谢，知道自己做人已经突破了底线，留下也是无趣，便一口一个"员外万福，员外万福"。

大伙上岸，张浦也是江南的繁华地啊，前面的周庄可是沈万三的衣胞之地。小孩子们嘟囔着要吃"万三猪蹄"，这情形之下，哪有心思吃猪蹄？张夫人一个劲儿地哄孩子："我们到松江吃，那里有整头猪，都是'万三'牌的。"孩子们不相信，张员外虎着脸说："万三都被人吃了，他会回来吃咱们。"吓得孩子们远远地跑开躲在几个姨娘的身后，眼巴巴地看着张浦小街上冒着热气的"奥灶面"，鸭油熬出的红汤诱得孩子流出了口水。备齐了一些吃喝和防寒的物资，就出发了。

看官有所不知，沈万三应洪武皇帝邀请在去金陵筑城的路上，曾经翻船落水。当时有人就预言沈老板必出大事，因为一出门就翻船了。结果一语成谶。沈万三出事之后，洪武皇帝皇帝对江南富商动尽了脑子。民间传言，沈万三的船里有黄金万两，本是进贡给朝廷的，结果船翻之后，只能将自己外地投资的股份撤了出来。皇帝不满意，才这么一点儿啊。但是，自那以后，吴淞江上"水匪"的故事就多了起来。

张员外对这样的事情也早有所闻，只是不当一回事。毕竟，他这样读过几天书的人习惯靠自己的智慧来经营家业。他想重新找一个安宁的地方好好经营自己的一亩三分地。

张员外如此迅捷的举动还是让梁娟儿有些好奇，她想，员外一掌下去到底有没有劈死那个蛙人？蛙人为什么没有追上来？那片芦苇荡里有没有千军万马？矜持的梁娟儿哪儿好意思问张员外。倒是张员外开朗，主动与梁娟儿说起四更天的那段奇遇。

"大凡在河里混吃的，打劫是一时的，真正聪明的是在找自己真正想要的东西。"张员外有些自言自语，梁娟儿似懂非懂。

"成色好的沙子，甚至连那河滩上的沙石也许都是宝呢。"张员外补充了一句。

梁娟儿这才明白张员外话里的意思。

"那'水鬼'和'潜水囊'呢？"梁娟儿借机问张员外。张员外哈哈一笑："那玩意儿不就是在探测水下的财物吗？沈万三的金银终有一天会出水的，只是我们未必能看到了。"说罢，他竟然有几分黯然神伤。

"难怪他们不杀我们，原来他们的眼里只有河底的金银啊！"梁娟儿恍然大悟。

"错啦，果真我们动了他们地盘上的什么物品，怎么可能逃脱得了？"张员外把话说得毫无余地，这令梁娟儿惊诧不已。

原来，这看似平静的河流里还暗蓄着这么复杂的计谋。

一路向东，无话。

"眼看就到了淀山湖，淀山湖对面就是松江府了，松江离大海很近，大不了漂过海去。"张员外自己说了一句傻话，这傻话说得梁娟儿起了鸡皮疙瘩。她的亲人在哪里？她要找到他们。

淀山湖的北侧再向北就是大江，我跨过江去，还有吴实、阮兴无他们在哪里？还有四十二人的队伍呢？这些问题都浮现在梁娟儿的眼前。

正午时分，一片嘈杂声惊醒全船的人。对面烟雾腾腾，梁娟儿本能地提刀站立在后橹的旁侧，这是保护船只正常航行的姿态。张员外则拿出了土铳，他示意舱里的家眷藏于舱内，没有他的指令，不得出舱露头。小孩吓得不敢哭出大声来，只有呜呜咽咽的啜泣声和打哑语的支支吾吾声。

芦苇荡里冒出三艘船来，它们一起向行船包抄过来。迎面而来的是一只木船，左右两侧是略微大于舢板的小木船。张员外填充好火药，把土铳架在一块石头上，还有一把土铳架在棚顶上。他示意梁娟儿埋伏起来。梁娟儿死死地握住船舵，不让行船偏离了航向。这阵势还真的让对手有些头皮发麻。迎面来的大船看行船没有停下的迹象，竟有些想冲过来的意思。张员外点燃了药芯子，土铳上下齐发，木船顿时燃起了大火。左右两侧的小木船一看不对劲儿，急忙散开。木船上的人纷纷跳入水中。左右船只上的人装看不见，任其淹死。

待靠近木船一看，张员外呆愣了，这船竟是他送予他人的船，只不过有些老旧。灭火之后，船只尚可用，于是就拖在行船的后面。

梁娟儿也认得这艘船，她想他们一定就在这里。这么一想，她似乎有使不完的劲儿。行船的速度更快了，依旧向东行驶。

第六章　暗潮涌动

　　河上的生活寡淡得无以复加，孩子们开始极不耐烦了。几个大孩子嚷着要回家，女人们感觉也唬不住大孩子了，就跟他们说："哪里还有家，船就是我们的家啊。"

　　孩子们受不了了，竟然以号啕大哭来抗议的举动。怎么办？是上岸还是继续行走？大家意见不一。张员外最终决定改变去松江的打算。

　　世事难料，恰逢其时，胡惟庸加强了对松江、太仓等海防的监管。阊门楼爆炸事件和官船被劫掠后的百姓逃跑事件均以内参的形式一并呈到了大明洪武皇帝手上。洪武皇帝大怒，责成兵部、刑部联合调查。河面上巡查的船只开始增多，对张员外的船只严加盘查，这令张员外倍感意外。行船白天几乎无法行走。

　　一大队官兵一踏上大船就对那只旧船起了疑心，火痕斑斑，船头两檐还有"青面獠牙"的独角兽的木拐头。主官决定扣押船只，张员外与主官论理。

　　"我们遭遇水匪，差点命都没了，你看我们这一船老小。"张员外边说边用手指向家眷们。

　　"奉上级之命，我们例行检查，请你配合。"主官也是有着一股风度。

"我不知怎么算配合？"张员外追问了一句。

"我们需要检查你的船里有无违禁物品。"主官直接陈述了意图。

看到官兵们严阵以待的样子，孩子们都被吓得哭了起来。张夫人护着孩子，生怕他们有什么闪失。

"我们这一群老小也是投亲而来，一路辗转，怎么也不可能做匪徒啊？"梁娟儿插话道。

"我们也是奉命执行上级任务，请你们配合。"主官显得文质彬彬，不像个粗人。

"那你们想怎么个检查？"梁娟儿问道。

"人全部到我们的船上，我们检查所有的物品……"主官一脸不高兴，态度开始有些强硬。

正说着，水面上漂浮着一只"江猪"。官兵们看到"江猪"立刻兴奋起来，有人嚷嚷，快去抓"江猪"，这可是不错的美味。主官看下属骚动显得非常不高兴，厉声呵斥道："都给我站好。"

突然，"江猪"渐渐向官船靠近过来，不安分的官兵竟要用长篙去捅"江猪"。只听见一声轰响，水面上冒起一个水柱，"江猪"爆炸了。官船被炸出了一个洞，顿时大水灌舱，好几个官兵掉进了水里，船上的官兵急忙抛下木板以自救。主官气急败坏，连呼"反了，反了"。

乘着混乱之机，张员外和梁娟儿扯满帆，将橹一个急划，行船离开了官船。张员外对神秘"江猪"的出没感到惊恐。他听去过东洋的人说过，倭人才有这种东西。"难道淀山湖有倭寇？"一连串的疑问在张员外的脑海中盘旋。

"我想跨过大江去，我要找他们。可否将你的另一只船借给我？"

梁娟儿说出了心中的想法。她这个想法在心里也盘算了好多天，现在终于憋不住了。

"情况这么复杂，太危险了，不能这么冒失啊？"张员外安慰梁娟儿。

"我想找到吴实和阮兴无。"梁娟儿知道他们救过张员外，于是直言不讳地说了自己的想法。

"前有倭人，后有追兵，插翅难逃，我不主张你单独一个人走。"张员外据理力争。

"现在不是走的时候。如果要走我觉得还是从陆路走安全。看这形势，水路更加麻烦，千年太平水道自此不再有太平了！"张员外说得有些伤感。

"也许，我能找到他们。"梁娟儿喃喃自语。

"不行，你还是不能走。"张员外再次强调了自己的看法。

"我得找到他们。"梁娟儿说话声非常细小，生怕惊动了舱里的其他人。

"据我判断，淀山湖必有一场大战，你没看到那个爆炸的'江猪'吗？那是倭人才有的东西啊！"张员外有些惊魂失魄。

"倭人是什么？"梁娟儿露出了几分天真的姿态来。

张员外说："通常就是流传的所谓'水鬼'。"他其实并不知道典籍中已经有明确的记载，如明谢肇淛《五杂俎·地部一》云："亦使浙直诸军士因之习于海战，倭寇之来，可以截流而御之。"《明史·外国传三·日本》云："有捕倭寇数十人至京者，廷臣请正法。"

大家可能有所不知，苏州最大的封侯人是陆聚，他与当朝丞相胡惟庸是好友。苏州知府经常邀请陆聚回乡看看，毕竟偌大的江南是他陆聚的故乡啊。陆聚对胡丞相敬重有加，并以师徒的关系相称。

　　因此，江南实际上控制在胡惟庸的手上。有些时候看起来是对江南利益的看重，其实背后不过是朝廷权贵之间的博弈而已。皇帝多疑，生怕自己被朝臣集体玩弄于股掌之间，因此，对苏州府台平均任期几乎不足一年就换掉，可见人事问题的复杂。这样便形成了明代特有的一套相互牵制的体制。

　　令张员外同样不安的是他自己前面的路也是迷茫一片。国家初定，民生凋敝，国家需要"休养生息"，需要发展的时间。因此，反战也可算得上是最为朴素的思想，一直存在于那一代人的心里，流淌在血脉里。可是人性的贪婪、对财富的欲望阴魂不散，哪里有利益，哪里就有争斗与狡诈。

　　"你如果实在要走，我就把我另外一支火药枪送予你，希望你好自为之吧。"说完，张员外开始教她如何使用土铳。

　　土铳可以远距离射击，而且散点面积广，因此，杀伤力也大。

　　那艘"扬帆号"虽然已经物归原主，但人非物非。梁娟儿觉得非常蹊跷：怎么可能遇到的是阮兴无使用的这艘船？

　　这其中至少有以下几种可能：阮兴无被倭人杀害，倭人抢了他的船；还有就是这群人已经融入当地，这只废弃的船只被水匪使用了；还有就是没有用途了，"扬帆号"被送人了。无非就是这三种情形。如果是被倭人劫杀了问题就大了，胡丞相不会不知道的。但是皇帝就未必了，除非胡丞相这个大内总管一五一十地向他汇报。

　　梁娟儿下定决心离开了张员外，她要寻找她的那一绺长发。

　　在孩子们的啼哭声里，梁娟儿向张员外夫妇磕了一个响头说："感谢救命之恩。但愿老天有眼，你们尽快脱离苦海。上岸就一切安妥了。"梁娟儿说的的确是事实。江南实业自古繁盛，河湖上的流动作业者成为社会不安定的因素，因此，民众对渔民普遍存在着一种不信任。

告别了张员外，梁娟儿自己操作起"扬帆号"向淀山湖的东北方向张帆而去……

官兵在淀山湖上遭遇"水雷"袭击的折子送达朝廷时，洪武皇帝正在为新朝内部复杂的人事烦心。右丞相汪广洋是个平庸的老好人，在任上干了两年，洪武皇帝发现此人不行。而左丞相胡惟庸却是一个快手，洪武皇帝觉得行，于是就将汪广洋的职撤掉，胡惟庸顺理成章地升任右丞相，掌控着大明的行政事务，分管中书省。重臣刘基对胡惟庸的能力一直颇为怀疑。

胡惟庸当然不是等闲之辈，下作的事情做得比别人高明多了。

话说胡惟庸升任右丞相后，对刘基的毒舌耿耿于怀。刘基说："惟庸得志，必为民害。"

这话够重的了吧，他还不罢休，打赌说："若使我言不验，还是百姓的幸福呢。"没有不透风的墙啊。胡惟庸气得咬牙切齿，恨不得把刘基给撕了。

此时的苏州府官兵遭袭，加之洪武皇帝的苏州府移民计划受到阻碍，使得朝廷对苏州的府治异常不满。胡惟庸认为，这是刘基的势力在作祟。中书省管地方事务，真正深究起来意味着胡惟庸有连带责任。

江南侯陆聚的面子很大，胡惟庸一般会与陆聚商量苏州府的事情。苏州的府台自然也会看陆聚的脸色行事。这个利益圈可了不得啊，苏州府是洪武皇帝的粮库和金库，也是朝廷财政运转的引擎，谁敢马虎？因为有洪武皇帝的宠臣胡惟庸把守，其他人自然是插足不了的。因此，无论是吴淞江上的"水匪"，还是淀山湖里的"倭人"，以及江北和温州的盐枭，都与这个利益集团有着千丝万缕的关系，密得令人窒息。

刘基知晓洪武皇帝的性格，所以一直置身事外，拒绝为官。洪武皇帝遇事依然会找刘基商量，刘基则直言不讳说自己的观点。

关于地方事务，刘基说："皇帝，设巡检司吧，否则地方的事情你就得听汇报，不能光听上报啊。"

洪武皇帝说："卿言之有理。"

不久，巡检司成立起来了。地方官也知道，巡检司的人就是皇帝派下来的，怎么样使得他们回去只说好事不说坏事最为紧要，所以使出了各种招式，目的就是和稀泥。

查办了苏州前府台金炯之后，连坐了不少地方官员。张员外是金炯的亲戚，有自己的田地，还是个方圆几十公里人人都熟知的大织机户。这查下来不可能没事的，三十六计走为上，张员外吓得跑了，可一路上并没有消停，竟然遇到了那么多的蹊跷事。

淀山湖上的"江猪"爆炸事件还真的报告到了朝廷。洪武皇帝大怒，责令胡惟庸严查。胡惟庸责成刑部尚书吴云亲自到苏州调查。原先的兵部和刑部联合调查组随之撤销，以防部门之间相互推诿。为此，兵部尚书蓝玉极为不满。

蓝玉也不是等闲之辈。洪武十四年（1381年）秋季，蓝玉受钦命，以左副将军身份协助征南将军傅友德率步骑三十万远征云南。洪武二十年（1387年），他又与大将军冯胜一起远征辽东，后来冯胜出事，遭洪武皇帝惩治，蓝玉以大将军身份再征漠北，直捣元营，元太尉蛮子人头落地，生擒次子等家眷百余人，为大明立下赫赫战功。

胡惟庸的一意孤行，令蓝玉异常不悦，因此，兵部对地方事务也是无限暧昧。当然,自从"江猪"事件之后,蓝玉感到当仁不让,他认为此事非同小可。暗地里,蓝玉利用金炯遭处置的契机,秘密调查"江猪"事件。

于是在苏东、江南有两股力量在暗自较量,严重地威胁着洪武皇帝的权威。这也让朱元璋对此类事件极为敏感,换相换将也极为频繁。

江南侯陆聚因此成了各派拉拢的势力。按理说陆聚作为洪武皇帝的命臣理应独立,但是他在胡惟庸和蓝玉之间频繁搞些小动作,美其名曰"两边都不得罪"。其实两边都在利用他来牵制地方势力,同时达到不花力气就能维稳的效果。陆聚对上面的行事方式也是心知肚明,乐得其所,顺势而为。

不料,就在张员外送走梁娟儿之后,正欲从淀山湖西侧的蔡浜上岸,一队巡查的官兵就将他们围堵在岸边,任凭张员外怎么磨嘴皮都不能奏效。这是在蓝玉的授意下的兵部所为。在把家眷安顿好之后,直接将张员外羁押到大营进行秘密审讯。

张员外说起来也是一条汉子,但是哪里经得住关押和连续的审讯。

在迷迷糊糊中,他交代了一桩事实。

"我把我的一艘船给了救我的两个年轻人,后来他们跑了。后来我又遇到了这艘船,只是这船上的人是来偷袭我们的,结果被我的土铳击中,他们的人死了几个,其余的跑了。"

秘密调查官把张员外的供述统统告知了蓝玉。老谋深算的蓝玉暗自窃喜,终于找到了一条线索啊。对于张员外是金炯亲戚这事,他倒没有觉得有什么。全是你张员外自己心虚,资助要犯作案可是死罪。但是,不能让他死,死了就没有价值了。蓝玉这方也有别的计划,因此,张员外在被关押了两个月后,又回到了苏州的漕可泾镇。这令周围的邻人大为惊愕。占据他家的地和房产的那些居民显得极为不耐烦。他们当然不希望张员外再回来，满以为这张家人会彻底消失的，怎么一下子都冒了出来？邻人不干了，纷纷指责张员外是个奸商，甚至就是个间谍。居然还有人去报官了。这一消息又被新升任的知府拿到手上，毕竟张员外是前任金炯的亲戚啊。

蓝玉指示苏州方面必须暗中保护张员外的安全。新任知府可不知道这个张员外与军方有什么关涉，直接将其拿下关进了大牢，择日处决。理由很简单，金炯是朝廷要犯，根据明律，株连九族，再加上张员外畏罪潜逃，罪加一等，数罪并罚。

应天巡抚周忱与蓝玉有私交。周忱暗示苏州知府陈宁不可贸然行事。这事才算压了下来。

此时，胡惟庸坐不住了，他授意吴云向洪武皇帝弹劾刘基。吴云密奏洪武皇帝，说刘基和金炯有瓜葛，利用吴地作为据点起事。洪武皇帝非常不开心，一想到自己屡次让刘基任右丞相，刘基连面子都不给，非常窝火，但是刘基有水平啊，在开国前他的计谋都管用，几乎没有失策过啊。在心里洪武皇帝觉得刘基就是个天才。但是你刘基不能反我啊。你不当官无所谓，我同样给你相位和俸禄，但是你蓄意谋反那可是突破了底线。念你开国有功，就饶你一死吧。但是俸禄要停掉，否则，何以服众？

说到做到，刘基的工资全部停掉。断了炊的刘基也是郁闷啊，知道自己暗地里已经被胡惟庸算计了。他也知道洪武皇帝可能要搬起石头砸自己的脚了，想到此，一阵窝心的痛，连饭也没法吃。太医开的药方不少，但是刘基越吃越难受，越来越无力……

第七章　绝处逢生

虽说江山已定，但治理起来并非易事。苏州常熟北毗长江，向东松江近临大海，形势极其复杂。

当年张士诚拉着十八人在高邮城击退百万人，此后张大王以此要挟元廷要求封王，元廷不允，张则自号吴王。后来吴王西征一度将地盘扩大，其中南到绍兴，中有江北的通泰、高邮、淮安、濠泗，北达济宁，后来一直盘踞于平江府城。朱元璋登基后改成苏州府。平江四周为太湖、澄湖、尚湖、淀山湖。这一带水网密布，芦苇荡纵横，水势深浅不一，广则烟波浩渺，窄则沼泽淤地遍野。洪武皇帝为此伤透了脑筋。

军中都知晓张士诚是盐枭的首目，气量不足，但行事谨慎，极其狡猾。手下有一养子俗称"五太子"，个头不高，但弹跳力极好，平地能跃起丈余。除此之外张士诚还豢养了一班勇胜军，这帮人据说都是强盗出身，张士诚赏予他们银铠锦衣，赐美号"十条龙"。这"十条龙"骁勇善战，也没有辜负张士诚的厚待。张士诚的大弟张士德驻守常熟，小弟张士信则驻守昆山，一西一东遥相呼应。

后来，张士德败于徐达、常遇春的守将赵德胜，赵将他缚之应天，张士德竟意气用事，粒米不进，活活饿死。再以后，洪武皇帝朱元璋下令围城，力剿张士诚。其阵容强大堪比武装到牙齿，飞炮流云，将平江城围得水泄不通，城里人插翅难飞。葑门为徐达军，虎丘是常遇春，娄门为郭兴，胥门为华云龙，阊门为汤和，盘门则由王弼把守，西门是张温，北门是康茂才，东北是耿炳文，西南是仇成，西北是何文辉。十一将围城，可谓里三层外三层。

张士诚的勇胜军试图从西门偷袭常遇春，哪知常遇春提前侦察到此消息，移师盘门与王弼会合。张士诚亲自督部出援，结果被联军逼至沙盆潭，张士诚连人带马坠入潭中。"十条龙"下水相救，结果死了"九条龙"，只剩"一条龙"护卫张士诚遁入城中，后竟不知去向。

战斗之惨烈，堪为明史中的精彩之章，后人则只是寥寥数笔，一带而过。自张兵败自缢，貌似一段历史自此结束。其实，事情并非如此简单，亲兵旧部拥护者众多，绝非一朝更迭就斩草除根得尽，只不过换种形式隐遁于民间而已。

看官有所不知，那条死里逃生之"一条龙"后来在张士诚燃宫自缢之时，竟然改头换面混入联军之中。

同样，长江南岸、太湖流域从来就没有太平过。虽然洪武皇帝完成了大明的统一，对于南方广大水域、西域乃至漠北而言，这些地方的残余势力虽然不至于颠覆国家，若是偏远守军或是守臣不力，地方小规模的骚乱和割据也并未绝迹。加之东北的高丽和日本的流倭不时从海岸侵扰沿海渔民点，海防不力也是受当时的历史条件所限。因此，淀山湖、吴淞江上出现的异样也就不足为怪了。

陆聚作为江南侯，对江南大事比较关注。一方面，他得给胡惟庸面子。另一方面，他也觉得自己没必要得罪蓝玉，虽然和平年代兵部的势力比起明初要弱化得多。胡惟庸对陆聚也是有所顾忌，毕竟陆聚在江南有自己的强大后盾。当初十一将围城，独是俞通海作为后卫，率部进军太仓、昆山、崇明和嘉定，都是陆聚作为内应和布阵。如果没有外围陆聚的密密匝匝的保卫，十一将围城也是力不从心的。蓝玉对陆聚也是极其尊重，因为蓝玉是陆军出身，对水军的情况不甚了了。因此，秘密调查水军情况，对于蓝玉而言本身也是难题。兵部需要南方都统的支持。

前文说过苏州府台陈宁心狠手辣，征收租赋时若有民不从，竟用烧红了的烙铁烙人，人称"陈烙铁"。张员外本来是陈宁要重点整治的对象，因为有了周忱的托付，陈宁对张员外格外地热情。张员外也是受宠若惊，但也无可奈何。其内心巨大的落差，众家眷自然无从知晓。往日的繁盛虽然不再，但是日子安宁之外，少不得有官员来访，这令四邻刮目相看，自然无人说三道四，怕搞得不好，自己倒是没有好果子吃。

兵部暗使调查机构人员乔装打扮，以渔人面目在吴淞江一带明察暗访，刺探水匪情报。张员外常常一身便装，出门也不与家人招呼。久而久之，张夫人难免嗔怪，抱怨张员外不务正业。老夫妻也少不了拌嘴的时候，这令张夫人伤心不已，痛陈如何费心尽职，落得老境凄凉。

张员外自然有口难辩，只是一个劲儿地摇头唤声叹气，陈述人生诸多陷阱与险境。张夫人知他受过囹圄之苦之后，饮食起居大不如前，夜晚常有莫名惊恐之状。张夫人感觉夫君一定是精神受了强烈的刺激，痛惜之余对张员外倍加体恤，不再怨言絮语。

话说一干武装人员扮成的渔人再度深入吴淞江地区秘密调查，但进展并不大。这令蓝玉大为恼火，随即对内部人员作了较大规模的调整，同时自己也以调研的名义前往苏州府。蓝玉的行为被胡惟庸上报到洪武皇帝那里。洪武皇帝大为不悦，但碍于蓝玉以往的战功，也就免予深究。

蓝玉到了苏州之后约见了张员外。他向蓝玉回忆起那夜三更时分，在漕可泾水域曾有三四个"水鬼"出现，其中有一只类似"潜水囊"的器具出没。"水鬼"都是蒙头黑衣，无法识别面孔，也不说话。一阵交手之后，"水鬼"逃跑，也无虐杀之心。兵部再度增派密探前往吴淞江水域进行侦察。

对张员外的陈述，兵部要员也曾怀疑过。时间、地点没问题，但是没有旁证，所以，对张员外的话暂搁置一边，并对张员外的行踪进行监视和调查。疑点包括收留过两男一女，还赠予对方相关船只，目前船只也不知去向。因此，有理由判定张员外极有可能是与"水匪"在联手行动。在征得蓝玉的同意之后，兵部将张员外秘密抓捕至位于金陵东郊的龙潭。

张员外的失踪令陈宁莫名惊诧：一方面，他明令地方官员不得散布任何消息；另一方面，他将张员外失踪的事报告给了江南侯陆聚。陆聚得到这个消息的第一反应是感到情况骤变，也许会有一场大戏在后面。

话说刑部尚书吴云抵达苏州时，张员外已经失踪。吴云将此事密函报至胡惟庸。胡惟庸指示必须找到张员外，活要见人、死要见尸。这事对吴云和陈宁都影响甚大，搞得不好，自己的人头都难保。

陈宁直接供出了周忱曾经插手这事，并且暗中给他打过招呼。胡惟庸大怒，斥责陈宁心猿意马，身在曹营心在汉。陈宁曾任中书参政因犯错受罚才出任苏州知府的。此前，曾任松江知府，陈宁以朝廷命官自尊，施暴于民实在违背了朝廷的本意。其子陈孟麟劝其收敛，陈宁竟捶之数百致死，令人毛骨悚然。

胡惟庸以此将周忱与蓝玉视为同谋。他出面稳住陈宁，让其配合吴云调查张员外的下落。眼看着刘基就要不行了，胡惟庸这才流露出一丝不明不白的笑意。

却说张士诚勇胜军的那个"一条龙"在张士诚进入内室与夫人见面的那一刻就跑了出来。联军已经进入内城。情急之下他去了张士诚常去的理发店，在那家理发店里做了一番乔装打扮。理发店的老板认得张士诚的人，否则在战火纷飞的时刻早逃命了，但是来人是张大帅的部下，老板也不敢跑，所以就配合他，做了发型，换了衣服，装扮成一个商贩混入联军的队伍里。

在巷战时，"一条龙"一个箭步从后面死死钳住一个卫兵的脖子，然后拖进一间僻静的屋子一拳砸碎了卫兵的脑盖，扒下此人的衣服，迅速换上，将自己装扮成一个突击队的卫兵。后来联军大部队整编转战江西南昌攻打陈友谅，"一条龙"没有走，潜伏下来。阊门遭散时，他又出现在人们的视野里，只不过他已经由一名敢死突击队员蜕变成一个本书开头所提及的狂想者。

阊门楼爆炸事件中，他看到自己的乡党又被遣散到淮东沿海和淮水之北，竟然控制不住自己，大笑起来，后来就有了巧遇理发师的奇妙故事。

"一条龙"正是吴实。他想起了张士信曾数日驻守昆山，也许昆山还是张的地盘，于是，他萌生出一路向东的奢望。从太湖漂到吴淞江之后，他就带着二十人乘着夜色上了岸。

那二十人中有老人和小孩，所以，上岸后情况发生了意想不到的变化，先是一个小孩肚子痛，最后由家人抱着跑了一段路后终究夭折了。还有一位老人也出了问题，本来腿脚不灵便，哪里吃得消这么折腾？在经过一片沼泽地时一头栽进了水坑，一声不吭地沉了下去。大伙忙于赶路，等发现有人掉队，原路返回寻找他时，他已经没了气息。

最后大伙在吴淞江东岸陆家找到一个废弃的坟茔地悄悄藏了起来。话说这陆家也是陆聚的故里，因此，此地官员流动的也比较多。陆聚隔三岔五回来省亲。因此，昆山县府相对比较开放。吴实要寻找张士信的蛛丝马迹，但是"路引"成了最大的难题。

各位看官可能对明朝的那段历史有所了解。洪武皇帝朱元璋出身贫民，他的土规矩比较多。他始终相信："上古好闲无功，造祸害民者少。为何？盖九州之田皆系于官，法井以给民。民既验丁以授田，农无旷夫矣，所以造食者多，闲食者少。"他要恢复"上古"时的秩序："将全国户口按照职业分工，划为民户、军户、匠户等籍，民户务农，并向国家纳农业税、服徭役；军户的义务是服兵役；匠户则必须为宫廷、官府及官营手工业服劳役。各色户籍世袭职业，农民的子弟世代务农，工匠的子孙世代做工，军户的子孙世代从军，'不得妄行变乱，违者治罪'。"

朱元璋又要求，士农工商"四民务在各守本业"，农民必须老老实实绕在农田上，不可脱离原籍地与农业生产。想弃农从商？那是绝对要禁止的。"农业者不出一里之间"，他们平日里，每一天的活动范围，都必须控制在一里之内，"朝出暮入，作息之道互知"。就算碰上饥荒，逃荒外出，各地府衙也有责任将他们遣送回原籍。从事医卜之人，也"不得远游，凡出入作息，乡邻必互知之"。

居民如果确实有出远门的必要，比如外出经商，必须先向官府申请通行证，当时叫作"路引""文引"。

法律是这么规定的："凡军民人等往来，但出百里者即验文引。"凡离乡百里，就需要申请通行证，经官府批准之后方许启程；获准外出的商民，在按规定的日程回到原籍之后，还要到发引机关注销，"验引发落"。

发引机关对路引的审批必须严格把关，"凡不应给路引之人而给引；若冒名告给引，及以所给引转与他人者，并杖八十""其不立文案，空押路引，私填与人者，杖一百，徒三年"。

如果居民不带"路引"擅自出远门呢？后果很严重，被官方发现、抓获的话，轻则打板子，重则充军、处死。法律还要求：凡军民无文引……有藏匿寺观者，必须擒拿送官，仍许诸人首告，得实者赏，纵容者同罪。

吴实那套军服关键时候又起了作用。在陆家的一个兵站，吴实押解着二十个人直接到兵站。兵站的士兵一看一个当兵的押着这么多人，有壮男也有老夫，就恭恭敬敬上来盘问来由。吴实娓娓讲起他在联军中服役，然后在巡查过程中发现了这帮盗贼正在锦溪意欲对一家织户下手，于是就把他们押解过来告官。带头的卫兵将信将疑，狐疑的卫兵正在琢磨对策，他瞄了一眼对方，两眼相对，双方内心似乎都隐藏着一层不可告人的秘密。

带头的卫兵"嘿嘿"两声，显得有些阴森。卫兵头目操起家伙猛地向吴实劈来，哪知吴实一个翻掌将领头将官的宝剑死死攥住。此人转身反抽，吴实顺势一个反转，胳膊倒旋一个弧圈，竟将将官的脖子夹在胳膊圈之间。吴实来个半蹲，往下侧一拉，只听见"咔嚓"一声，将官应声而下，竟然蔫软地瘫倒在地上。二十个人顿时从袖口和胸口掏出短刃或是带尖的石头一齐扑向了卫兵。卫兵人少，终究不是这二十一个人的对手。几个识字的人抓起"路引"一阵书写。

吴实轻声对大伙说："此地不可久留，大家不要乱，乱了一个也跑不了的。向东就是大海，向北是长江，我们向东北跑。"

如果继续向东顺着吴淞江就进入了松江府，松江府是出了名的棉产地，也是官府严加看管的地段。只有东北相对薄弱一些。当年宋丞相文天祥从元大都逃亡，路线也是逆着这个方向北渡南归的，现在他们明显是南渡北归。

大伙跟着吴实经历的那些日子里见证了这个精神狂想者的种种行为，也算是真心服了他。经他这么一说，大伙似乎也明白过来了。大家齐声说："勇士的话我们听，大家都听你的。"

一群疲惫不堪的"流寇"一路颠簸，从陆家向东，白天不敢走，只得夜间潜行，卫兵的刀戟长的不好带，拣短的拿。好不容易搞点吃的，大伙狼吞虎咽一气，擦擦嘴就走。有些人连厕所都来不及去，嘟嘟囔囔地冲向夜色中。

第八章 湖荡传奇

陆家是无比繁盛的，那时居然有了家庭染坊。这些家庭染坊规模虽然不大，但是非常气派。他们需要先在刷过桐油的纸版上刻花，然后将花版一头固定于桌面，坯布蘸湿置于花版下面，再将花版一角直立掀起。还要将黄豆粉加石灰作为防染浆，用水调和至黏稠适度，均匀刮于花版上。染缸调好颜色后，将浆布放入清水中略为浸泡，再平均地置入染缸约二十分钟。最后将布取出悬挂、透风，不断挑动布面，使全部氧化均匀，以达到显色目的。染色和显色可依色泽深浅要求，重复多次。

吴实点了一下人数，除了死去两个，一个掉队，一个逃跑，还剩下十八人，其中两个女人。正是这家染坊成就了这十八人。话说他们夜里悄悄潜伏在染坊门口，打更的看到这一伙人吓瘫了，舌头伸得好长。一个自称是松江黄道婆后裔的黄苗子说她懂得染坊的技艺。主人被惊醒，刚要大惊小呼。吴实一干人上去捆的捆、抬的抬，活生生地把一家人捆绑到一间仓库里。

"大伙按我说的步骤来吧。我们都化装一下啊，否则都跑不掉了。"黄苗子招呼大家到染缸前涂涂抹抹。一干人扯了些许干布扎在腰间，还有人斜挂在腰间，吴实还是一身卫兵服。黄苗子专门给他加了深色。

　　临行前，吴实扔给主人五锭银子，算是对染坊的补偿。大伙一行立即就向陆家的北侧奔去。临走前还赊了主人一辆牛车，牛走得慢，但是有了这个牛车，可以拉伤员，也可以装载他们的行头和铁锅。

　　大家轮流看管这头大水牛。这些生活在城里的人对水牛的脾气不熟悉，常常把牛脾气给犟出来。牛一来脾气，大伙就慌了。所以，大伙对牛毕恭毕敬的，似乎有哄着它的意思。给牛吃草时，寂寞的人儿还不时地给牛讲故事或是抒情一番。

　　谁说古代的时间不是时间，出陆家也不容易，有设关卡盘问的，还要检查"路引"。黄苗子亲自上前，告发吴实胁迫他们这批远道而来的"生意人"，说着大伙把"路引"呈上。检查的卫兵看看吴实，又看看黄苗子，只见他嘴一噘，其他几个卫兵一哄而上，欲将几个人绑了。吴实看是在昆山的地盘上的卫兵，试探着问了起来："兄弟且慢，我是李善长将军的部下，也曾在张士信的手下干事。请问诸位是哪个部的？"

　　卫兵一听李善长、张士信，"扑通"一声都跪了下来。虽说李和张是两派人物，但对于士兵而言，都是自己的长官，只不过昨天是张士信，今天变成了李善长。一番礼节之后，言归正传，商人凭"路引"可以放行，但是吴实不可以走。这是规矩。

　　黄苗子一看形势不对，向侧面的老刘使了个眼色。老刘忙去牛车上搬下一捆染好的麻布点头哈腰地递给带头的将官，说："一路上都亏他帮我们押送呢。要不是他，我们这些货与人早被强盗掳走啦！"

　　吴实接着说："长官，说来话长，这些人是陆聚的老乡，还有的是胡丞相的亲戚，我也是受命执行啊！"说实在的，也只有吴实这样背景的人敢撒这样的弥天大谎。官兵们看他那神气的样子，再看看那布匹还真是不赖，长官努努嘴说："布带走。"

　　黄苗子一听这话，扛起布匹就跑。吴实无奈地摇摇头，骂了一句：

"拆烂污，系系特算哉。"

这一骂可是露了马脚，长官即刻反应过来了，举起手中长剑直奔过来。原来，他们已经接到军方的通缉令，严查境内说苏州话的流动商人和居民。

正当将官冲来的时候，"砰"的一声，将官和三五官兵应声倒下，土铳的威力还真大。吴实抬头一看，原来是一个披头散发的女人用土铳放倒了追兵。吴实惊讶不已，那不是梁娟儿吗？真是绝了！

原来梁娟儿离开张员外一直向东向北，在吴淞江里待着，靠水生物和简单捕捉的鱼虾度日。她到了陆家正准备问路去刘家港过长江寻她的家人，没想到遇到了逃亡中的这群人，土铳派上了用途，但也酿下了大祸。袭击官兵等于是谋反。

大家的意见又有了分歧，走水路可逃到公海上，走陆路跨海到岛上去。两派意见不一致。

这次不能再靠抓阄了。情况异常复杂，吴实清醒得很，朝廷绝不会对此事罢休。梁娟儿还是撇清干系吧！大伙儿对梁娟儿的两次救命异常感激，两个妇女围着梁娟儿嘘寒问暖。吴实说："你们三个女的都化装逃跑，或者异地隐姓埋名，方能活命。我们只能出海。"吴实说得斩钉截铁，没有一点儿商量的余地。

两个妇女不吭声，大概是吓坏了，顿时显得六神无主。她们本来就没想到会这么复杂，要知道这样就不会阴差阳错地跟着这个"赤佬儿"跑了。妇人内心的愤愤不平还是没能克制住，她们竟然号啕大哭起来，一副不依不饶的样子扑向吴实。

吴实被折腾得气急败坏。梁娟儿一看这架势，也是无计可施。倒是黄苗子等一干老邻居上前劝说。

"事已如此，再说了，又不是吴某人劫持你们来的。"

"上了贼船下不去，这是什么报应啊？"妇人还是不能平静。梁娟儿一路没少遭罪，但看此情形，她说："我还是一个人走，船给你们吧！我从陆路走。"

吴实心知肚明，梁娟儿是怕这些难缠的妇道人家。

大伙凑到一起，在地里摸了点苞谷嚼烂充饥，偷偷上了船。

吴实对梁娟儿说："你还是别走，我们到江边送你到北岸不迟。"

梁娟儿思忖了半会儿，略有所悟，答应了吴实的建议。大伙上了张员外的船，吴实一看"扬帆号"顿时想到了阮兴无。

梁娟儿把遭遇张员外的搭救以及与张员外一家在吴淞江上逃亡的事情一五一十地告诉吴实。吴实说，阮兴无他们不是做了水匪就是被消灭了。面对茫茫的水面，吴实不免陷入一片惶惑之中。

黄苗子伙同几个壮汉用短刃把牛宰了，牛车被卸了生火。大伙偷偷吃了一部分牛肉，已经是好多天没有饱过肚子，好几个人还拉肚子。天气越来越冷，大伙担心河面结冰，船走不出去，不是被官兵抓走就是被冻死在河面上，唯一的一张牛皮被做成了皮帆。扯着牛皮帆的船一直向北走。牛油熬制成冻疮膏，最次的油被浸上麻布做成了麻布油丝用来堵船底漏水的缝隙。

船又上路了，朝着他们自己也不知道的地方驶去。

话说阮兴无走的水路也是异常艰难，从太湖到吴淞江向东，结果船进入了澄湖。澄湖在淀山湖的西北方向。阮兴无虽与盐商混迹多年，终究是个打杂活的，自从在扬州弄了点钱跑到苏州开了家理发铺子，也算是把扬州"三把刀"带了一把过来，羡煞了苏州人，连张士诚这样的大帅都到他的店里去。阮兴无知道张大帅也是道上的名流。碍于张大帅现在的地位和派头，阮兴无自然不敢提及并不遥远的过去，正所谓自古英雄不问来路。

张大帅到底是个率真的人，倒是主动与阮兴无说说江北的事，从泰兴说到兴化，再说到高邮、扬州。张大帅无不感慨那些年兴风作浪的岁月啊！这平江府邸虽然温柔可也是风雨飘摇、四周雷动，远不抵当年安卧在高邮城。阮兴无哪敢吱声搭话，一口一声地"诺""诺"。

阮兴无除了做小生意，对苏州之外并不熟悉，也是阴差阳错上了"贼船"下不来了。面子也是非常重要的，你看看梁娟儿一个小女子都敢担起后卫，他怎么就不能干一番事情来呢？一时冲动是心魔，事后他隐隐有些后悔，但是没有退路了，二十个人跟着他逃亡呢。他要把他们带到哪儿去呢？这个问题一度使得他非常迷茫。

比起吴实的跑路来，这"扬帆号"好多了。但是二十一人的吃喝也成了大问题。

阮兴无问大家怎么办。

大伙嚷起来了："把我们送回去，我们要回去。"声音一浪高过一浪。

阮兴无说："好，要回去的请举手。"

话音未毕，齐刷刷地举起了二十五只手，有五人举起了双手。阮兴无走到他们跟前压下了他们的另一只手，说那是投降的姿势，非常难看。

阮兴无说："这样吧。船给你们，我一人上岸。"大伙一听他要上岸，急煞了！

这人忽又嚷叫起来："不行，你这是什么意思，甩下我们跑啊？不可能！"说着大伙一起上前就要揍阮兴无。

顿时，阮兴无想死的心都有了。

阮兴无说："既然这样，那你们推选出一个代表做领队吧，这样内耗着没有一个活命逃出湖的。况且官兵们也在追查这事，迟早我们会被绞杀的。事不宜迟。"

一个癞头的年长者站出来说:"依我之见,还是你来当领队。我们这些人平素也只是遛鸟喝茶,也不懂江湖那一套。"

大伙一看这阵势,不少人又接过话茬说:"成庄主说得对,还是你来吧。"

阮兴无沉默了良久,微微一笑说:"那我们一路向北,跨过长江吧!"

众人哪里肯依,又大嚷起来:"我们就是不愿过江才遭此罪,不过江,不过江。"

阮兴无看着这群人心里不免一怔。

眼看着一场大风即将来到,阮兴无手握船舵,目光一片茫然。一个浪头侵来,船晃荡了一下,吓得船上的人大呼小叫。这一歪,人颠倒一侧,加剧了船的吃水。又一个浪头打来,船身迅疾倾斜,舱内顿时进了水。一阵混乱之后,船底向上,一干人全部倒进了澄湖⋯⋯

阮兴无怎么也不敢想,全船除了他一人其余都死了。心爱的"扬帆号"始终和他在一起。正当他处于迷茫之时,湖面上突然出现一伙不速之客,这伙人帮他一起把船翻正清水。本以为这伙人是帮他的,没想到远不止这么简单,他们居然要船的一半股权。阮兴无急了:"那你给我另一半啊,否则我怎么带走我的另一半。"

对方人多势力大,有一个人举刀就要向阮兴无砍来。一个长着络腮胡子的人拽住了那个举刀者,说:"这成何体统?船有人家一半产权的,保护产权人的利益,历来是我们的做法,杀人不符合规则。"阮兴无对这套理论实在是听不明白,心想,"只要你不杀我,给我吃喝,就算我给你们打工吧!"这么一想,阮兴无也就不说什么了。哪里知道这伙人还搞来了字据,请阮兴无签字。阮兴无哪里会写字啊,哭笑不得。

结果是咬破手指画了一个押，一方一份。阮兴无将之塞进了棉袄的夹层里去了，美美地吃了一顿，沉沉地睡去。

阮兴无看他们议事说事，就是不明白这伙人是干什么的。有时他会好奇地凑上前去探个究竟，但是都被他们劝开了。一连几次都这样。阮兴无没事干了，心烦意乱。他想吴实，想他的"树船"，那是他和吴实的发明。他一想到那二十个死鬼，又不免心里发麻。他不是存心杀了他们，是天意啊。他便这么想了，否则他心里总觉得堵得慌。

夜里，这伙人又是叽里呱啦一阵子，不懂他们在搞什么。船离开了澄湖，一路又向淀山湖方向疾驶而去。湖上白天开始出现官兵的船只。阮兴无点蜡烛示意比画给他们说："夜里可远航的。"对方点点头，向他竖起了大拇指。

但是情况渐渐复杂起来，湖面上的官兵越来越多。后来，夜里也有官兵巡逻了。阮兴无和这伙人开始钻进芦苇荡。阮兴无发现几条船的后面拖着好几个黑黑的皮囊，似乎皮囊里还有人出没，这令在河上闯荡多年的他开了眼界。

他寻思道："这是什么好玩意儿，怎么远看就像一头死'江猪'呢？"

阮兴无对于"江猪"的兴趣彻底得罪了这伙人。一天，这伙人开会，一起讨论阮兴无的一半资产的问题。

一阵叽里呱啦之后，他们拿出合同，示意阮兴无也拿出那张画押的草纸来。对方在另外一张纸上写上了赎买他的另一半，请他签字，另一半的质押居然是一把洋刀外加两锭银子，然后在芦苇荡里用木筏子将阮兴无送上了岸。

上了岸的阮兴无不敢久留，一阵狂奔，昏天黑地，一头栽倒在一个村庄的地里。

不久，就来了一队官兵对嫌疑人等进行追查。阮兴无就势滚进了一个沼泽地，虚掩的芦苇挡住了他。一条命总算保了下来。

淀山湖戒严了，所有来往船只都要进行安检。阮兴无把洋刀偷偷埋进了沼泽，在沼泽地的边上，插了一根树枝，有个鸟巢的树枝。

他用一锭银子换来了渔网，想在淀山湖边做一个打鱼的自由人。

浩浩荡荡的淀山湖终究是大明江山的一部分，岂能容下杂七杂八的人等吃五喝六？阮兴无的太平日子随之也将结束了。

澄湖沉船事件与淀山湖土铳袭击官兵的事件一并报到朝廷，苏州知府被革职。同时，朝廷派巡检司督办案件的侦办，既要肃清水匪湖患，还要严查官员腐败，特别是勾结外倭测量中国水面事件。

不久朝廷再下旨："沿湖所有道口严加防范，入江水道和内湖航道屯兵驻扎，设置检查站。对沿岸所有渔民点进行彻底清查，对人员身份进行核查登记。"

阮兴无也是被重点清查整治的对象。他自述来自扬州，做杂役的，后来老板溺毙，走投无路只得沿岸乞讨和以打鱼为生。官兵推推搡搡把他拉进了遣送站。遣送回原籍是不可能的，按官兵的说法是，到滨海的农场去。阮兴无一头雾水，彻底蒙了。

其实他有所不知，吴实和梁娟儿那群人也正在向滨海农场方向而去。因为那里地广人稀。说是农场，其实就是荒无人烟的不毛之地。

阮兴无要去扬州和泰兴只能做梦去了。押运他们这些盲流的官兵气呼呼地抱怨朝廷，抱怨这些让他们累成痞的盲流。要不是朝廷如此上心，官兵早一剑将他们全劈了，省得让他们折腾个没完。看着傻乎乎的官兵，阮兴无为自己的深藏不露又沾沾自喜起来。

第九章　碧涛春水

　　刑部尚书吴云上书洪武皇帝弹劾刘基之后，胡惟庸一派上升的势头很快。蓝玉与刘基没有多少瓜葛，但蓝玉与胡惟庸一个是武官出身，一个是文臣。蓝玉心里不服气，倒是对刘基的为人充满了敬意。

　　一日，蓝玉接到内侍的通知，说刘基归天了。洪武皇帝大恸，竟然伤心过度，体力不支了。蓝玉知道洪武皇帝与刘基之间的感情，自己也是感慨不少。自从调查官外派到龙潭之后，目前还没有特别要紧的信息传来。蓝玉急得团团转。他要给洪武皇帝一个惊喜，大大的惊喜。同时，他要让胡惟庸的狐狸尾巴露出来，让大家看看这个人的真面目。

　　张员外自从被军方看中之后也被征调到龙潭基地做培训，主要是培训他的潜水能力和反侦察能力。这对于一个苏州的士绅而言，还真是一门全新的课程。张员外极不适应，好在他识水性，也是一个好把式。自从到了军方基地之后，张员外的真实姓名也就完全消失了。

　　古老的潜水艇，上文我也说了，是内层用木架子，外膜用防水的骆驼皮包裹着，接口处用骆驼油熬制黏合。木架子开有天窗，骆驼的眼膜处就是潜望镜。人钻进去用类似于鱼鳍的外接装置在水中浮游。当然，这时的潜水艇主要靠水面船只的牵引，潜水艇与航船保持适当距离，以便于借助光线看到水底的情况。

军方需要通过训练反潜能力来压制日渐高涨的寻宝热。世传吴淞江上沈万三的金银船沉船事件已经引来了外倭。外倭就是利用潜水囊这样的设备寻找沈万三的沉船位置。同时，私盐贩卖日益猖獗，部分官员也混入其中，朝纲弛紊，权贵结党营私。蓝玉的矛头还是对准胡惟庸。

与此同时，陈宁作为苏州知府，向吴云密报了张员外的失踪。吴云指示必须查清查实张员外的下落，否则这事麻烦就大了。丞相胡惟庸等着结果呢。

刑部发动各地地方衙役配合巡检司和按察使司秘密查验来往所有船只和行人，一张寻找张员外的大网随即铺开。

陈宁将张员外家佣等一干人严加看管，全天巡视，一经发现人员进出必须追查来龙去脉。吴云指示所属部员查验张员外以前所有的蛛丝马迹。张员外的夫人说出了两个重要细节，一个是张员外曾被人救过；另一个是他也救过一个女子，女子已不知所终。他们在淀山湖遇到水匪，用土铳打死大船上的人，还有小船上的人跑掉了，其中有一条船就是他们自己家的。

这些细节让刑部与地方知府联署办公的官员傻了眼。居然有这么一连串的事件都被掩盖了。这么一扯，事情就大了。

可以肯定的是张员外一定遇到了外部力量才改变人生轨迹的，否则一个地主兼商人不会铤而走险，即便是因为怕受金炯处死连坐的影响，一个逃命的人若不是遇到威胁是不至于动用土铳反抗的。

谁人救他的，他又是被什么人威胁了？一连串的问题让侦办的官员犯了难。最后，联署官员断定必须查到一个关键的女人，因为此人知道其中的细节，这是一个重要的突破口。一道道密令发出，沿途严加盘查流动的女性，严格实行"路引"制度，没有"路引"的一律扣押，伪造、涂改"路引"的一查到底。各口岸随即接到了户部发出的公函。

军部已经知道户部的指令，同时丞相府要求军部协助户部做好江防、海防的协同巡查通令。但蓝玉没有转发这个令。在龙潭基地，蓝玉的秘密训练部队增派了一个营的内卫。严加保密训练事项。龙潭临近江边，在江上利用水军团练训练的幌子，反复训练"潜水囊"的性能，以及延长人员在囊内的识别和驻留时间。

水下压力大，木架子的空间尺寸相当讲究，在训练过程中出现了多次意想不到的事故。随着下潜深度的增加，潜水囊多次爆裂，人员接二连三伤亡，一度使得训练陷入僵局。蓝玉指示，必须寻找最好的材料做好龙骨。

木架子不行了，下潜到十公尺就断了，上好的楠木也不顶用。军中工匠一筹莫展。之所以一直选用木质材料，主要是考虑这种材质比较轻，在水中还有浮力。如果换成陶瓷，皮囊的浮力大大减弱，无法做到自由上浮或是下潜。工头是个上了年纪的老匠师。他试过了很多材质，如琉璃、巴劳木、铁，基本上不理想，经过上万次试验，最后决定还是用整架子的骆驼骨骼，也就是说，一头完整的骆驼只需完整地从内部卸除内脏和肌肉，保证完整性。人从骆驼的屁股撕开的口子进去，然后用针线缝好，用熬制的骆驼油黏合，这样可保证防水和控压。

张员外被编成了番号二一〇，他主要是作为向导配合潜水部队下水搜寻其他的潜艇部队的踪迹，包括熟悉江河底部的情况。因此，二一〇潜水艇一般都是在前面探寻。为了不引起外人的注意，军队的官船统一改制为普遍渔船，在湖面上游弋，作捕鱼状，每个渔船都进行编队，水面上的编队对应水下潜水囊的编队，形成了一个阵势。

军队还给每条渔船配置了"路引"。跨区作业的渔船，周忱作了担保，配发的全部是金陵的"路引"。这也是明代极为罕见的一段公案。

真相即将大白于天下之时，蓝玉为自己部下所取得的重大进展暗自窃喜，可刑部的一道奏折打破了暂时的宁静。

刑部在澄湖地区接到报案，有二十具尸体来历不明。刑部一看事态严重，就把情况向洪武皇帝做了陈述和报告。洪武皇帝沉吟了一会儿，说："势必有人要谋反暗杀，或是盐枭杀人运货，也不排除倭寇所为。"洪武皇帝要求严查所属各路。一道道密令又从上面传达下来。

刑部感到军方行踪诡秘，是不是又有什么勾当？但是一时拿不出证据出来。吴云急得团团转，就向胡惟庸试探口气。胡惟庸直截了当地说："当初遣送去两淮地区的主要任务是蓝玉将军的，你问问他是否有实际的数据上报，核对一下实际人数，然后让陈宁把苏州府的人口再加上核对一下。"吴云这才松了一口气，心想："蓝玉啊，蓝玉。你还比得上胡丞相？"吴云露出了几分颇为得意的神色来。

阊门楼爆炸事件本身对军方就是一个考验。军方疏于管理，特别是土炮走火，自毁城池，落人以柄，令对手欣喜若狂，而蓝玉当是措手不及。

眼下，苏州移民事件的后续工作紧锣密鼓地来了，户部负责核查人口，军方协助调查在羁押过程中乘员的流动情况。一道道密令都指向蓝玉。两派、多派之间的博弈从来没有消停过。大明天子脚下看似安逸平稳，其实暗流一直在涌动。

此刻，胡惟庸决定把阊门移民的事还是向洪武皇帝作一次汇报。洪武皇帝听罢勃然大怒，重申事态的严重性，因为这不仅关涉海州南土地的开垦，也是对两淮盐课可持续发展的严重考验，淮安和扬州两府要做好移民的接收和安置。

胡惟庸汇报了移民工作中遇到的难题，扬州和淮安二府鼎力做了不少工作。但是，在总结阶段，胡惟庸避重就轻说了羁押过程中出现的"乱局"。洪武皇帝责令枢密院会同中书省调查移民过程中的移民滞留及官兵遇袭伤亡情况，追查谋反者，追究军中腐败。

枢密院是最高军事机构，中书省分管六部。这一来，凡事须得向洪武皇帝汇报，日常事务由李善长和胡惟庸负责，兵部尚书蓝玉被完全架空。刑部尚书吴云到淮安、扬州二府调查人口情况。应天巡抚周忱和苏州府台陈宁核实苏州的人口情况，并对辖区内外来人口进行普查统计。

李善长重点秘密调查江防、海防以及龙潭基地和内卫部队将领的腐败与治军不力问题。至于陆聚，他是洪武皇帝亲封的爵位。两位一阵密谋，觉得暂时还没有办法动他，只能从外围突破。

蓝玉知道胡惟庸在利用闾门事件刻意压制他，对于两艘运兵船在古运河遭遇劫持这件事本想压下去的，没想到居然被胡惟庸抓住了小辫子。蓝玉觉得纸终究是包不住火的，于是，安排精干人马抓紧侦办，以最快的速度了结此案。

原本被驱赶到滨海农场的留置人员重新被押回苏州，对每位留置人员进行隔离审讯。阮兴无被押进了大营接受审讯。

阮兴无被饿了三天，吃了三碗盐饭，渴得要钻进地底下去。接着他又接受了一顿炮烙之刑，几乎被折腾得奄奄一息。后来他终于扛不住了，迷迷糊糊地交代他是吴实，杀了官兵烧了船只，然后淹死了一起逃亡的二十个百姓。他没有别的要求，但求一死。

哎呀，终于找到了张士诚失散的最后"一条龙"。蓝玉大喜，这是意外的惊喜。细心的蓝玉觉得他自己报告给洪武皇帝有些不妥，势必会引起胡惟庸的嫉妒，并会加快对他的剿杀。蓝玉觉得此事交由李善长汇报给洪武皇帝比较合适。

李府也是不能随便进的。高层有规矩，部员之间，丞相与部员都不能私自来往。大员府邸都是交错开的，即使来往都在内卫部队的视线之内。蓝玉趁着一个艳阳高照的日子去李府拜访李善长。

李善长是洪武皇帝起始成就基业的功臣，军事上也是蓝玉的老师。一阵寒暄之后，蓝玉如实相告，人犯目前还没有处置，等候高层指示发落。李善长听说张士诚的一条不死之龙还在世，既惊又喜。

洪武皇帝听李善长一汇报，不禁大喜，特意召来蓝玉，大加赞赏，至于对"一条龙"的处置方式却令蓝玉大惊失色。洪武皇帝说，"十条龙"个个都是好汉，关键时刻这"十条龙"个个勇猛异常，果敢护主，张士诚能养"十条龙"，我一条都不能养住吗？于是，他要将此人赶紧请上殿来。由于用刑过重，最后这条龙是几个狱卒用门板抬到殿上请洪武皇帝过目的。见此情形，蓝玉吓得冷汗直冒。这个叫吴实的实际上是阮兴无，他曾被冒名安置在李善长的手下。

蓝玉对此后悔莫及，忌惮日后"一条龙"得势之后会对他用刑过重而加以报复。但一想皇帝高兴，胡惟庸的计谋破产，他不禁喜上眉梢。尽管调查暂告一段落，但是胡惟庸对这样的结果还是充满怀疑。他想事情并非这么简单。暗地里的调查仍在持续。

蓝玉对太湖水域的侦察计划也在紧锣密鼓地进行着，除了白天的巡查之外，还增加了夜巡。同时，潜水囊计划的实施范围也在不断加大。在蓝玉看来，对各大水域必须采用拉网式的侦探，否则，水匪以及水下情况也无从得知。

张员外毕竟上了年纪，几番折磨已经让他有了想死的念头，对于一个没有自由的人而言，反抗也是无力的。长期的水下训练，使得他身心憔悴。他觉得自己似乎得了抑郁症，整日郁郁寡欢，几次自残寻死，幸亏被及时发现才被救了出来。

蓝玉觉得事态严重。对太湖水域的情况异常熟悉的这个人不能死掉。凤阳、滁州等地的北方兵对水性不是十分熟悉，对南方水性熟悉而又能对情报保密的人也不是太多。蓝玉想启用这第十条龙"吴实"。但是，皇帝研究把这第十条龙安置在李善长的麾下。他怎么能随意处置呢？除非这第十条龙本人要求到蓝玉的部队。

蓝玉打算试探一下情况。于是，蓝玉有意约李善长和"吴实"到他的部下视察。当然，他最得意的"潜水兵"同时也接受了检阅。

"吴实"在看到张员外的那一刻，张员外嘴巴张得好大，他怎么也没有想到当初救他的人居然是军方的大员。"吴实"看到张员外，觉得此人不是吴松江边曹可泾镇上有名的大户张员外吗？两人本能地都向后退了两步。这些细节都被蓝玉看在眼里。

蓝玉试探地问道："两位莫非相识？"

张员外有气无力地摇头回答："不认识。"

事实上，张员外自从见到阮兴无之后，精神的确比以前好多了，他觉得看到了希望，因为至少有一个大人物知道他，与他有过交集。他想好好表现，也许这个大人物能帮上自己而不至于乱死在军中。

蓝玉命令潜水部队对太湖地区的水下进行一轮全面侦探，全部过程至少需要一两个月的时间，目的是想弄清水下状况，还有就是寻找外倭活动的蛛丝马迹，一并解决河上的水匪打劫商船和渔民的问题。

但自从"吴实"来过之后，蓝玉便觉得这个张员外显得碍眼了，未来必定坏事。于是，一个新的计划在蓝玉的心里规划出来了。

　　"潜水兵"的侦察工作照旧，不过，这次派出的小分队重点探寻吴淞江水域，张员外无一例外地打先锋。吴淞江水域水流湍急，深度也是高低不一。部队下了决心，一定要下潜到新的深度，一举找到沈万三沉船的黄金位置。

　　张员外担心下潜过程中设备会出问题。对于他这个年龄的人，他觉得安全是一方面，关键还是救助系统，而这样朴素的想法在那样的情况下是不可能得到保障的。然而，在他正准备好好活下去的信念确立之后，他竟然遇到了曾救过他的理发师阮兴无。本以为会搭上他的关系早点回家，哪知情况变得异常复杂起来。

　　张员外照例带着幻想下潜，当他潜到五公尺、八公尺……设备开始出现异常。十公尺、十一公尺，只听见"砰"的一声巨响，张员外眼前一道漩涡袭来，他被一种神秘的力量裹挟着抛开，拽回又抛开。他想喊水上的人赶紧抓住他，可是渺渺宇宙，再也没有人能听到他的声音，再也没有人需要听到他的声音……

第十章　笙尽离人

阮兴无惊讶自己在临危的那一刻居然能够将吴实与他道别时互换姓名的约定扛过来。他说不清道不明这是上天的刻意安排，还是自己确有什么过人之处。其实，他对吴实并不了解，能够相识纯属偶然，至于后来的一系列行动都是人性使然吗？一个"吴实"的名字居然让他改变了原有的生活轨迹，他觉得异常惊异，又无比难受，自己也很不习惯这样的生活。最担心的是他不知道他的谎言会带来多么坏的后果，甚至是生不如死。

他想去找张员外，也许他能跟自己说些过往，这样他也可以宽宽心，商量一下如何把这个结给解掉。他就是一个盐枭的下手，一个理发师，不配享用皇帝这份俸禄。皇帝的模样在他脑海里已经非常模糊了，那会儿他刚受过重刑，身体疼得难受。见过真龙天子也不管用，他依旧疼得锥心。现在，他感激皇帝的救命之恩，但是他感到对不起皇帝，救他不死的皇帝。他要见皇帝，告诉皇帝他不是吴实。

李善长毕竟是元老，忙着自己的各种乐事，对于这个过去的对手手下的鹰隼自然也没有什么好感，说起来也是碍于皇帝老弟的面子，否则早想砍了他，毕竟自己手下多少弟兄死在他们手上啊。阮兴无在李善长的眼里其实就是个囚犯，一帮人在看押着他。

自古以来有规矩，相府之间是不能乱窜的。各个府邸之间不仅有必要的隔离，还配备了独立的内卫军士。这些军士随时调防，互相之间也不常碰面，因此也无法形成串通一气的格局。阮兴无想出去散心，必须要跃出森严的大院。然而，每次他想走出大院的门都会被看家护院的将官劝说回去。久而久之，他显得有些不耐烦了。

相府后院有个偌大的池塘，里面按照江南园林的标配，除了有假山、荷花，还有白芍、芍药、黄芪等药材品种。当然，还有凤阳一带的大叶榉和杨树。高耸的灵璧石显赫地矗立在后花园的右侧，俨然是一道威严的屏风，将府邸的实景遮挡住了；又像是一面后视镜，藐视着城墙外众人的一举一动。

左侧有一道高高的围墙，围墙外就是官兵们的营垒。阮兴无常常遥望那垛城墙，金陵的城墙要比阊门的城墙高而厚。他想象这里要是能出现一个洞那该有多好，他会首先冲进这个洞里，然后大摇大摆地出城。

百无聊赖之时，他摆弄起自己的活计，一把剃头刀。这是到了大营之后，用了上好的膳食偷偷从一个给卫兵理发的小卒那里换来的。他把剃头刀夹在食指与中指之间，一个旋转，剃刀像是弹簧一样迅疾飞旋起来，让人眼花缭乱，引得士兵们惊讶不已。他给士兵们理发，搞得这些从来没有理会过发型装扮的穷苦士兵们欣喜若狂。他理的发型特别好看，大伙乐得围着他直转悠。

有个胆大的卫兵说相府后花园的乌桕树上有一只大鸟巢，鸟巢里蹲坐着大乌鸦。大乌鸦一到天暗或是有风时就会发出"啊、啊"的叫声来，叫得大伙心慌。他们想把大乌鸦弄来让阮兴无给剃个光头，然后将它绑在树上示众。无聊的阮兴无当然乐得其所。

他说:"好吧,好吧,只要你们弄来,我一定给它剃成一个漂亮的'桃子头'。"

大伙"呼啦"一声就要动手。相府的管家是个太监,他看卫兵要上树,急得团团转。阮兴无也来了兴致,说:"大伙若带我过去,我可以用弹弓干掉它。"士兵中有不识弹弓玩法的,听说不用上树就可以弄下乌鸦,也是兴奋异常。

那时没有橡皮筋啊,这个材料可难死了大伙。阮兴无哈哈大笑:"这个好办,好办!"士兵们被他笑得六神无主。大伙平时除了操练大刀、长矛以及盾牌、钩、戟这些之外,实在是没有什么见识啊。

其中一个壮实的小卒壮着胆子问:"您见多识广,说说呗!怎么玩?教我一招。"

阮兴无说:"有个办法啊,这玩意儿有两种材料特别适合它,你们去找黄中带青的柳条或是胳膊粗的竹子。"

他这么一说,大家才恍然大悟。

阮兴无对这些工具当然不陌生,过去他在盐商的押运船上曾用柳弓或是竹弩作为防身武器,可远距离射击,会给官府侦破案件增加不小的难度。

柳条的效果当然不如竹片。竹片的弯弓不听使唤。几个士兵上来一起死命地扳竹片,"咔嚓"断裂成两截,大伙吓得面面相觑。

阮兴无找来柴火,青竹经火一烤,发出了青涩的香味。一会儿竹片上沁出了水珠,只见阮兴无抓住竹片两端顺势往自己的膝盖上一磕,两臂一使劲儿,竹片竟听话似的弯了。他试探了几次,再用水浸湿,反复几次,一根竹片便变得弹性十足了。在竹片两端系上上好的牛皮带,在竹片的中心钻了一个孔,一把竹弓就做好了。大伙兴高采烈地围着阮兴无竖起了大拇指。

阮兴无在他们的心中本来就是一个英雄，现在他们更是佩服得五体投地。

阮兴无的小伎俩到底蒙蔽了这群士兵，在大伙射乌鸦的当儿，他察看了地形。屏风后面的池塘竟然流淌着活水。原来有一个暗道与护城河相通。这给阮兴无带来不小的惊奇。打乌鸦并没有想象的那样顺利。不过对这个行动，大家都表现出一种兴奋感。也许百无聊赖的生活压抑得太久，大家缺少的恰恰是这些充满着智慧与生机的生活。

阮兴无在射乌鸦之前，一个人悄悄躲在屏风后突然冲到进水口，然后一头扎进了护城河。当有人发现阮兴无没了踪迹，这才慌乱起来。

这事当然瞒不过李善长。李善长老谋深算久了，掐指一算，足足一个时辰。估计不远，但是夜黑风高，到哪里找去？

"放了吧，放他归山，主公定会不饶他。不放，安插在身边终究是个眼中钉。现在不是放不放，是人跑了，皇帝也是问的。"

李善长想来想去，此事隐瞒不得，须得向皇帝报告。

洪武皇帝临朝，李善长禀报"第十条龙"莫名其妙地消失不见了。李善长本是惶恐，却见洪武皇帝没有气恼，暗中不觉更加迷惑了。

洪武皇帝说："这条'龙'怎么跑都在我大明的土地上，请各位还是要把这条'龙'给逮住，而且要活的。"

众臣心知肚明，一朝怎能容得"两龙"？尽管这个亡命之徒与洪武皇帝不可同日而语，终究还是洪武皇帝的心腹大患。

三呼"万岁"之后退朝。李善长心事重重，他直接找到蓝玉商量对策。蓝玉和颜悦色，恭恭敬敬地敬拜老上司。他不敢得罪李善长，也得罪不起这个人。李善长毕竟是洪武皇帝起兵时的得力支持者之一，也是国家的重臣。

蓝玉觉得此事蹊跷，背后一定有惊天的阴谋或是未了的政治危机。李善长也是武将出身，对战场上的一套自然是功夫在诗外。至于谋略基本都是刘基和洪武皇帝掌握。这次，李善长没有倚老卖老，而是毕恭毕敬虚心听蓝玉的分析。

蓝玉对弈过不少高手，他说看颜值不好说，但就气质而言不像是个骁勇善战的武士。其人行事风格和待人接物唯唯诺诺，磨磨叽叽，倒是有些市井气，能不列入鸡鸣狗盗之列已算恭维他了。

李善长说："这人不是你给弄来的吗？"

蓝玉回应道："流寇之中一定会混入旧营垒的残匪败将，我也是听他招供才给你保荐上来的。事已至此，我想还是通缉之后再审。"蓝玉心里也在为自己一时冲动酿成现在的后患愤懑不已，对张员外下手似乎急了点，他完全可以成为此案能对质的人。但事已至此，还有一个人也许有用，那就是张员外的夫人王氏。

第十一章　花开花落

　　说阮兴无不喜欢相府的逍遥自在实在有些矫情，但是一想到自己整日没有自由，这个日子可不是人过的。老百姓苦吃得了，就是闲不了。一闲无异于自闭，自闭无异于自毙。这是穷人的宿命。阮兴无最大的痛苦不仅在此，而是他是冒名顶替者，他实在没有这个勇气永远顶下去，顶得一时顶不了一世，那顶茶壶盖子拎起的一刻是多么的丑陋啊。

　　可穿越暗涌水道，对人也是一种意志的考验。常人是不可想象的，阮姓家族祖辈与水打交道，以至于后来的《水浒传》中多了几个姓阮的，这个阮兴无其实才是真正的原型人物呢。阮兴无摸着水下暗道的石壁逆水游动，像一条鱼顺着管甬道，必须一口气憋到头，返回相府将是死路一条……

　　水道好长啊，他感到了死一样的难受，似乎有些憋不住了，但他只有硬着头皮向前。管甬石壁好滑，根本无法抓住站立起来。阮兴无凭着本能继续向前游去。他试图站立起来，试了几次，均以失败告终，管道的直径没有他的身高长，再向前，终于站立起来，水里也有了光亮，凭直觉已经到了护城河里。他一喜，冒出水面猛吸了一口气，又一头扎进水里，像一条放生的鱼儿，自由地游向了生活的海洋。

阮兴无游到了僻静的地方，躲避在一个河滨的暗角处。他四处张望，仿佛一只迷路的小鼹鼠，寻找更安全的地方藏身。他没有"路引"自然插翅难飞。他饥饿难忍，就在河边胡乱拔了几棵野生的芦笋大嚼起来。芦笋根连根，一拉一大把，盘踞在地里的千年芦笋被阮兴无扯动藤带动藕，这一拔居然还出现了一个大洞，再看看里面，居然是一个大墓穴。阮兴无好奇地向内探过身去，足有一人多深，大墓明显已经被人盗过。阮兴无索性就住进了这个墓道里。

墓道里的棺材板已经烂得不成样子，阮兴无也不想那么多了，他想好好睡一大觉。细细看去，墓里有些陶瓷残片，正好可以用来刨土和削木。阮兴无把主人的残骸整理到一个角落，用土埋好，算是一举两得，既让墓主人入土为安，又是对墓主人的尊重。自己磕头作揖，喃喃自语，跪求神灵庇护。

阮兴无沉沉地做了一个自由而快活的梦，梦到他和他的家人在苏州城团聚，吴实已经做了皇帝，梁娟儿也成了皇妃。他呼喊他们，可他们就是不应，大家嘻嘻哈哈，一路狂奔。他奔得筋疲力尽，喉咙喊得都冒烟了。情急之间，他举起了半片剪刀，向吴实投掷而去，那是临别时他与吴实的纪念。恍惚间他被一阵旋风吹起来，仿佛又落了地。

一阵阵水波拍打着河岸，发出了富有节奏的"哐当、哐当"的声音，他一惊，醒了。外面已经漆黑一片，渔火之下，一群人影在闪动，水里有一个黑黑的类似"江猪"一样的大鱼在来回游动。一会儿那儿的人开始手忙脚乱起来。阮兴无猫腰细看，大气不敢呼出，生怕自己被人发觉。

忽然他又看见河里冒出了一串气泡，船上的人"扑通、扑通"地向水里跳去。阮兴无感到异常地好奇。

"这？"他本能地探头看了一眼，实在是目力所不能及。只见这些人从水底捞出了一个个坛子。

"啊？什么东西这么沉？"阮兴无仿佛是他自己在提这么一个物什，眼睛看得有些酸酸的，居然忘记了自己该埋进墓穴把自己藏起来。

他旁若无人地看戏，自己却不知不觉地被演员盯上了。突然，一把扣子套在他的脖子上，拉得他气都呼吸不出来。他只有跟着拉的人快跑，稍向相反方向用力，估计脖子就掉了下来。这是套马的扣子，在木棒的一头拴上牛皮带做成的圈形套。只要把皮圈往人的头部一伸，脖子就被皮套扣上，死命一拽，脖颈骨就碎了。因此，阮兴无不和拉手对抗，而是朝着拉者的方向跑，这样，扣子用不上劲儿，自然也伤不到脖子。

拉脖子的人被阮兴无的顺跑搞蒙了，以往可从来没有遇到种事。情急之间，拉他的那个人一个趔趄跌倒在地上，阮兴无借机挣脱掉拉扣，却不料也跌倒进一个土坑内，一张网又将他捆住。他被抬到了船上。为首的船老大是个黑脸，身材极其魁梧，一口江北腔。阮兴无自然听得懂江北话。

"看见什么了？"黑脸问。

"看到'江猪'了。"阮兴无直截了当地回答道。

黑脸又问道："还看到什么了？"

"圆咕隆咚的坛子，大概是坛子。"阮兴无还补充了一句。

"你能装瞎了眼好不？"黑脸举刀就向阮兴无砍来。

阮兴无瞅准机会，对准河心又是"扑通"一声，直接跳进河里了。又是一把扣子套在他的脖子上，他乖乖地又爬上船来。

"想跑还是想死啊？"黑脸青筋暴突地问道。

"不想死才跑的。"阮兴无用江北话回答道。

"乖乖，还是老乡亲啊，你是干什么的？"黑脸来了兴致。

"打下手的，跑单帮的。"阮兴无省略了许多人生的经历，直接讲了实话。

黑脸来了兴趣："好吧，跟咱们混吧！别跑了，到哪儿跑去，到处都在查缉。别跑啦，记住，有你吃的、喝的。想女人也给你解决。"说罢，黑脸哈哈大笑起来。

阮兴无这才明白，他又一次遇到了盐枭。盐枭就盐枭吧！人生大抵还是要回到原点，人的归路与来路是多么惊人的一致。

黑脸没想到，阮兴无竟然爽快地同意了。不过，他提出一个条件。黑脸把脸一沉，说："你好意思跟我们谈条件，话多直接砍你去喂鱼。"阮兴无不急不慢地说起一段段往事。黑脸这才缓过脸色，对他竖起了大拇指，连连夸道："佩服、佩服，这才是做大事的人，你是做大事的。"说着他指指自己，又指指阮兴无，意思是"你好神奇，我们要跟你学习这套'脱身之计'"。

阮兴无的要求很快得到了黑脸的支持——整容化装。这是个天大的难题啊。怎么整呢？不整容很快就会被官府识破。脸上涂黑灰不顶用，粘胡子也很容易被识别。这事难住了黑脸，当然也难住了阮兴无。

正当他们无计可施之时，一个操胶东口音的大汉说："有办法，煮驴皮即可。"黑脸忙安排人去集市上牵回一头驴来。大汉和几个助手把毛驴的四条腿绑牢在四根木桩上。驴动弹不得，任其砍杀。一张驴皮剥了下来，去毛后熬在一口铁锅里。火烧了足足一个时辰，一锅胶黑乎乎地熬成了。大汉将一盆黑胶向阮兴无泼去。

只听见阮兴无发出"哎呀"一声，应声倒下。

当他再站起来的时候，大伙惊讶地发现他也有了一张黑脸。乍看去，已经与原先的那个人迥然不同。

原来阿胶就是这么炼出来的。阮兴无长着一张阿胶脸，再也没有人能够认出来。他又回到了昔日的江湖上，无异于一个没有昨天的人。从此，漂荡的水面上多了一个自由的灵魂，他在无边的水面上就像一只轻捷的海鸥，无声无息地跳着他自己的舞蹈。

陆路固然不好走，水路也好不到哪里去。自从澄湖里出现了二十具尸体之后，苏州府加大了对水面的巡逻力度，朝廷也对主要水道加大了管制力度。尽管如此，水上的查缉主要集中在一些重点水域。吴实自然不敢闯禁区，且不说一路上他们为了化装脱逃打劫了染坊，梁娟儿还意外地用土铳袭击了官兵。按罪论处，这些都是死罪。

这艘带着传奇色彩的"扬帆号"小船，其故事也是够单独写一部书的。从张员外落水到被救，再到吴实、阮兴无两人冒死到古运河劫走从阊门赶往"两淮"去的百姓，后来在澄湖沉船事故中淹死二十余人，这船再典当给"水匪"，梁娟儿护送张员外在淀山湖遇到官兵，"扬帆号"居然又从官兵手中失而复得，如今却又成了吴实、梁娟儿的救命船。所以，"扬帆号"真是名副其实的宝船啊。

梁娟儿对这湖面上偶尔出现的"江猪"充满好奇。她不时想起吴淞江面的冷面杀手，还有淀山湖出没不定的"湖匪"，甚至都分不清官兵与"湖匪"的区别。这湖里到底有什么玄妙的故事或是不为人知的秘密，她百思不得其解。偶尔想问问黄苗子，黄苗子是个祖祖辈辈生活在苏州城里的"毒头老白脚"，有时说话做事"七弗老三牵""瞎七搭八"得不行。黄苗子对梁娟儿这样的"小鱼娘"也是"戳气"得很，恨不能随时给她来个"戳壁脚"，让其像个"啊木林"。

吴实对黄苗子的"愁头怪脑"也是看得清清楚楚，知道他是个"瞎混翘"的人,一般不去刻意地"拆烂污",只当他是在"昏说乱话"。当然,黄苗子当众"豁冷浴",吴实还是批评他不要"拎勿清",更不允许他对梁娟儿"寥寥册册"。因为这样的"百爷种"早晚会出大事的。

船上二十二个人的吃喝成了头等大事。好在梁娟儿发现了几只潜水鸟。那潜水鸟好大,也算一种猛禽,要抓住这样的大鸟可不容易。黄苗子这样的城里人看到这样的大鸟是没有法子弄的,眼睁睁地看着大鸟在湖里一潜一浮,一副昂扬的姿势。梁娟儿本能地举起土铳,被吴实一把拉住。黄苗子倒是对梁娟儿的土铳充满了神往之情。

大鸟是不能让其跑掉的,众人要下水去捞抓。大伙饿得实在是不行了。吴实急得头冒汗,说:"不行啊,下水会死的,不信你们试试看。"

大鸟一身黑,脖子上一溜子白,嘴巴尖尖的,一双乌亮的眼珠子滴溜溜地转,就在众人的面前摆出一副身姿,有些调戏人的意味。梁娟儿看到大鸟那骄傲的神态也是恨不能跳下水去抓住它立即烹了。

船上的灶具也是原先阮兴无那船人搞的,简单地用砖垒起之后用湖泥草草泥了一遍,从官船上卸下一只铁锅,总算不至于饿死人。大伙瞪着大鸟,眼珠子都要蹦出来了。终于有人熬不住了,"扑通"下去了,大鸟一头扎到了水里,跳进水里的人扑了空,还是大家相助才爬上船来。第二个不服气,接着"扑通",这下坏了,真的没能爬上来,直接喂鱼去了。

吴实到底是见过世面的人,他喝令大伙待在船舱里别动。毕竟刚死过一个人,大家也乖了,连黄苗子那样的人也是嗫嚅着,动作有些窸窸窣窣。只见吴实用细竹篙轻轻地伸向大鸟,试探能否接近它。大鸟开始有些迟疑,突然一个猛子扎进深水,一会儿头又伸出水面,眼睛激灵地

看着人，一动不动。吴实的竹篙又伸到它的面前，这次大鸟大度地站到
了竹篙上。吴实轻轻将竹篙一提，缓缓将竹篙收起。大鸟乖巧地到了船
上。吴实在它的脖子上拴了一根绳子，然后把大鸟往水里一扔。大鸟又
是几个猛子，一下子脖子鼓了起来。吴实把大鸟收上船来，右手拎起大
鸟，左手把大鸟的脖子一挤，大鸟嘴巴一张，"哗啦"，几条大鱼吐了
出来。众人欢呼。大鸟自此尾随着船只一路向前。

　　这只神秘的大鸟在吴实的麾下俨然像一个听从命令的士兵。

　　大家好生奇怪，天下还有这样的好事情。

　　黄苗子自称自己无所不通，但是对于自然、对于生物他到底还是一
个门外汉。大鸟的行动让他无比好奇。大鸟看到他好像也不太理会，这
令黄苗子挺有挫败感。他想教训一下这只通人心的大鸟，大鸟几次下水
浮上水面，都被黄苗子用竹篙压住。大鸟这次扎得更深，出水的时候，
大鸟头上被一张绳网死死罩住，吴实一看，惊叫了一声："不好，水下
有龙门阵。"黄苗子不懂这"龙门阵"是什么意思。这是一种机关，原
来是渔民搞来捕大鱼的暗器，军中用来侦探水下潜艇。大鸟再也没有能
够浮出水面来。

　　只听见四面有几艘船向"扬帆号"驶来。"哗啦"，吴实把牛皮帆
扯到最高位置，可是这时偏偏风歇了，一丝风都没有，来不及逃跑的话
只有束手待擒。一看到有四五艘船过来，两个妇女吓得面如土色。一路
上受到的惊吓太多了，这次她们到底没能顶住，一个跳了水，另一个像
个疯子一头撞向了桅杆，场面极其凄惨。吴实一看苗头相当严重，抓起
一套衣服扔给了梁娟儿，三下五除二将梁娟儿的头发割了一半，胡乱地
捆成一堆，用舀水的瓜瓢当帽子戴上。这么一来，梁娟儿看上去像个酒
馆里文质彬彬的店小二。

大船一靠近，就上来一伙人，腰里别着腰刀，说的什么大伙根本听不懂。

吴实一看这来头不像官兵，倒是有些坦然。对方人并不多，但是个个拿着刀。梁娟儿暗示吴实舱内藏匿的土铳，吴实微微摇了一下头，意思是不管用。梁娟儿胸有成竹地微微眨了一下厚厚的眼皮，不露声色地静观事态的变化。淀山湖上两把土铳的确发挥了作用，吓跑了劫匪，但是这伙人来势汹汹，直接抓人翻财物。船上什么都没有，这伙人似乎没有罢休的意思。他们比画了好一会儿时间，大伙也不明白其中的所以然。吴实暗示他们用竹管蘸水画图。

图画的大概意思出来了，原来对方是要劫持人质作交换的条件。这么一来问题大了，吴实做人质，谁有能力来营救？自己跑了，这伙人也就全部没活的了，连梁娟儿都会性命不保。时间在一分一秒地过去，双方僵持着，对方终于开始杀人，一个上了年纪的闹肚子，刚要动腿，活生生地就挨了对方首领的一刀，顿时毙命，吓得几个人"咕咚"一声瘫倒到甲板上。吴实一看情形非常危险，于是跨上前一步，比画着让他靠岸找钱币来赎人。

首领一个响指，船舱里弹出一只小艇，好像是一种皮革做成的，散发出一种膻味。吴实顾不了那么多了，暗示梁娟儿坚持住，否则没有一个活口。梁娟儿噙着泪花，紧蹙着眉头，用表情暗示吴实赶紧上岸寻求营救的办法。

吴实用图圈点出交易的时间和地点，一个罗盘表示地方，一个太阳代表着时间。也就是未来二十四小时太阳出来，还在这个区域进行人质的交换。银子是三百锭，这可不是一个小数目啊。吴实经历过大战，经历过无数生死，但是这回遇到了一个从没有遇到过的问题。这令他多少有些毛骨悚然。他真的不知道未来怎么办，但是又不能放弃这种约定。无论怎么说，这群人当中至少还有一个梁娟儿，他无法推脱这样的责任。

只见吴实退后一步看着众人，打了一个拱手，转身跳进了送他上岸的小艇。众人看他上了小艇，"扑通"一起跪倒在甲板上，齐呼："恩人救命，恩人救命，我们就靠你了！"

凄厉的呼喊声响彻在静静的湖面上，像亡魂一样肆意飘荡……

第十二章　落絮无声

吴实上了岸，撒腿就跑。他跑了一阵，大口喘气，然后在野地里胡乱扯了一些野萝卜充饥。池塘里的水无比清澈，他看到了自己落在池塘里的身影，回忆起这一个月来的颠簸，仿佛走过十年的路程。那些过往的奢华与逍遥，抵挡大明朱皇帝的围攻的血雨腥风，似乎也成为一种久远的想象。要说这船上的十九个人的身家性命比起遍野饿殍、王权争斗死去的数以万计的苍生而言，只算得是小巫见大巫。

突然一阵风吹来，吴实禁不住打了一个寒噤，他感到一股前所未有的悲凉。作为旧主的护卫，自己是新朝的罪人；身为大明臣民，袭击官兵也是死罪一条。作为混入官兵阵营之人，自己还有欺诈之罪，至于教唆移民对抗官府也是目无王法、践踏朝纲。如此罪大恶极，不知要死过几回？

面对苍天大地，吴实的浪漫情怀似激起，忽又被现实打回到与旧王共处的激情澎湃的旧时光里去了。这个梁娟儿也真有些梁氏家族的风骨，她身上的那股子气息多少逼出了吴实压抑着的力量来。连他自己也是不太理解怎么就跟这二十个苏州百姓混迹在一起了呢？现在还剩下十九个了。要不是梁娟儿，他早就对这伙人失去了耐心。一千个士兵好带，二十个百姓却让他常常陷入一种无助的境地。每每陷进这样的境地，他会有一种挫败感。死是不可怕的，但是苟活却是一种痛，彻心彻肺的痛。

想到这些，吴实感到自己对梁娟儿多了一份复杂的情感，这份情感是旧王和其他兄弟们所不能给予的。来路已是荆棘丛生，风雨如磐；归路却又怎能是到处歧路，无处安放呢？

怎么办？

一走了之，还是直赴明营？这是个选择题，很大的选择题。如果没有这数月来的颠沛流离，如果没有张员外的热心相助，没有阮兴无的默契配合与约定，如果没有梁娟儿的鼓舞与土铳相救，他会扬长而去，继续浪迹江湖。可现在，他竟然有了留恋，也有了流连与踟蹰。他顺手抄起一掌心的池塘水泼向脑门儿。他想静静，静静地想何处是归途。

前面就是昆山与太仓交界处的兵希小镇，路边有几株稀疏的苦楝。这是南方特有的树种，楝树上挂着一些稀疏的果子，黄黄的，瘪瘪的，映衬着寥落的南方寒冷的冬天。

想当初，这是张大帅张士信的地盘，他和其他九个弟兄在这里曾经春风万里、杨柳依依，可是现在已经是残垣断壁、明日黄花了。

太仓沙溪大营驻扎着朝廷派来担任要职的大员，不远处的浏湖就是江防要塞了。这兵希小镇可算是陆军与水师的分隔地，虽说是分属两个体系，但总体上仍旧由蓝玉掌控，李善长和陆聚也只是视察或调研时当作"走基层"的一种表面文章。对于皇帝而言，分设水陆两军同时也是一种互相钳制的手段。去求救水师必经陆军检查出具"路引"。陆军这一关怎么过又是难题。吴实陷入了僵局。好在他现在有了一个叫"阮兴无"的名字，这在官家的公册中能够查到，苏州府东街西三巷"兴旺理发店"确有其地。他觉得这是菩萨的恩赐。想到这,他"扑通"一声,两膝落地向西天磕了几个响头。

兵希步兵营在当地非常有名,每逢开大市,兵营与驻地的老百姓还有些往来。平素里,百姓也可以卖些鸡蛋、新鲜蔬菜给皇帝从金陵差遣来的官员。因此,官民之间的关系比朝廷和沿江、沿海两地的关系要松弛得多。

吴实一身布衣,染坊里的那些布到底还是帮他们度过了湖上的寒冬。哪怕是自投罗网也要赢得挽救一船百姓性命的时间,要是在乎这命还可折腾到现在?早在阊门的古运河里犯事或是在吴淞江里就被喂鱼去了。现在他们个个都有神灵的庇佑,不能让他们去死,他们死了吴实是有罪的。这些怪怪的想法还是张大帅的一个长毛朋友说出来的。长毛的话说得好长也好深奥,吴实本身是听不懂的,还是当初帅府的师爷转述给他的。现在他居然想起了师爷的话,长毛也不知所终,大概去了金陵的朱皇帝那里了吧。听说,金陵朱皇帝那里住着好多这样的长毛。

路边有一种植物,细细的枝条,有着红红的茎叶,一簇簇地舒展着,即使在冬季,依然还有些生机。吴实知道这是一种药草,一种叫罗布麻的植物。他扯起一把罗布麻捆成一个圈,箍在头上,后面拖着长长的尾巴。这一怪怪的样子让阻截他的陆营官兵很是纳闷儿,差点把他当神经病人给关了起来。

吴实的请求没有引起官兵的太多兴趣,这几乎是一个脑子不好使的捣蛋分子的无稽之谈。因为吴实无法说清那二十个人是哪儿来的。你一个理发的怎么搞起船来?大明皇天在上,怎么可能有湖匪开出这样的绑票价格?任凭吴实怎么解释,陆营的人就是不予理会,更别谈发放去水师的"路引"了。除此,还要查证"阮兴无"的籍贯与住地。这一来,别说营救梁娟儿了,连自己的自由身也搭进去了。如此一想,吴实不想坐以待毙。只见他脚尖轻轻一踮,身子迅速地飞升了起来。长官一看这架势,赶忙操起武器向他掷来。吴实身子一偏,头也顺势跟着避让,那家伙就刺在窗前的门楣上。这响动惊起了警戒卫兵,只见一群官兵围拢上来,长官说:"你们要给我抓活的……"

吴实抓起插在门楣上的长戟,一个横扫,门外的树叶纷纷飘落下来,一股阴风从门外吹进了门内。官兵们左右包抄,吴实以长戟倒立作为撑杆,"噌"地蹿上了房顶,一排碎瓦"哗啦啦"落地,惊起了栖居在屋檐下的一群麻雀。麻雀们"呼啦"一声轰鸣,给萧瑟的冬天增添了几许活力。

时间已经不多了,天亮前必须赶到水师大营,否则前功尽弃、后患无穷。吴实从陆营的侧门一溜烟地消失在夜色里。

阮兴无冒充"十条龙"之一的吴实,换得一夕安寝,也了结了阊门遣送移民过程中的叛乱和澄湖沉尸事件。按理说这几件大案足以让阮兴无死上几个回合。因为是"十条龙"犯下的罪,若是普通人早抓去当即斩首示众了。皇帝有皇帝的难处与高明。斩了吴实这个前朝的御林军要员不用存疑,但这是民众的思维,皇帝是大局思维,一切有利于国家的思维。因此,他要这样的人保护自己。当然他不会这么说。他会好好做,做得让聪明人好好去想。

另外,他会借此去平衡各方的利益关系。比如,胡惟庸对此事怎么看的,蓝玉怎么看,李善长又会怎么看,哪怕就是守营的内卫都会有各自的观点。皇帝需要大家的观点,然后综合起来判断时局和人心的高下。只要能听到真话、实话,这事做得就有价值。

偏偏这个得到巨大赏赐的家伙因为胆怯,居然使出了鸡鸣狗盗者惯用的小伎俩才得以成功脱逃。这也真是不给皇帝面子的事情。李善长恼羞成怒，发誓一定要把他抓住千刀万剐才解恨。蓝玉不是受了李善长的奚落嘛，但他也笑不出来，因为这意味着自己多了一个对手。

"百足之虫，死而不僵"，蓝玉感到一种危机，也为新政权能否长治久安捏了一把汗。

胡惟庸对刘基耿耿于怀，对兵部的做派很是反感，碍于皇帝的情面不便表现，只能暗地里让刑部尚书吴云弹劾刘基，同时打压排挤蓝玉。蓝玉跑到李善长那里商量兵部的事情。这回李善长不再高高在上，一直到堂前迎接蓝玉的到来。

李府有着很大的宅邸，前文跟大伙说了，不仅有假山池塘，有亭台廊轩，还有驻军警戒。可谁也不会想到这个江北佬除了会钻墙打洞之外，还有一个入水潜下水道的绝技。不管是如何的豪华，安全问题马虎不得，否则前功尽弃。国家制度也是不允许的，这也暴露出制度上的缺陷。大明是不允许有这种事情发生的，因此，李善长对这件事也是一万个不爽。

喝茶聊天是客套，正题是如何向皇帝汇报此事。李善长说："此事，是从李府脱逃的，责任在我。"蓝玉说："吴实是从大营逃跑出去的，是我治军不力、警戒不严，罪该万死。"两人各自把责任往自己身上拉，其实是两人互相提条件挟制对方，要说责任两人都有责任，是责任的两个方面，谁也逃不了。两人只有合作才是双赢，否则，没有一个赢家，事实就明确地摆在那里。

两人正在为此事一筹莫展，眼看着时间也差不多了，还是拿不出好主意来。谈话也僵持着，茶水快要凉了，下人跑来跑去温了好几次。李善长向他们摆摆手，示意不用上水。

突然，有卫士传达紧急军情。只见一个内侍引进来一个卫兵模样的人，说有要事向李善长汇报。来人急忙报告昆山兵希发生一起劫营事件，一个自称遭劫匪绑票的人质从敌营中跑出来请求官兵筹措白银三万两营救他的乡亲。

李善长听得是云里雾里，竟有些怀疑事件的真伪。传令兵"扑通"跪了下来，急急忙忙地禀报道："丞相，前方军情果真如此。小的岂敢谎报？"李善长转向蓝玉。蓝玉会意，连忙起身告辞，一溜烟工夫到了兵部衙门。

兵部接到同样的快报。蓝玉作为兵部最高行政长官有着一种强烈的压迫感。只见蓝玉"嚯"地站起说："备马，有谁愿意和我一同前去捉拿案犯？"左右武官及侍卫一起说："我们愿同将军一道，将军威武！"

蓝玉点了三十精干配挂武器火速赶往兵希，其他人员原地待命。

话说吴实带着一把长戟趁着月夜疾驰沙溪水师大营。却说这路途不近，饥寒交迫之时，吴实恨不得要吃人。江南水乡，湖网密布，泽国茫茫，干道可以遛马，小道当是船舶居多。然则干道的"路引"检查甚严，今儿只能走大道闯关了。眼看时间在一点一滴地过去，吴实心急如焚，可是精疲力竭。忽见一石桥沿水面有一洞穴，竟然不顾其他，他直接钻进桥洞。不承想到，这桥洞里居然有人。吴实着实吓了一跳，对方更是"哇"的一声大喊。

吴实慌说投亲迷路，流落于此境地，讨一口饭吃。对方磨磨叽叽，龇牙咧嘴说："我跑了一天也就这么点吃的。"说完对方给吴实端出半碗胡萝卜。吴实明白，原来这人是一个乞丐。乞丐就乞丐吧，反正自己与乞丐几乎没有什么两样了，凑合着眯一会儿吧。这一睡可了不得，居然睡到自然醒，一看这时间已经日升正午。乞丐没有走，看着他睡醒，还给他打来水把一张黑脸洗洗白。哪里是白，是黄里透黑。

吴实不敢再逗留下去，必须火速赶到沙溪大营。但是太阳已经开始偏西了。他看看乞丐，又看看自己。乞丐被他弄得六神无主，不知所措。

"我是张士诚手下的'十条龙'之一吴实。麻烦你去报官，就说你发现了此人。"说着，掏出一块碎银给了乞丐。乞丐看得傻了，连着后退了几步，说："你、你，你说什么、什么？"吴实把长戟一横说："我是张士诚的部将吴实，你可以报官，得到赏钱的。快去啊！"乞丐不敢接银子。吴实一把塞给他，指指口袋："你回来，我再给你。"

乞丐哈哈大笑，扬长而去。

一队人马赶到，吴实举起长戟目视对方首领。将官呵斥："前方何人？胆敢蔑视大明律法，还不快快跪下受缚。"吴实对应道："我乃张士诚卫队长吴实，此乃我张大帅之地，你们还不给我快走开。"将官一听此话，火冒三丈，这叫什么话，原来这是那个死鬼的卫队长啊。

"给我拿下。"将官一声令下。

吴实一个侧翻，长戟飞扬，煞是旋眼，正午的光芒顿时被打乱了。吴实好久没有这么爽心了，又是一个大鹏展翅，一戟抵喉，将官顿时坠地。吴实飞身上马，向兵希方向疾驰。后队人马紧随他而来。

兵希营站还没有修复，几个小卒也是稀里哗啦。吴实马快人急，飞驰而过，后队人马自然也是一溜烟地穿过兵站，一齐向北官泾方向冲刺，仿佛是两支长跑队伍在赛跑。

太阳正是落山时，吴实遥望湖面，后面追兵又至。吴实一个跃身，跳下水去。忽然，芦苇荡里出现一条小船，吴实打了一个喷嚏，高声喊道："我回来啦！"

岸上的骑兵听到了他的喊声，一时间面面相觑。

第十三章 依水断云

吴实的归来令船上的人兴奋异常。梁娟儿好像病了，一脸倦容。吴实看她那憔悴的面容，忽地一怔，然而迅速又把目光收了起来，蓦地转向这些"髡头鸟音，赤体提三尺刀"的怪人。首领拍拍上装口袋，又把手里的钩镰刀晃了晃。吴实指指远方，目不转睛地又指指怪人的口袋。

怪人拿出一个沙盘，用一根芦苇棒子画图，银锭、麦禾、稻粟，最后还画了一圈人头。吴实接过棒子画了马、刀，还有铠甲。还没有画完，首领眼睛瞪得铜铃大，气呼呼地一把按住吴实的脖子。此刻，对方蹿出一个人来，这人正是接吴实的那个怪人。只听他朝着按吴实脖子的人主的耳朵叽里咕噜了一通。人主大概会意了，放开吴实，又向吴实指指落山的太阳。吴实指指岸边。

此刻，岸边已是人喊马嘶。首领一看不妙，又朝吴实瞪起了牛眼。吴实身子向下一沉就地一个扫堂腿，迅疾右身侧转腾空，左腿旋翻，脚尖触及首领右手。只听见"呀"的一声，钩镰刀从空中落水，右脚侧踹怪人小腿肚，一个跟跄，首领一头栽进河中。"哗啦"一下，怪人包围了吴实。吴实一声高喉，双脚踩船，指向岸边，忽见岸边火光通明，似乎有黑压压的人群。怪人们又是"呼啦"一片。吴实暗示船只赶紧撤退。

吴实对大伙说:"如今我们是一群真正无家可归之人,连个乞丐都做不了,我们哪儿都去不了,上岸就是死。不如跟着这群人一起苟且躲过眼前的灾难,寻找新的机会吧。"众人面面相觑,把目光齐刷刷地对准了梁娟儿。

梁娟儿捂胸咳嗽了几声,说:"我们与这群人都没法说话,也不知道这伙人从哪里来,又到哪里去,恐怕没法沟通。我们会死在他们手上的。"

吴实说:"我们一条船,也没有吃的,何况我们还出不去。如果出不去,水师一到,我们必死无疑。当务之急要借助他们的力量把我们带出去。至于沟通问题,我们跟他们谈判。"吴实这话一出口,黄苗子就赞不绝口,他说:"哎呀,勇士你真厉害,谈判是最好的啦,不能再死人了,我们都会被他们杀掉的。"说罢他也是战战兢兢地退到一侧。几个老乡也附和着黄苗子。

吴实示意对方的人来谈话。对方的人叽里呱啦一阵,语速非常快,没有人听得懂他们在说什么。只见他们在举手,大概是在表决推荐首领。最后是接吴实的那个怪人当选首领。吴实在沙盘前用芦苇秆画了一条杠,杠的两侧按双方实际人数堆了对应数目的沙堆。对方首领即刻明白了。吴实又画了两只船,大船在前面,他们的小船在后面。

对方首领面带微笑,频频点头,还不时竖起大拇指,示意非常好。

吴实又画了两个大沙堆,在沙堆之间画了两把刀,杠的前面是一个更大的沙堆。对方首领脸色阴沉,不时地摇头,又微微点头,长长地嘘了一口气。

吴实抓起甲板的一把短刀。对方会意,顺势拔出佩刀。大伙吓得舌头直伸,有几个胆小的竟然躲进了船舱。

　　吴实的刀法还是在张士诚的卫队里任指挥时苦练出来的。那时张士诚为了培植自己的亲信和卫队花了不少银两请两湖的名士教习这些精心挑选出来的年轻人。吴实虽然也是盐枭出身，毕竟张士诚在他们身上寄予厚望。他们在教官的严格训练之下，学得了正规的刀法和枪术。"十条龙"也得名于此。

　　怪人的刀术也是有一套的。佩刀比较长，但是怪人是双手举刀，左砍右劈，后退前刺，整个一个带弧度的圆形。吴实则是避让对方实砍硬击，苦苦寻找圆圈的切点，从切点横穿圆圈的半径直刺圆心位置，否则无法靠近对方的身体。甲板也就一丈见方。两人厮杀正酣，突然前方出现火光。两人明显一怔，双双收起武器，同时向灯火看去。吴实知道是追兵来了。对方也觉察是官兵的船只，双方僵持不下。

　　吴实迅速看了一下梁娟儿。梁娟儿兀自跳上旁侧的"小舢板"，迅速解开锚缆向后退去。吴实拍了对方的肩膀，对方会意，全力指挥着大船向芦苇荡深处驶去。

　　看到梁娟儿退开，众人才醒悟过来，有几个人向梁娟儿招手。他们看梁娟儿没有反应，径直喊了起来："姑娘，我们跟你一起走，不能撇下我们不管啊。"说话的人带着哭腔。

　　怪人按捺不住性子，拔刀砍倒两人，顺势推到河中。吴实看此情形急得直跺脚，一面刀指怪人，一面说："大家不要讲话，逃命吧！"

　　众人看到两个同伴被砍杀，血溅甲板一地，忍不住"啊"的一声，吓得几乎要晕倒。吴实赶忙扶起他们。怪人驾船技术非同一般，一溜烟就消失在茫茫芦苇荡中。

　　却说梁娟儿的"小舢板"一会儿就被官兵截获。梁娟儿看为首的气派，就知道是一名大员。六十左右的年纪，花白的头发，显得非常矍铄。

梁娟儿一夜无话。提审者不是外人，正是昨夜见到的老者。梁娟儿气色比昨天好些，但是体力仍旧不支，有几次差点晕倒。老者暗示卫兵解开铁枷的锁链，狱卒重新给梁娟儿上了脚镣。没错，提审者正是从金陵赶到太仓沙溪大营的蓝玉。

蓝玉想起了张员外的供词里提到的年轻女性，心里暗生一喜。

"人犯报上姓名！"蓝玉的威严自不必说，狱卒都不敢正视前堂上坐着的兵部尚书蓝玉将军。这可是天下第一案啊。

"姓梁，名娟儿。"梁娟儿倒是没有被提审官的气息压倒，相反，她对这样一个有着儒雅气质的朝廷命官有了一分安全感。

"何方人氏？"蓝玉要寻找足够的证据链，这样才能准确判断张员外未了的不为人知的秘密。

"祖籍淮安，梁红玉梁氏十世后裔，苏州人。"梁娟儿刻意提到梁红玉，那是汉人抗金的英雄。蓝玉听得异常清晰，暗暗吃惊，难怪这么年轻的女性居然混迹于江湖之上。

"你犯了几条死罪，你知道吗？"蓝玉直接给梁娟儿点出来。

"将军，小民不懂大明律法，无家可归，几无活路，只能浪迹天涯。"梁娟儿说得情真意切。

"你参与的那些事，犯了天条。你说说参与了哪些事，你的同谋还有谁？说出来将功赎罪，饶你不死。如果刻意隐瞒，罪加三等。"蓝玉也用惯常的提审法鼓励人犯供述犯罪事实。

"我也是为了那几十个黎民苍生的生命，力保他们，不想看到他们死去。不清楚何来的死罪。大明律法如果是这么制定的，我宁愿早死也不想赖活。"梁娟儿不卑不亢地回答道。

梁娟儿的话让蓝玉暗自吃惊，心想这么一个年轻的女性居然懂得这个道理，不禁敬佩起梁家来，难怪出现了梁红玉那样的奇女子。

蓝玉一想张员外的口供，立即调整了审问的节奏。

"你给我少废话，你把在吴淞江和淀山湖看到的、遇到的都给我说清楚，还有今天怎么回事？那个逃跑的人犯是你什么人？你与他是什么关系？"蓝玉直接问道。

"将军不要问我，我还要问你呢？这大明的土地上哪儿来这么多的水匪湖患，居然还有'髡头鸟音，赤体提三尺刀'的怪人。你等大官不为国家着想，好好守疆镇匪，却来为我一小民费神劳心，实在有些令人费解。"梁娟儿说得有些激动，令蓝玉异常尴尬，脸色红一阵、白一阵。

正在这时，突然卫兵匆匆忙忙进来禀报，说圣旨到。蓝玉吓得面如土色，赶忙出门迎接钦差。

梁娟儿则被狱卒直接带进牢房，听候发落。

屋子外面的天空灰暗一片，乌鸦在上空焦躁地飞越鸣叫，天空即刻布满了一层黑芝麻。

整容过后的阮兴无同样有着一种落寞感，要说自己之前冒名"十条龙"之一竟然受到皇帝的恩赐，然而自己终究是个凡夫，还是恢复原形比较自然，那种伪装的日子真不是他所能经受的。现在又换了一张阿胶脸，也许别人认不出他来，但只有他自己知道自己不是一个无耻的人，他依然想着以后太平了还换上自己的那张脸。想到这，他心里不禁涌上一股暖流：充满希望的生活、他想要的生活何时真正到来？

加入盐贩团队对于阮兴无来说有着一种重操旧业的意味，起初跟着盐贩跑龙套好歹也学到不少专业技能，无论是接货还是送货都比较活络，还学会了遇到什么人说什么话，遇到查缉官员也知道如何对答如流地应付，连搬运活他也干得非常利索。因此，到了这支队伍里面之后，他深得头目的重用，论资排辈起来也算是老人了，况且还服务过扬州盐商，是一个见过大世面的人。所以，阮兴无的加盟使得这支队伍顿时耀眼瞩目起来。论阮兴无的资历和从业时间都算得上是职业经理人这种级别的，因此，他在船队里很受船员们的尊重。

其实，他对河里的"江猪"并不陌生，那是藏匿物品的一种特殊包装，因为是倒立的三角形储藏容器，因此看上去像一只憨厚的"大河豚"，两头细中间粗，加之表皮是褐色的，因此称为"江猪"。阮兴无过去遇到盐商将金银细软放入"江猪"的腹内用来躲避盗贼和匪帮。没想到现在的盐商把大量"盐引"藏匿在"江猪"之内，说来也是令人蹊跷。

现在的盐贩盐商已经与当年的玩法不一样了，这令阮兴无非常感慨。

洪武皇帝对盐课厉行禁私之法，规定"担挑驮载者，杖一百充军"。尽管如此，依然有胆大者"冒天下之大不韪"。巡盐巡检程景贵以及弘治元年（1488年）户部左侍郎李嗣和刑部右侍郎都为盐课问题绞尽脑汁，但是收效甚微。

明代大家顾炎武认为："夫灶以煎盐为业，不征盐而征银，盐非私鬻，何自而得银哉？盐既以私煎而得银，则兴贩之徒不召而集，且将无以禁。"特别是遇灾之年，灶户往往"困于衣食，盗卖引盐以救急"。真正的问题出在这些"江猪"身上。

阮兴无负责接货。所谓接货就是把巡江总兵船底夹带的"江猪"引渡到私船上，而"引渡"的方式又是极其隐蔽的。一旦被发现，都是外围的人被官府缉拿去充当替死鬼。阮兴无是个"老江湖"，多少还能抵挡得过去。巡江总兵会派一只小艇来检查盐贩的大船。在小船上的官兵上了大船之后，盐贩的人到小船下把缆绳接住，缆绳的另一头系着"江猪"，"江猪"里的"盐引"是盐贩去盐区合法取盐的凭证。这样，形成了一条产业链，然后盐贩会在巡检缉私时采用缴纳罚款的方式返还一部分给巡江总兵。这种玩法令阮兴无大开眼界。

阮兴无也想自己做老板了，可是他与总兵不熟悉，自己仅仅是个贩夫走卒而已。几次大规模的交易之后，阮兴无蠢蠢欲动，他想承包几块江面，从常熟到张家港段由他来负责。他的想法确实非常可爱。他还承诺定期完成上交任务，如果完不成自己将无偿打工偿还欠款。

船队头目是个五十多岁的江北人，大副就是那个会烹阿胶的胶东人。有这么一个去处也算是日子相对安定了些。对于自己承包江面，他还是比较有信心的：从小处说，他跟盐商打过交道，自己也做过小生意；从大的方面来说，这两年几乎都是与官府在声东击西，在龙潭基地还被搞进了蓝玉的大牢，庆幸的是事情逆转得那么快，自己居然还亲眼见过皇帝，在相府曾住上个把月。只是这些不能说给外人听，阮兴无想到此情不自禁有些飘飘然。

船长听了说："老阮，这活不是你干得了的，你还是做些机械的吧，否则你下不了台怎么办？"阮兴无心里仍旧想着他的生意，他说他就是生意人的命。

船长说："这生意你做不来，是做人的。"阮兴无大概明白了几分。

船队头目总算是个爽快人，说话做事干净利索。那天船队头目开会发话说："最近上面查得紧，各人口风都要紧。"这意思大家都心知肚明。难怪阮兴无每次去接货，周围都有几个人看着他，以防有什么闪失。

阮兴无还是听从了头目的话，但是承包江面的愿望一直在。他想那就等以后再有机会吧。眼看着江面上的船明显多了起来，除了官船，偶尔也能见到一两个怪人夹杂其中，这令阮兴无兴奋起来。

每次巡检的官船来，都是头目和船长去交涉事务。阮兴无担心自己被查出来，一般都不会主动去面对官方的检查人员。后来情况出现了变化，不仅要查内舱，还要查外舱，甚至连船塔都要检查。再后来不仅要查货物还要查船员，这下让阮兴无彻底蒙了。因为他属于真正的"三无"人员。

上次被军方抓住，因为藏匿了前朝苏州府的百姓身份，以吴实的名字自居，引来了一段奇遇，要不是逃跑，这戏不知道怎么往下演，一旦败露就是欺君之罪，罪该万死的，如此想想也后怕。要是报出阮兴无的大名，军方一核对，那不就暴露了谋反的罪证？那也是死有余辜啊。阮兴无有些六神无主，生意上的事情自然也就扔到一旁去了。

他觉得他需要一个名字，阮兴无是不能用的，吴实的名字更不能用。怎么办？这成了阮兴无伤脑筋的事情。阮兴无给船长送了些银两暗示自己得到了船长的悉心照顾。船长拒收银两，脸一沉说："你是不是想溜啊？不能溜，溜了被抓住会死得很惨的。"船长看出了阮兴无行为背后的严重性来了。

船长暗示阮兴无赶紧收起这样的思维，船队头目是做大生意的，这样的思维会损害船队利益的。阮兴无有些想不通。船长说，人人见小便宜就动心，那这船还怎么出生入死？船长似乎要讲自己所率领的这支船队的光荣历史，立刻被阮兴无制止了。阮兴无悄悄收回了自己推出去的那只手，脸颊有些红。

江面好阔啊，阮兴无想起了吴淞江，想起了淀山湖，也想起了自己在澄湖上亲自杀死的那二十个乡党，内心有一种惧怕。他怕他们的阴魂不散，怕他们回来找他算账。他也想到了吴实，想到了张员外和梁娟儿。

他们在哪里呢？阮兴无多么想找到他们啊，他想把他们找来一起做这单生意。如果真的找到他们，这生意一定会做得大、做得漂亮，这样他们就是江湖上的大佬，说不定也能被皇帝邀请到金陵观光或是带到异国他乡去显摆一番，那将是一件多么风光无限的事情啊。想到这儿，阮兴无居然忘记了自己拽着"江猪"的那根绳。

后面有人在紧跟着打捞，许多的秘密就在那"江猪"的肚子里。

第十四章 故欹枕梦

　　盐作为一种微量元素，是人必备的维持生理之需的一种物质。因为是必备的，食盐也是刚需。原先盐无官私之分，但自汉武帝实施盐铁官营之后，便有了从官府角度所谓的私盐。中唐之后，私盐问题逐渐凸显并成为其后历朝无法摆脱的难题，民众贩卖私盐之风愈演愈烈，如唐末农民起义的领袖黄巢便曾贩私盐；宋朝时江西之虔州、福建之汀州"民多盗贩广南盐以射利"，两浙"盐价苦高，私贩者众，转为盗贼"。顾炎武说："行盐地分有远近之不同，远于官而近于私，则民不得不买私盐。既买私盐，则兴贩之徒必兴，于是乎盗贼兴而刑狱滋矣。"兴贩私盐者"恒数十百为，持甲兵旗鼓"，形成武装走私集团，"所至劫人谷帛，掠人妇女，与巡捕吏卒斗格，或至杀伤，则起为盗"，"元末之张士诚，以盐徒而盗据吴会。其小小兴贩，虽太平之世，未尝绝也"。正史这么记载的。

　　私盐问题一直困扰着朝廷对地方的治理。上文我说了问题出在"江猪"身上，不，是出在豢养"江猪"的官吏身上。阮兴无哪里知道他们的船队一直有人跟踪，至少有两队人马在跟踪，一队当然是朝廷的都察院，还有一队是觊觎他们已久的"河匪"。都察院一般是根据举报线索进行跟踪，官吏伪装成渔夫或是水手，这样可以明目张胆地跟踪搜集证据。至于线索，那时不是群众举报，而是通过"河匪"或私盐贩子的口供得到。

上文说到张员外在吴淞江上遇到的一群陌生人，其实就是这类人。这类人不外乎两种，一是官府打捞机构的，出于侦办经济案件的需要，必须打捞出证据，就像当下打击"票贩子"一样；二是有人趁夜黑运载"江猪"，规避检查。阮兴无一兴奋，居然把手里的缆绳松了。这一来，大船得打捞"江猪"，否则铁证如山啊。出现这样的事故，老板是要担大风险的。见此情景，船长急得暴跳如雷。不能等官府打捞，更不能让"河匪""江匪"打捞，否则后患无穷，就像一只苍蝇会盯着他们这个有缝的蛋。无论如何不能让蛋有缝。老江湖的阮兴无真的是不该犯这么低级的错误。

船队一般带三四只舢板，这些舢板平时挂在大船的两侧，后面拖着一只以防备突发情况需要下水。交易的时候，这些舢板分列四周，并与大船保持一定的距离，警戒四周的"湖匪""河匪"的窥探，以防交易过程中遇到不测。这些舢板类似今天航母的护卫舰，要是再配上引导船，更像今天的驱逐舰。

"江猪"沉没江底，需要及时打捞，否则落在官船或是"江匪"手上后患无穷。阮兴无"扑通"一声跳进江中。这令船上的人大为惊讶。我的乖乖，这江底深得无人敢想象，跳江的几乎也没有一个能活的。船长也是大为惊呼，连声喊："老阮，你这是干什么？老阮，快上来。"大伙有举头张望的，也有伸头探望的。船长长吁了一口气说："这人不会是在寻短见吧，我们的损失找谁认去？"船长不急不慢地点起一锅吕宋旱烟，一个人吧嗒吧嗒地吸着，在夕阳下显得无比落寞。

那江底的阮兴无真是见到了另一番情景，江底下暗黑无边。再下潜，他就感到胸口堵着一块大石头，两山夹在其中，逼仄得不行。他用四肢向四周伸展开，试图发挥四肢的探测作用，"江猪"有缆绳，只要能触到缆绳也就能找到抓手。阮兴无只有一个信念，必须找到"江猪"，否则自己在这江湖上真的无立锥之地，还谈什么宏大的生意志向。想到当初从李善长的后院钻下水道的经历，阮兴无的心情渐渐平复下来。水下凉得钻心、黑得阴森，他不甘心以这种方式谢幕，那将是他作为一个靠水吃水长大的人的耻辱。

突然，阮兴无摸到一个沉甸甸的器物，凭触觉这不是一块石头。他本能地用拇指刮了刮外表，器物非常平滑，又有些韧性，他即刻想到了会不会是一种动物皮，但是没有毛质。阮兴无有些恐慌，他担心遇上一种不知名的江中水怪丢掉自己的性命。他连忙上潜。他调整姿势，憋足一口气，双腿合拢，合力踩水，猛地用力上蹬。可就在发力的时候，他的一条腿被一个物件钩住了，无论他怎么甩都被对方死死咬住。他换用另一条腿猛踹下方，可就是使不上力，不知是遇到水的阻力还是对方就是软体。阮兴无心想这下完蛋了，本就担心的事情真的就发生了。

他不甘心就这么无声无息地死去。他不服气，他要探个究竟，于是他束身，猫起腰来，把自己卷成一只蚂蟥，从两腿之间摸到钩住自己那条腿的物件。这一摸着实让他惊呼起来，原来这里还有亮光。

亮光是从两只眼睛里发出来的，这是一个下潜的圆球体，两只眼睛发出亮光。阮兴无借着那微弱的光终于看到自己的脚是被他们的缆绳绞上了，越缠越密。这缆绳密密麻麻，犹如网鱼的丝网，这丝网是针对会动的鱼的。话说哪有鱼不动的，特别是受到惊吓或是撞击之后的鱼会动得越发厉害。好了，这器具对于动得厉害的鱼，缠得越结实。遇到这种网，要不慌不忙，顺着网理走也许有挣脱出去的可能。很多时候，纹理和网理包括事理，失去理智的人是从来不会理会的，因而越搞越糟。阮兴无从密密匝匝的网理布局推测，这是圆球器物的保护带，类似路上工事四周的铁丝网，起着警戒的作用。这令阮兴无兴趣倍增，这份好奇心使得他对求生充满了热望。

阮兴无明白这个道理。江湖跑多了，自然明理，否则早就喂鱼或是喂狗了。阮兴无将脚趾合拢，学着女人裹脚的套路，使劲儿地收缩，用一只手扒住圆球上的环以平衡住自己的身体，另一只手扯住网纲轻轻向下抹。

就在他刚要扯下网纲的一刹那，那圆形球的两只探照灯缓缓向他而来，他仿佛看到了两团火焰冲他喷射。他吓得抖索起来，禁不住喝了几口冰冷的江水。他看到一个人，一个令他毛骨悚然的怪人。他一个腾跃向上潜来。迷迷糊糊之间，他几乎忘记了他这次下潜的目的，只觉得自己快要昏死过去。

江水开始有了亮光。这亮光让阮兴无有了一种莫名的兴奋，可他还是觉得自己在下潜中，忽地又是一片黑暗，他觉得眼前一片欢乐，什么声响都没有，鸦雀无声，连身体也变得无比轻盈起来。

当他醒来的时候，甲板上的阳光已经照射到他的另一半脸上。"醒啦，还没死呢！"有人开始惊呼起来。阮兴无没有一丝气力，他咳嗽一下，胃里的水就喷了出来，他想死了多么快活啊。他想他怎么还活着啊？

这是一个中型的船只，显然没有那个江北人的船大，船员也稀稀落落，也就五六个人的样子。领头的非常彪悍，一把扯起阮兴无就要往水里扔，被一个年长的拦了下来。领头的管年长的叫大大，搞得阮兴无不知道哪个是管事的。

阮兴无现在什么都没有，只有一件东西他有，别人不知道。领头的二话不说，直接向阮兴无摊牌说："你的命是我们救的，通知你家里人拿钱来赎人。"阮兴无一听乐了："我在你船上，你得给我饭吃，你当然急啊！今儿我哪儿也不去，就跟定你了。"

"我们几个弟兄每天在江上放'滚钩'，总不能白干啊。"领头的汉子不依不饶。

"兄弟，这样吧，我有一件东西可以拿出来与你分成，但条件是，我的那一份参股行不？"阮兴无觉得没有兜圈子的必要，把自己的真实想法也说了出来。

"你别跟我们捣糨糊了，什么参股？"领头的有些不耐烦了。

"我说的是实在话，信不信由你，做不做是我的事情。"阮兴无说得胸有成竹。

"兄弟们备酒，我与此人约法三章。"领头的来了兴致。这茫茫大江上也是百无聊赖，有这么一出，也是一种乐子。

两碗白酒备齐，一张凳子上放上香烛，燃香点烛，拜天敬江神。名曰"大大"的老者口中念念有词。领头的"扑通"跪下，阮兴无也跪下，两个人盟誓："天地良心，若是坑蒙对方，五牛分尸，雷劈蛇噬，不得好死，以天为证。"两人各执一碗，洒江祭天，又将剩酒仰头喝干。

喝完酒的阮兴无说："不行啊，我跟你们不一样。我一直是跟官府里的人打交道，我与你们不是一个道上的。刚才的不算，不过事情照做。"领头愣了一下才明白他说话的意思，把手一摆，说："算了，随你便吧！你给我按规矩办事即可。"阮兴无心想，你们这些"江匪"满嘴跑火车，见钱眼开，无恶不作。

阮兴无没有说江底见到的那个圆球，而是记得那个"江猪"沉没的地方在小洋桥口的河口正东一千五百公尺。小洋桥口是当地人的码头，有驻军巡检站，太近了，不方便交易。

阮兴无说："如果我能搞到一船盐，你必须给我三分之一的银子，另外三分之一的一半我买你这条船的一半。你看如何？"领头的一喜，说："可以哦！"阮兴无说："拿什么保证呢？"领头的说："刚才祭拜过了的呢。"阮兴无说："那没用。字据也没用。最好这船归我，然后你听我安排才行。只有一个办法，就是这些工人也出股我才信。"说罢他看看那个被称为"大大"的年长者。大大说："我们都没有闲钱的。"阮兴无说："没钱可以，用劳动力抵算。"大伙还是不明白。阮兴无说："比如一个月劳动值五两银子，一年就是六十两。如果这船是一千股，我和领头的各占一半分别是五百股，一股十两银子。你们劳动一年可以获得六股。"这账一算大伙才明白过来。这么一说，大家纷纷认购了一部分。

"滚钩"等打捞设备也折算成银两算入，这样领队的占了四十六，阮兴无占四十五。最为原始的一种股份制方式在大江上成立了。一个人人持股的股份制私盐运销船诞生了。跑了几十年江湖的那些"江匪"头一次遇到。至于拿到"江猪"中的"盐引"后由谁去领盐这些细节大伙也就忽略不计了，因为当务之急是要找到"江猪"，否则都是空谈白说。

打捞"江猪"颇为费劲儿，阮兴无亲自下水，绑上绳子，下潜到江底，如果遇到危险就让船上的同伴拽绳子。

上面由几道"滚钩"进行纵横拉网式寻找。所谓"滚钩"就是带钩的缆绳，连续不断在水中滚动拉网，这样遇到大的物件都能被"滚钩"钩上来。前文说了濒死的阮兴无在水中已经上不来了，幸亏有"滚钩"

将他从水中救了上来。但是"滚钩"的深度是有限的，到了一定限度，"滚钩"也是没有办法的。因此，寻找"江猪"仅靠"滚钩"是不行的，还需要到深水中探测。阮兴无觉得这是自己分内的事情了，于是，主动要求下水探测"江猪"的具体位置。

这一下去，可了不得，"江猪"已经被下潜的"圆球"伸出的长臂扣住了。阮兴无不恼"圆球"，只关注他亲手滑落的"江猪"。他拼命去拽"江猪"，可"江猪"根本不听使唤，而"圆球"仿佛倒有一股力紧紧地吸住了"江猪"。阮兴无急了，心想索性逮住两个。他一把揪住"圆球"的臂，然后猛收绳子。船上的人看到阮兴无发出的信号，死命向上拽。"圆球"后面也有一根缆绳，任凭阮兴无怎么拽，"圆球"纹丝不动，眼看着阮兴无的胳膊就要与身体撕裂开来了。

情急之下他捡起江底的一块石块猛击发光的位置，"圆球"滚动了一下，手臂松开。"江猪"总算随着阮兴无一起浮上来了。

阮兴无一手带着"江猪"，仿佛牵着一位过马路的老人那么小心翼翼，又像是捧着万贯黄金似的虔诚。他另外一只手紧紧拽着缆绳。这江水由黑到蓝，再由蓝到黄，阮兴无全无欣赏的兴致，他依然忌惮于水下那场看似不那么惊心的搏斗，实际上还是触动了某种玄机。阮兴无觉得这水下并非完全是生物世界。

他想起了兵部龙谭基地，想起了张员外。莫非就是这样一支水下兵部在做着一件不为人知的大事？这一想令阮兴无头昏脑涨。

似乎要到江面了，阮兴无调整好出水的姿势。他把"江猪"的位置做了一个调整，好让船上的水手提到船上。船上人大概看到了"江猪"，那是一个黑乎乎的类似储油罐一样的笨笨的物件。大伙都聚拢过来了。大伙只顾看"江猪"，忘了其他事情。就在阮兴无松开"江猪"

的绳索，准备双手拉救护自己的那根绳索的时候，自己绑在船上的缆绳断了。他好像失去了重心似的渐渐向水中沉去。他迅速恢复了理智，知道他的如意算盘就像眼前这茫茫江水。他仿佛看见船上的人将他推向了更深的大江。待他努力浮出水面时，江上已经空无一船，只有汩汩的江水在一往无前地向东流去。从未掉过眼泪的阮兴无这才感到莫大的苍凉，流下了平生第一滴带有屈辱的泪水，与大江之水融为一体……

第十五章　风雨盛世

话说洪武皇帝的圣旨一到，蓝玉可不敢怠慢，眼看着人犯消失在眼前，作为兵部尚书这简直是奇耻大辱。他要好好审查这个女人，张员外的供词里说到的一个女子莫非就是她？圣旨到，事不宜迟，赶紧回金陵。

洪武皇帝说："蓝玉啊，最近听说东部很不太平，你兵部可有什么措施啊？"

蓝玉一惊，急忙说："皇帝恩重如山，蓝玉感恩戴德。臣一直在为此事训练水军，待过些时日一定会向皇帝禀报。"

洪武皇帝哈哈一笑说："蓝玉啊，我听说你现在训练密探了是不？"

蓝玉战战兢兢地说："皇帝，情况相当复杂，长江水域和东部沿海形势绝非想象的那样，我训练的是地下水军，不是什么密探，不久便会有分晓。"

洪武皇帝高兴起来，会意地对蓝玉说："你要学会团结人，把沿江沿海边防整治好，让一方百姓安定生产，不要生事，让百姓感受到朝廷的恩德。"

蓝玉说："是，请皇帝放心！"

退朝之后，蓝玉直奔大营继续审问梁娟儿。女监对过堂的人犯除了戴木枷之外，也戴手铐脚镣。蓝玉觉得对梁娟儿这样的人用刑是下策。蓝玉命人给梁娟儿除去木枷和手铐脚镣。蓝玉暗示人给梁娟儿备上车马一起察看龙潭基地。

这举动确实让梁娟儿有些不知所措。蓝玉说："国家现在除了陆上之外，正大力发展水师以增强海上防卫，也需要一批高级人才。你可以给我们推荐一些人才。"这话说得梁娟儿有些丈二和尚摸不着头脑。

梁娟儿说："我梁氏一门忠烈，韩元帅夫人梁红玉是我先辈，独领江淮子弟在此抗金，英名犹在。小女作为梁氏后裔，当以国家利益为上，哪有违抗朝廷之意？"梁娟儿一语即出，蓝玉便知此女乃是可塑之才，便与她交流张员外的一些经历。

上文提到蓝玉为了弄清张员外的行踪，把张员外的老婆作为一个突破口。哪知苏州府早有行动，应天巡抚周忱和苏州府台陈宁将张员外夫人悄悄移至秘密地点严加监视。哪知张夫人受不了惊吓，一阵痉挛，中风之后得了偏瘫，整个嘴巴都歪了，已经失语多时。急得陈宁团团转，特意从民间找来中医给张夫人针灸，半月有余仍旧不见好转，可把陈宁急坏了。陈宁把此事密告户部尚书吴云，吴云暗示其不能说话更好，这才让陈宁松了口气。

听到蓝玉说起张员外，梁娟儿一声不吭，这令蓝玉有些尴尬。梁娟儿心里倒是挺惦记张员外一家的，在她处于危难之时是张员外一家人收留她，给了她帮助，特别是吴淞江和淀山湖上的神奇经历。那把土铳不光救了她自己，还救了吴实他们一船的人，但是那土铳可是杀戮官兵的证据啊。梁娟儿有些紧张，满头虚汗。

那支土铳已经归了吴实，她好留恋那只相依为命的土铳。

蓝玉看她不舒服，于是安排车马驰往金陵会馆。这金陵会馆位于栖霞山驿道，也是兵部征召士兵和举行武状元比赛的固定场馆。金陵会馆设有男馆和女馆，蓝玉常在这里陪洪武皇帝招录武状元，因此蓝玉到来后，会馆也是忙碌一番。

从龙潭基地出来到金陵会馆的路上，少有人迹，基本上是兵道，著名的江南大营也驻扎在这驿道边。江南大营作为首都金陵的卫戍部队，其成员基本上是滁州来安、凤阳一带的嫡系子弟。蓝玉早年在云南和西宁驻军，因此对卫戍部队也少有视察，因而江南大营基本上算是李善长直管的大营。看着整齐划一的营房和骁勇的将士，梁娟儿心头涌出一丝暖意。

梁娟儿不紧不慢地说："将军可能有所不知，吴淞江不安宁到夜间都有'江猪'出没，淀山湖上的湖匪猖獗到大白天火并。当今皇帝知道不知道？"蓝玉一听大惊失色，急忙回应道："我就是要你告知我这些真实情况啊？那个老张死活不说。"一听到老张，梁娟儿本能地跳了起来："他现在怎样？"蓝玉故意转身向他的侍卫问道："老张现在在哪里？"侍卫回答说："上月患疾病殁亡"。梁娟儿以泪洗面，用衣襟悄悄拭泪。

"将军，我想给张员外上坟烧炷香。"梁娟儿对蓝玉说。蓝玉的脸红一阵白一阵。侍卫看出蓝玉的难处，于是跨步向前跪下禀报："将军，张氏受风寒疟疾，军医说为了消除病菌，尸体不留，必须焚烧深埋。"蓝玉这才缓过神来。

梁娟儿泪光闪烁，说："可怜张员外，一介乡绅最后落得死无葬身之地……"蓝玉连忙掩饰道："安分守己、坚守本道乃保全自己的底线啊！"梁娟儿哪会知道这里面的复杂与阴鸷。

梁娟儿在金陵会馆住下后，蓝玉立即安排相关人员密切监视，并且命令不得走漏风声。侍卫们接到命令后，一个个接岗到位。与此同时，蓝玉紧急回朝廷向洪武皇帝汇报太湖流域的情况，并把梁娟儿的情况也对洪武皇帝逐一作了汇报。洪武皇帝疑窦丛生，说："蓝玉，你现在掌握的这些情况是很复杂，但是需要证据啊。您给我把证据弄来！"

蓝玉应允从命，关于部队遭遇打劫的事，自然不敢汇报给皇帝，他要洪武皇帝默许他去深查才可按图索骥。这下子得到洪武皇帝的暗许，他似乎有了尚方宝剑，心满意足地赶往栖霞山深处的金陵会馆。

却说刑部侦察员已经刺探到澄湖上的十八条人命案和兵希兵站案。因为涉及兵部，刑部尚书吴云感到事态重大，命人仔细调查。刑部追踪到兵希，线索就断了，正在为此事伤脑筋，突然接到苏州府案情陈述，报一染织坊遭袭。坊主称一伙人劫持布匹逃跑，其中有一女持有土铳。

一时间，苏州府密案重重，扑朔迷离。新任府台不敢擅自做主，紧急启禀洪武皇帝。洪武皇帝大怒，说这太平盛世居然有这等荒唐事。李善长急忙禀报"一条龙"逃跑，不知所终。洪武皇帝这才明白，这所有的事与"一条龙"的逃跑时间吻合，决定针对"一条龙"的逃跑制订新的追踪计划。

吴云禀报洪武皇帝，说这是刘基的势力所为，而且苏州地区有王气。洪武皇帝一听，那还了得，决定启动弹劾刘基的行动。洪武皇帝性急，除了解除刘基的职务之外，还将苏州府台陈宁撤职法办，理由是苏州命案不断，袒护人犯，团团伙伙，结党营私。

刘基被废，忧郁成疾，一病不起。胡惟庸派太医给刘诊治。刘对洪武皇帝的脾气了如指掌，倒也没有恨意，只是觉得自己的宿命如此。胡惟庸的关照他虽没有照单全收，但也觉得人生已然如此，只得顺天承命。

大明天子脚下风云悸动，各路英豪风起云涌，一曲多声部的历史挽歌远远没有落下帷幕。

刑部尚书吴云密报胡惟庸，说如今长江江面盐枭猖獗，而且有潜水人员参与搜捞，严重影响长江航道和内河航运。胡惟庸指示：必须开展一场打击盐枭的行动，排除干扰，以稳定盐业税收；另外，对海岸的治安环境要严加关注，不得出现大的治安事件，必要的边贸需要好的治安环境保障。吴云会意，连声赞叹皇恩浩荡，胡丞相的治理能力高明，大明的基业必定因此万古长青。

一时间，长江江面、太湖流域、两淮地区增派了大量巡查的官员。对盐官的监督和举报制度也陆续发布到各盐区。刑部还安插了一些密探深入盐场和盐业繁盛的扬州和淮安地区。由一只"江猪"引出超发"盐引"事件也在追查之中。

话说船队头目捞出了"江猪"之后，一阵刀砍斧凿，这伙人终于把"盐引"取了出来。一看这白花花的"盐引"，头目心花怒放，测算了一下，居然可达七百多立方米，这不就是一座小盐山吗？再说了，当场甩掉阮兴无，他也可以堂而皇之地独吞掉阮兴无的那一份。

"加快速度，去淮盐库区取货。"头目一声令下，大伙扬帆启航，还喊起了号子为划桨摇橹助威。大伙仿佛一夜之间都赚得盆满钵满，个个成了暴发户。

据考证，明代的盐法对经营盐业有具体明确的规定：盐商运销食盐，须先向盐运司交纳盐课，领取盐引，然后到指定的产盐区向灶户买盐，再贩往指定的行盐区（叫作"引岸"）销售。然而盐引并不能随便领取，商人必须以引窝为据，证明自己拥有运销食盐的特权。为了得到引窝，商人又必须事先"认窝"，也就是交纳巨额银两取得官府授予的垄断经营权。

在盐法的实际运行过程中，盐商的角色发生了分裂，出现了窝商、运商、场商、总商等角色，他们在食盐的流通过程中各有不同的职能。窝商，也叫业商。起初没有窝商、运商之分，凡是有引窝的盐商都是自己运销食盐。之后，因为一些有引窝的盐商缺乏资本无力贩运，就将引窝租给无窝的商人经营，于是便有了窝商、运商之分。

窝商自己不经营盐业，而是纯粹靠出租引窝坐收巨利，是盐业垄断性的最突出的表现。运商，也叫租商。运商想要贩卖食盐，必须先向窝商缴付"窝价"，租取引窝，然后到盐运司衙门纳课领引，他们在食盐的流通过程中起着产地与销售地之间的桥梁作用。场商，是在指定的盐场向灶户收购食盐再转卖给运商的商人。他们攫取了收购盐场全部产盐的特权，所以往往采取不等价交换的手段，残酷剥削生产者。

因此，当头目喜滋滋地带着这笔不菲的"盐引"去灶户买盐时，细心的账房先生向"窝主"耳语了一番。"窝主"会意，急忙扯起了台阶上的蓝旗子。不一会儿，一队人马集结赶到，即刻包围了灶户的宅院。

带头的将官从高头大马上下来，细细瞄了一眼"头目"，又仔细审辨了"盐引"，然后向卫兵们大手一挥说："给我拿下！"卫兵们得令之后，一齐向"头目"聚拢过来。"头目"随即申辩自己无罪。将官哪里理会他的申辩解释，不容分说，命令卫兵将"头目"捆绑起来。

"头目"不断挣扎，口口声声说："你们凭什么捆绑我，冤枉啊！"任凭他怎么挣扎，官兵依旧将他捆得严严实实。尾随"头目"而来的"大大"一看情况不对，拔腿就跑。卫兵看到有人逃跑，一营士兵上马就跟随而来，结果随船而来的都被抓住，打入了临时关押可疑人员的"监房"。

官方分别审讯对口供。事实弄清之后，将官将情况逐层上报，一直报到兵部尚书蓝玉那里。蓝玉的指示还在路上传送的当夜，淮北盐区就发生了一场震惊朝廷内外的火灾。

大火从夜里的丑时开始，着火点就在灶户的账房，一直烧到大营，累及大营的"监房"，损失惨重。主审将官以及分别被关押在三间"监房"的全体船员都被火熏之后窒息而死。清理尸体时唯独不见"窝主"的一具，这令刑部的人大为吃惊。吴云下令封锁消息，不得外传。但是兵部对此事有不同意见。蓝玉觉得事情发生得蹊跷，怎么就在夜里失火了呢？即使失火也不可能不自救啊？大营侍卫汇报说，失火的当夜，大营的门是反锁的，官兵们出不来，很多人就在营门口倒下来的。蓝玉一听，气得火冒三丈，咬牙切齿地说："是我的人审查羁押，也是我的人连同疑犯一起被烧死，他们这么快就弄到我的头上来了，让我难堪是吧？"

蓝玉指示挖地三尺也要把"窝主"给找到。这么一来兵部立即成立了特种分队，在盐区展开全方位的搜查。凡是出入盐区的必须持有兵部的通行证。

胡惟庸则要求刑部务必将盐区的治安情况作彻底的整治，否则将启动弹劾吴云的计划。吴云授意手下，必须将船主的身份及所犯劣迹调查清楚。兵部、刑部剑拔弩张，大有一触即发的态势。

蓝玉则增派卫队加强了对金陵会馆、龙潭基地以及太仓水师大营的警戒级别，同时，对梁娟儿的监视和谈话仍不间断。

蓝玉自觉形势严峻，如果不主动沟通，他势必搬起石头砸自己的脚，洪武皇帝怪罪不算，还正好中了别人的圈套。蓝玉思来想去还是向李善长汇报了新近发生的情况。

李善长听了蓝玉的汇报之后说："这事复杂，我们是不是要向主公汇报，请主公为我们做主？但是这样做恐怕会打草惊蛇，如果对方先发制人，我们可有防守的一招？"蓝玉沉吟片刻说："鄙人有一颗棋子，可以一试。"蓝玉在李善长的耳边嘀咕了一阵，李善长眯着眼顿时来了精神。

李善长连忙说："哦，这个行吗？行吗？"李善长因为上了"一条龙"的当，现在遇到这些事本能地就有一连串的疑问。

蓝玉说："在下以江山社稷为重，若有不测还请丞相帮我解围。"

李善长回答道："都是为了国家的利益，个人受些委屈算得了什么。"

蓝玉一听连忙说："您所说正合吾意，国家为重，国家为重！"苏州府台陈宁被撤职查办之后，洪武皇帝下旨况钟接任苏州府台。况钟到任后迅速对苏州太湖流域进行综合整治，首先从减免赋税开始，大规模地进行减税行动，同时对织户进行适当扶持；对辖区内的官兵营寨进行土地田界的核查，厘清兵民区界。况钟为此事专门拜访了蓝玉。蓝玉对况钟的举措表示支持，并商量好对太湖地区的兵民管辖加强合作。

对况钟的减免税收，户部尚书胡濙坚决反对，弹劾时称其"变乱上法，沽名钓誉"。况钟、周忱联合上书，也没能压住胡濙的抵制。

刑部要求况钟接管张员外家眷，况钟以前任管事为由，将张员外家眷一干人等遣送回原籍。张夫人一听说可以回去了，一个激灵，眼珠子一转，竟然一命呜呼。况钟无奈，草草安葬了张员外夫人，其他人员就地遣散。这令吴云大为不悦。

第十六章　忤逆风云

在长江江面上漂荡的阮兴无不知道呛了多少口水，眼看着天色渐渐暗了下来，江水冷得让阮兴无快要坚持不住，如果腿脚或是胳膊发生可怕的痉挛，那葬身江底是绝无退路的。

江面上的巡逻船突然多了起来，民船少得可怜。阮兴无的头一浮出江面，一个浪头打来又吃进水去。那张被"阿胶"拉过的脸显得有些变形，煞是难看。也真是亏了这个难看，巡查船上的官兵看到江面上有头像"河马"的怪兽，一时兴起就把船向阮兴无靠拢，靠近看原来是一个人在喊"救命"。

上了船的阮兴无一看是官兵，硬是愣了半晌也没有说话。官兵一看阮兴无这副模样，又想把他扔进大江。阮兴无一看这情形，"哇啦"一声，说："我有要事向你们长官报告。"这话一出口，官兵就乐了："原来你不是个哑巴啊。好吧，你就直接讲吧。"阮兴无说："不行，我得要跟你们的统帅说才行。"官兵们开始不耐烦了，又要抬起他往江里扔。阮兴无急了，他说："我知道"盐引"，有一船的"盐引"。"这话把官兵们听傻了，不是一船的盐，而是一船的"盐引"，这不是疯话吧！我们就是在查这"盐引"的事，这下可以领赏了。官兵们即刻把阮兴无保护了起来，说是保护，其实也就是监管。官方加快船速，向江阴方向驶去。

旗语兵一路用旗语与邻船打招呼，意思有要犯在押，其他船只不要占据航道。船借风势，一路顺水，直抵江阴长江水师大营。

一到陆地，阮兴无就被马车羁押到龙潭基地。蓝玉大喜，连忙从金陵会馆赶到龙潭基地。蓝玉一看阮兴无似曾面熟，但一时记不清晰。阮兴无一看龙潭基地就发晕，原来他曾在这里被用酷刑，后来冥冥之中想起吴实的约定，阴差阳错地被皇帝以"一条龙"的待遇器重。可惜实在是这个捡来的名号包袱太重，他只得钻了下水道才得以逃脱。如今，又到了故地，似乎旧时的伤痛又要发作起来。不过，这一回，阮兴无打算换一种活法，与朝廷做个交易，成就成，不成死也不遗憾，就此一搏。

阮兴无横下一条心来准备赌一把。

蓝玉的姿态摆得很正：除了奖赏还会破格录用。这令阮兴无胆战心惊，他怕那些不可告人的机密暴露出去。转念一想，不对，如果混进水师，说不定还能洗白自己。陈年的旧账在这个混世谁还会真正理会？况且他又是整过容的人。想到此，阮兴无还真想与蓝玉做一笔交易。

阮兴无将官船与商船之间通过"江猪"暗地私通达成交易的事实向蓝玉做了汇报，并把自己被盐枭"撕票"的经历说了一遍。蓝玉一听"江猪"气得七窍冒烟，他训练"江猪"是为了寻宝，暗地却被官员偷偷改造成秘密交易"盐引"的工具。

蓝玉紧急召集部下，说要检验"江猪"的下潜深度。阮兴无被蓝玉换了水军的装扮。将官们听说蓝将军要检验"江猪"的性能，都摩拳擦掌，纷纷想在将军面前露一手。

"江猪"是用漠北的骆驼皮做成的，从漠北带到金陵的骆驼，路途遥远，数量有限，因此在清点"江猪"时，蓝玉暗暗记下总数。在演习过程中，蓝玉让阮兴无进了"江猪"的肚内。

阮兴无起初不敢进去，但想到张员外，他又觉得不进去探个虚实也是说不过去。想到在江底与"江猪"的搏斗，他又有几分好奇。

待真正进去之后，阮兴无才看清"江猪"内部的情形，那束光竟然是一种"夜明珠"的石头发出来的。这也是漠北的产物啊。原来，骆驼窝边都有一块"夜明珠"相伴，在沙漠上它们相得益彰，即使到南方的大江里，它们也是如影相随、如风相伴的啊。想到这，阮兴无对自然万物也崇拜起来，难怪人也故土难离。万物之间相生相克，都是有定数的。

阮兴无在水下突然将缆绳一个紧急收回，岸上有个官员惊呼起来。这一举动被不动声色的蓝玉看在眼里。等阮兴无上来之后，蓝玉命令营库侍卫搬来账册，一清点"江猪"只数，发现少了两只。惊呼的官员立刻被革职法办。

最终官员交代，一只"江猪"被用于长江上的"盐引"交易，每月收租金白银五十两；另一只被用于吴淞江上寻找沈万三的沉银。自此，军内贪腐因阮兴无的举报而得以查实。阮兴无因为举报有功，被吸收为水师"潜水兵"副统帅，暂在龙潭基地培训。一场声势浩大的反腐败警示大会与奖励授勋大会在龙潭基地开幕。

这次坐到前台接受表彰的是"阮兴无"这个名字，他再也不敢用"吴实"这个名字了。阮兴无希望所有人都忘记掉他的过去。他现在是大明水师"潜水兵"副统帅，将赴刘家港水师总队任职。

令阮兴无万万没有想到的是一场针对他的刺杀计划正在实施。商人们觉得阮兴无以出卖他们的利益与蓝玉做了交易。原本以为他死了，没想到是他故意所为，对于这样的背叛行为，江湖上是不可以容忍的。他这一举报把江湖上的整个行业产业链从根子上弄断了……

这件事竟然也没有能够逃出蓝玉的盘算，他要起用阮兴无这样的人目的只有一个，那就是培植自己的得力人才为己所用，特别是培植用于大江上的寻宝和对付对手的秘密武器。

说是在龙潭基地培训，这只是蓝玉给人施放的烟幕弹，他悄悄将阮兴无接到金陵会馆秘密培训去了。

阮兴无到了金陵会馆，负责参与对梁娟儿的审查，这令阮兴无大吃一惊。陈年旧事即刻浮现在眼前，好在他现在完全被"阿胶"拉了皮，但是说话的声音可能还会被对方听出来。阮兴无开始苦苦思索这个难题，尽量不与梁娟儿对堂。

审讯梁娟儿是件难事，眼睁睁地看她放走了一船的盗贼，这里面到底有哪些深不可测的机密？审讯人员要引导嫌疑人供述，对说过的每个细节都要找到证据，然后把证据链做得圆满。对梁娟儿这样的人用刑是适得其反的，需要正面感化。阮兴无作为正能量的先进典型自然是作为教育工具的。当阮兴无一出场，梁娟儿"呀"的一声，急忙又把自己的嘴巴捂住了，假装晕了过去。这一切都没有逃过蓝玉的眼睛。蓝玉觉得终于有了突破口。

在以后连续几次审讯中，阮兴无一直萎靡不振，也不说话，这令其他官员有些紧张，不知道副统帅的葫芦里卖的什么药。阮兴无示意大伙退下，由她和蓝将军来审问。

阮兴无面对梁娟儿，梁娟儿故作镇定地说："将军，你们问什么我直接回答你们。"阮兴无说："为何将一船盗贼放走，你有什么隐情？"

梁娟儿说："我们作为人质被'倭人'扣押，我们的人去大营报警，结果反遭追杀。为了一船人质的安全，他们与'倭人'谈判合作了，这样可以让一批人质存活下来。"这么一说，两个男人竟也是面面相觑起来。

"现在人质在哪里？我们是否可以去解救人质，将侵我领土的'倭人'绳之以法，或是驱逐出我大明朝的国土之上？"阮兴无说得有板有眼，令人刮目相看。梁娟儿说："若是真的解救，必须加快速度，前方形势非常危急。"

蓝玉同意他们一同赶往太仓大营，协同征讨"倭人"。自此，一场史无前例的反倭寇的行动在东部沿海正式开始。后来，这事虽被朝廷牵制，但反击倭人的声势浩大的行动具有了实实在在的民间基础。

苏州府台陈宁遭罢黜之后等候发落却心有不甘，他并不认为自己与前任金炯是一个类型，而是觉得自己实属宰相府的一枚棋子。思来度去，陈宁恭敬地写了一纸陈述，投书给江南候陆聚。陈宁列数了胡惟庸指使刑部尚书吴云培植亲胡势力，还在吴淞江及整个太湖流域进行潜水营训练，寻找沈万三的太湖沉金以积累起事资金，更为严重的是胡惟庸还私通"倭人"插手苏州府的事务。

陆聚感觉事态严重，便想起李善长来，毕竟李善长与洪武皇帝私交甚密，可以通过李善长将此事汇报给洪武皇帝。也是借着洪武皇帝召集众丞相议事的机会，陆聚悄悄把陈宁的手书私递给李善长。李善长也是纳闷：这陆聚又搞什么小动作，平时议事并不见他说什么话，今儿怎么向我递起纸条来？只见李善长不慌不忙地展开手书。

手书展开后，李善长大吃一惊，忙不迭地收起。他的这一慌张动作当然没有瞒得过洪武皇帝的眼睛。李善长慌忙掩饰，洪武皇帝见此，暗装糊涂说："众爱卿可有要事？没有，退朝。"他的另一感觉却是："你们一定有事瞒着我，等我知道了看我怎么收拾你们，翅膀都硬起来了嘛。"听了"退朝"，李善长才松了一口气，愤愤不平地瞪了陆聚一眼。陆聚心领神会，报以一个歉意的表情，乘机几个款步下了台阶。

李善长看着陆聚的背影"嗯哼"了一声，心想，这种烂事你让我去染骚，老子才不扛你的木头梢子，你自己不知道吃了多少独食，总有吐出来的一天。李善长的举动也被另一个人看在眼里，那就是刑部尚书吴云。此人有着鹰隼一样敏捷的目光，否则胡惟庸也不会提名他做刑部尚书，当然，洪武皇帝起用他也是平衡权力关系的一种排布。吴云明白李善长一定有什么事，否则不会吞吞吐吐，甚至有些语无伦次的笨拙。

吴云把看到的情况向胡惟庸做了汇报。本想讨好一下胡惟庸的，哪知胡惟庸暴跳如雷，急切地问："苏州的情况调查清楚了吗？张员外的夫人怎么死的？上面怪罪下来怎么处置？陈宁会坏你大事的。"吴云听罢胡惟庸的话后连忙说："小的罪该万死，都是奸佞陈宁惹的祸。张员外生不见人，死不见尸，他的夫人也死了，这条线索也断了，澄湖上的二十具尸体可能是'怪人'们干的。"胡惟庸一听，脸色非常难看，严厉地说："你可有足够证据？"吴云唯唯诺诺地说："这是陈宁报告上来的。"胡惟庸说："还不快去处理好后事。"吴云即刻知会胡惟庸所说的"后事"是指什么。

陈宁眼巴巴等着陆聚的消息，可终不见任何消息，愁得头发都白了，古时没有染发剂，再说，解职的官员哪个不是原形毕露？百般无奈之机，陈宁想到了魏国公徐达，徐达为人正直，不贪不占，这是陈宁最后一根稻草。想到此，陈宁投书徐达。说来也是蹊跷，刚设法投出书去，刑部就羁押了陈宁。

徐达接到陈宁手书之后，深感情况危急，直陈洪武皇帝。洪武皇帝一听此事，立即要求徐达、常遇春做好保卫工作，同时命令吴云将陈宁保护好，如有闪失将革职处置、灭门九族。

事态每况愈下，洪武皇帝圣旨到达之后，吴云自缢身亡。

胡惟庸启奏洪武皇帝，吴云借训练水警、查缉盐枭之名，插手地方事务，草菅人命，将澄湖渔民以盐枭聚众闹事为名集体镇压，同时，逼死张员外夫妇，罪大恶极，畏罪自杀。洪武皇帝沉默良久……

洪武皇帝召来蓝玉询问长江及海岸防务情况，蓝玉将阮兴无的陈述集中向洪武皇帝汇报，且直陈自己正查缉军人与商人勾结倒卖私盐，以及正在调查"怪人"行踪，准备一网打尽。长江及太湖流域有水匪出没，与以往不同的是，水匪都能够深入水下，军已经训练出自己的水下部队，可随时巡防征讨。洪武皇帝听罢，颔首微微动了一下。

洪武皇帝说："新的情况不断出现，务必要防患未然，要有预见和洞见，处置要及时，增强主动性。"蓝玉自然明白洪武皇帝的授意，连忙下跪叩拜说："臣效命于皇帝，不敢有半点怠慢，如有闪失，赐臣死罪。"蓝玉一路滚似的跑出洪武皇帝大殿。

蓝玉到达大营立即启动部署长江和太湖流域水军深潜行动。为了不打草惊蛇，蓝玉将龙潭基地的水军与太仓大营的水军进行互调，以年度训练的方式分散到江阴和沙溪两地集训；同时，将潜水兵单独部署到苏州太湖木渎。水军副统帅阮兴无负责潜水兵的水下集训，要做到对假想敌先发制人，将对方的主导兵力摸准，死死牵住"牛鼻子"。

阮兴无得令，用船只将潜水器秘密用稻草伪装成若干稻草人，美其名曰是"靶样"。"江猪"潜水器只适合观察水底情况，但是无法形成战斗力，唯一的办法只能通过撞击或是释放某种信号逼迫对手浮出水面，然后在水面上生擒。如果反抗则采用"冷兵器"进行强制措施。假如对手有特殊潜水器材先发制人，我方如何防御并且能够成功狙击，成了副统帅阮兴无棘手的难题。

理发匠以刀剪为工具，修脚工则用锋利的修脚刀，大厨师靠着一把菜刀走天下，而潜水兵除了密闭的潜水器，还能有什么办法改进？阮兴无整日愁眉苦脸，昼夜寝食不安。阮兴无找来鱼鹰仔细琢磨。阮兴无用一个大水池放养鱼鹰，自己站在不同的角度观察鱼鹰潜水。

除了观察鱼鹰，阮兴无还安排士兵喂养一群鸭子，观察鸭子潜水的习性。在打开鱼鹰和鸭子腹部后发现，这两种水禽吸气和呼气时均有气体进入气囊并通过肺部交换区，气囊特别大。阮兴无想到了用陶罐盛装充满空气的牛胃。牛胃结实，下潜过程中能够承受压力，牛的肺管连接到牛胃上。这样，在水下就可以用短匕刺破对手"江猪"的骆驼皮，则对手不是被淹死就是毙命于短匕。

往复的训练后，阮兴无的潜水兵大有长进。阮兴无安排水面部队做好陆上的警戒和打击出水敌人的工作。潜水兵做好用短匕防身与进攻两种准备。遇到对手，一定要将对手的器具或是尸体带回水面。

为了能顺利完成清剿任务，阮兴无专门到江西景德镇定制了符合士兵身高、体重特点的轻质陶瓷，所有的牛都是现杀的。一支最原始的水下潜水部队在阮兴无的统领下在太湖、长江上进行水下集训。

为了保证阮兴无部队的训练质量，蓝玉在苏州西山的木渎镇专门建设了一个养牛场，借口水军体力消耗大，出于保障军力的需要特意动用国库的储备银两，而且还是经洪武皇帝特批的。后来在郑和下西洋中这支部队发挥了保驾护航的作用，很多指挥官都是出自这支英雄的部队。当然，这是后话了。

第十七章　杀机重重

阮兴无的脸皮是经阿胶塑形而成，经年累月的风霜雨露使得这个皮囊渐渐透支，阮兴无的脸皮起皱了，阿胶卷起来扯带了毛发，然后开始脱落。最后这张脸干脆成了盐碱地上的地皮，开始翻翘起来，脱落的部分成了红色，没有脱落的部分是暗褐色，斑斑点点，星罗棋布。阮兴无心里慌张起来，要是被上面识别出来，岂不是欺君之罪吗？训练之余，阮兴无常常力不从心，颇有怅然若失之感。

阮兴无的反常被人暗中告知了蓝玉。蓝玉即刻从太仓大营调出一路人马悄悄在外围伺机行动，一旦有任何风吹草动立即围捕潜水兵。潜水兵在太湖中拉网式打探水底情况。水面宽阔，他们想出在水面采用"浮标"定位的办法，夜间瞄准北斗、金牛，日间对准日暑，对湖面进行米格划分，确保每一寸水面都能普查到。太湖水域湖底形势基本被这支潜水部队勘测得一清二楚。

好个潜水兵，杀牛无数，自然也惊动了不少人。概莫能外，一次次明争暗斗都是高层人士才配参与的大戏，被整的一方总是会被对方牵着鼻子走。胡惟庸直陈这太湖如此混乱，不下决心定然万劫不复。他出面让李善长干预此事。

胡惟庸老谋深算，他预感必须要抱住李善长这棵大树。李善长虽说不再为相，但是因为李是洪武皇帝发迹时的贵人，因此，李善长这棵大树可谓是根深叶茂。胡惟庸的侄女刚好到了如花似玉的年龄，他想这侄女许配给李家的公子哥不就靠上去了嘛。他这么想，还真的是妙计。李善长弟弟的儿子李作伐正好到娶媳妇的年龄了。胡惟庸就让曾任左相的老友纪广洋去说媒。这纪广洋做事不行，但是拉家常自有一套，李家的二公子还真的被纪广洋这嘴巴下了套。

胡惟庸凭此就与李家结为秦晋之好。洪武皇帝当然心知肚明，心想，你个胡惟庸，我还不知道你心里想什么吗？这倒也是，胡惟庸你这官职可是洪武皇帝赐予你的，想要收回还不容易吗？既然让你当了，你就好好干，千万别动歪脑子。

话说这胡惟庸的一举一动都在徐达眼里。徐达的下人密报徐达，胡惟庸有意拉他们一起搞你。徐达气坏了，心想，你这个胡惟庸，迟早要出大事。而陈宁的举报信直接促使徐达下了彻底揭露胡惟庸老底的决心。后来，吴云的自杀，也给了胡惟庸一记响亮的耳光。

徐达是武将出身，在军队享有崇高的威望。尽管国事已定，但将士们对徐达的敬重丝毫没有减弱。徐达所到之处必定会受到将士们的欢迎。徐达受蓝玉邀请视察春季练兵，在金陵会馆偶遇梁娟儿，一听说其是梁红玉的嫡系后裔，顿时肃然起敬，这令将士们异常纳闷。听了梁娟儿有此背景之后，众将官愕然不已。徐达将梁娟儿收为义女，一桩关于梁娟儿的公案就以这样微妙的方式出现了意想不到的转机。

梁娟儿希望回到太仓基地，她的想法得到了徐达的支持。

徐达知晓蓝玉有支潜水部队，一直想看看官兵。蓝玉说在太湖集训，徐达深为蓝玉的远谋感到佩服。正说着话，有人来报："蓝将军，大事不好，太湖潜水兵集体消失。"这令蓝玉大惊失色，这是怎么回事，这可怎么向洪武皇帝交代？他赶忙跟徐达道别，向太湖而去。

因为形势紧急，沿路各驿站开门迎接蓝玉的到来，蓝玉的马一天换了八匹，终于以最快的速度赶到苏州府。在经过简单的汇报之后，蓝玉首先到他的外围部队调查。将官说："将军，我们在此已经整整一周了，开始可见湖上有人头攒动，后来渐渐没有了，我们也不能深入进行探测，所以，只有向你汇报。"

蓝玉站在营垒前指挥破阵入湖。大军一起涌向湖面，只见湖面上有人的尸体，打捞起来一看，尸体被水泡得发白，有的开始肿胀，面部溃烂不成形，但是从服饰装备来看，完全是蓝玉的龙潭基地潜水兵。蓝玉发出一声"哎呀"，然后捶胸顿足，连忙命令大军赶紧搜索阮兴无的下落。

蓝玉踏进潜水兵大营才发现，潜水兵大营已经被虏掠一空，尸体横陈。蓝玉命令保护现场，立誓一定要把事件弄个水落石出。

在一处暗角，蓝玉发现了阮兴无，被缚的阮兴无已经奄奄一息，要不是被发现，一定命落黄泉了。阮兴无那张破脸哪里经得起如此折磨？已经破得不像样子了。蓝玉指示要不惜一切代价救活阮兴无。这下忙坏了随军的医生。医生用冷敷热激的办法将阮兴无救活了过来。

阮兴无一看蓝玉在，顿时热泪盈眶，回忆起凌晨被一股来历不明的人洗劫。

蓝玉这才恍然大悟，原来陆聚也是胡惟庸的心腹啊。

陆聚盘踞江南多年，话说当初也是在与张士诚的交战中脱颖而出的，如今都功成名就了，本该都到了乐享晚年的时候，可是人的欲壑难填，私欲膨胀得厉害，因此，不免生出许多这样的事来。

　　蓝玉见自己亲手经营的潜水兵遭人屠戮实在是一口气难以下咽，而且是在外围有护卫部队的情况下发生的，蓝玉想不到自己的护卫部队里居然有人私通自己的对手。不用说，蓝玉在接下来的追责中，将守将悄悄做了更换，然后安排"锄奸队"将此人暗杀掉。除此之外，蓝玉命令阮兴无就地组建新的潜水兵。

　　阮兴无受命于危难之间，可那张阿胶脸渐渐恢复了原形。蓝玉看这脸，越来越觉得不对，他想："难道你有替身不成，或是军中被人换了机芯？"蓝玉一脸狐疑但也无法下定结论。蓝玉对阮兴无手绘的太湖地面形势图比较感兴趣，包括对打捞上来的几尊佛像、一些陶瓷和宝鼎充满了好奇。他想，"我想要的还有沈万三的沉金啊。"

　　陆聚的据点在苏州西河南一带，虎丘是陆聚的大本营。一个深夜，陆聚部受到了一伙蒙面人的突袭，士兵们防不胜防，结果死伤大半。陆聚将此事向胡惟庸做了汇报。胡惟庸大为震惊。胡惟庸感到蓝玉已经成为他前进道路上的一道非铲除不可的障碍。

　　而此刻的太湖、吴淞江一样暗流涌动。阮兴无在侦察的湖底发现了"江猪"的行踪。只要潜水兵一下水，"江猪"就作鸟兽散，纷纷躲避到岸边。因为岸边有草戟，易伤"牛胃"，因此，岸边就成了潜水兵的"灯下黑"。

　　阮兴无向蓝玉汇报了水下遇到的蹊跷事。蓝玉指示，抓活的，抓到一个赏银三锭。这大大激发了士兵们的积极性。阮兴无对水面和水下部队作了部署。水面部队协同水下部队，在离岸一人深的水下进行巡查警戒。这招真的管用。一次战术的调整，获得了意想不到的成果。一支五人的"江猪"分队被端掉。其中三死，两人被俘。蓝玉羁押着这两人一同班师回朝，等待洪武皇帝的重新发落。

实际上，这两人肯定是见不到洪武皇帝的，他们一踏进刑部的临时监狱，就已吓得魂飞魄散，不等刑官审理就和盘托出。原来是陆聚的安排，陆聚要为胡惟庸准备一批银两，明目张胆地搜刮自然瞒不了英明的大明皇帝。不过，他们主张打捞沉金也是一种办法。

问题出在胡惟庸这里，你要银两干吗呢？陆聚你干吗要给胡惟庸筹银？这么一想麻烦就大了。

徐达攥着陈宁的申诉信向洪武皇帝密告。此事还没有了结，刘基的儿子刘琏又来找他，说他父亲死得冤枉。徐达说："不是太医诊疗的吗？"刘琏说："父亲病重之后每天都按时服用太医配置的药，可是不但不见好转，反而越来越严重了。家父说他咽头有灼热感，口渴、恶心，后来陆续出现剧烈腹疼与呕吐，最初吐食物，继之吐黄水，严重的时候剧烈腹泻，粪便呈米汤样。家父病重时眼结膜充血，鼻及口腔黏膜充血、水肿，糜烂出血，最后是'七窍出血'而死。上了年纪的老人说是被毒死了。开始的时候我还不信，后来，我翻了医书，确定家父是被人下了慢性毒。"说着说着，刘琏竟然抹起了眼泪。徐达一听，把大手往桌上一拍，这一拍把地都震得抖了起来。徐夫人知道大事不好了，否则夫君不会如此失态。

徐夫人应声而来，二话没说就给徐达沏茶。

徐达觉得此事若不弄个水落石出，真是对不住一代人杰。徐达急吼吼地去找洪武皇帝说事，这洪武皇帝也不是谁想找就找得到的，都得提前预约，当今的皇帝忙啊。好在就凭徐达那资历和为人的厚道，自然受人尊重，因此，宫内宫外对这位开国元老颇为敬重。

徐达把刘琏的话俱告洪武皇帝。洪武皇帝伤心不已，命有司记录在案，定为其昭雪。

却说蓝玉与陆聚互殴的事被胡惟庸作为处置蓝玉的一条毒计呈给了洪武皇帝。洪武皇帝大怒，立即解除了蓝玉的军职。蓝玉不服，死咬住胡惟庸与陆聚合谋，在苏州秘密筹措军费训练私人武装。

蓝玉呈给洪武皇帝的是一本关于太湖流域吴淞江和淀山湖地区"匪"帮情况的秘典。洪武皇帝大为惊愕，觉得事态严重，照这么下去，大明迟早会毁在这些人的手上。屋漏偏逢连夜雨，举报蓝玉的奏折上来了，说逃跑的"一条龙"就潜伏在蓝玉的大营里，并担任要职。

这一来，蓝玉的问题可大了。

原来阮兴无的塑胶脸渐渐现出原形来，被当年扣押他的将官认了出来。将官吓坏了，赶紧报告了校尉，校尉又向陆聚汇报，一直捅到李善长这里来。本来这事洪武皇帝也忘记得差不多了，再说了这事已经交办给李善长，过问太多显得小气。

没想到在这节骨眼儿上出现这事，颇令所有人深感意外。众人隐隐感到一场危机不久就会到来，否则，怎么会出现这么多的蹊跷事？

李善长一五一十地对洪武皇帝说："此人跑了，后来一直没有找到此人。"洪武皇帝非常气恼，说："我把好好的人交给你，你倒好，不但没有用好，还把人给弄跑了。"

事态紧急，容不得内讧，得赶紧将此事处理完毕，否则就是大明圣上的笑话。洪武皇帝暗示此事得迅速处理完毕。

李善长会意，让胡惟庸安排人尽快将"一条龙"捉拿归案。话说蓝玉回去之后阮兴无随即就离开了太湖西山，只身驰往太仓水师大营。

阮兴无到了太仓水师大营之后，赶紧备足粮草装备了两只船，匆匆解锚，向大海驶去。在东北季风的助推下，阮兴无历经三十个日夜，船只在福建长乐停留。

李善长会同陆聚对苏州地区进行搜捕，按照脸形张贴悬赏公告。蓝玉解职接受有司审查，其中有一条，勾结张士诚部下意欲谋反，罪该万死，灭门九族。

自鸣得意的胡惟庸当然意气风发，两个挡道的都被清除了，一个是看不起他能力的刘基，还有一个就是手握兵权的大将军蓝玉。没有了这两颗眼中钉，那成就自己的机会就不远了。

胡惟庸虽说性格骄恣，但做事小心翼翼，对于门客们说的那些灵验之事也是睁一只眼闭一只眼。门客们说胡丞相祖父三世坟上每夜红光烛天，远照数里，按常理推测这是胡家要出帝王的吉相。对此，胡惟庸也会动心，毕竟在这道上摸爬滚打了好多年。

洪武皇帝的幕僚们一致认为，近年来发生在苏州府辖区的所有事件都与逃跑的"一条龙"策反有关，必须找到"一条龙"的下落。胡惟庸对皇帝言听计从，不敢越雷池半步。但是，胡惟庸的内心却有着许多并不为外界所知的细节。

不巧的是"江猪"中的两人都招供了，这些细节对胡惟庸不利。陆聚的人日夜训练"江猪"，目标是江中的沉金，还有就是打劫盐商和盐枭，聚敛财富。最令人不能容忍的是陆聚居然私通日本贡使，同时他的部下明州卫指挥林贤居然与倭寇有结交。这些都是后来犯事倒查出来的。

胡惟庸还唆使降明的元朝老臣封绩手书一封给元嗣君，请求外应，待时间到，一并压向大明天子。

可惜好景不长。洪武十三年（1380年）正月，胡惟庸邀请洪武皇帝到他家看醴泉，说这醴泉水好喝呢。洪武皇帝没有什么戒备，也就答应胡惟庸了。就是在出发的路上，内使云奇一个劲儿地挡道，洪武皇帝起初以为此人一根筋，不再理会。后来这小子变本加厉起来，居然挡道挡得不行了。侍卫云奇被洪武皇帝的内卫乱捶一通，云奇在右臂折断的情况下，依然将手指指向胡惟庸的宅邸。洪武皇帝这才明白过来。果不其然，胡惟庸宅邸散发出一种"兵气"，洪武皇帝立即调集"羽林军"抓捕叛逆的胡惟庸。这一抓，应了古话：抓，亡自己；不抓，亡国家。这么一条悖论居然出现了。

审讯工作由洪武皇帝自己来进行。胡惟庸百般抵赖，但当与御史中丞涂节当面质证时，胡惟庸这才收敛起狡辩的嘴脸。

胡惟庸罪大恶极，砍杀胡惟庸是个严肃而又异常热闹的场面。这个曾经显赫一时的当朝右丞相居然以这样的姿态谢幕，让人倍感意外。洪武皇帝也是伤心异常，居然"没有去早朝"。

紧接着江南侯陆聚、荥阳侯郑遇春等一并坐狱论死。

第十八章　一路向东

　　洪武皇帝一举拿下胡惟庸，陆续的事情又来了。这胡惟庸居然与日本人在秘密做着生意，这事还是从苏州府台况钟那里得到的消息。前面不是说到况钟要大规模减免税收，结果招致户部尚书胡濙的反对。况钟哪里来的胆量向朝廷提出减免税收啊？

　　胡惟庸多次扬言："苏州的地税可以减免，但是我要增收你的水税，如果你不交水税，这水面就由我们直接给你代收。"况钟哪里敢和胡丞相争辩？于是，况钟既受到户部尚书胡濙的压制，同时也顶着胡惟庸直接插手地方的压力。况钟只得照办，严禁老百姓到湖、河里捕捞，一经发现，除了罚没船舶设备还须惩治，情节严重的有牢狱之灾。看得出整个区域都在胡惟庸的掌控之中。蓝玉的出现打断了胡惟庸把控东部地区的独断掌控权。因此，胡、蓝之争其实是资源之争、财货之争，当然最后不外乎也是政治上的较量。

　　胡惟庸的事情还没完，洪武皇帝的疑虑在啊！一直在。他要查吴云，刑部一直没有查清苏州的案情。吴云打进大牢开斩，还要查刑部的问题。张员外失踪、澄湖二十具尸体这些积案都在新任刑部尚书顾璘的案前，顾璘本身又是苏州人，因此重启调查，也是洪武皇帝对他的重用与信任。

蓝玉被黜后，王骥任兵部尚书，王骥首先整顿"金陵会馆"和龙潭水师基地。王骥进入"金陵会馆"才知道这里是奢华到不亚于皇宫的一所暗所。蓝玉的奢靡尽收眼底。王骥连夜向洪武皇帝做了汇报。洪武皇帝大怒，直接问责蓝玉，将之发配漠北赐死。

龙潭水师基地解散，但王骥保留了潜水营，将其并入沙溪大营。太仓基地不在裁撤之列，但对统帅做了调整，副统帅阮兴无失踪并入蓝玉案之列进行调查。王骥的整顿得到了洪武皇帝的首肯。

顾璘在查办胡惟庸同党案的时候，遇到了一件棘手的案件，这也是洪武皇帝留给顾璘的一个难题，那就是居然一下子冒出一百个"倭人"到应天府上书，借口是胡惟庸与他们有合同，要求朝廷赔偿他们的损失。这一下激怒了洪武皇帝，将其全部扣留，惊动了日本驻应天府的使节。

临时法庭设立在应天府的九华山庄，日本使节还为一百个"倭人"请了辩护律师。顾璘还是头一次遇到这等事。按照明朝法律，所有来明的异邦人士必须申请，在得到同意后方可得到限期的居留权，否则视同侵犯，须正法，而且不得引渡和豁免；所有私人签署的合约均不具有合法性。

只见日本国聘请的律师呈上的文件上却有胡惟庸签署的明朝苏州府的府印，还有应天巡抚的签字。这下让顾璘傻了眼，再看看内容，赫然写着："租让苏州府境内水域三十道，租期十年，打捞沉银及勘探出矿产资源均五五分成，其不得干预吾国行政军政民政事务……"顾璘只得临时休庭，一面报告洪武皇帝，一面与王骥沟通，增加长江防务和海防力量，防止擦枪走火。

洪武皇帝听完汇报，暴跳如雷，大骂胡惟庸，灭门九族还不解气，外加一族，十族。所谓"十族"，也就是直系、旁系、直旁系之外的学生、朋友三百多人跟着下狱被杀。

关于这一百人的去向，洪武皇帝指示想办法杀掉，日本使节限期赶走。不走，杀掉！

顾璘找到王骥，说到洪武皇帝的旨意。王骥按住顾璘的肩膀说："何至于此，何至于此？凡事不要做绝，大明是泱泱大国，怎么能做出那样的事情来？那是我们臣子的罪过。"王骥说文天祥丞相是我们的榜样。文先生有言："主辱，臣死有余僇；所求乎为子，以父母之遗体行殆，而死有余责。将请罪于君，君不许；请罪于母，母不许；请罪于先人之墓。生无以救国，死犹为厉鬼以击贼，义也；赖天之灵、宗庙之福，修我戈矛，从王于师，以为前驱，雪九庙之耻，复高祖之业，所谓'誓不与贼俱生'，所谓'鞠躬尽力，死而后已'，亦义也。"王骥说罢，双眼噙着泪水。顾璘即刻也是失去理智，号啕大哭，两个老男人从没有如此忘形过。

四月春光烂漫，而长江上依旧是一片萧条，水师大营全部警戒，凡是过往船只全部例行检查，严禁私货交易，一经查实，就地拘捕。盐商一概改为陆路，以新版的"路引"统一登记造册。

东部沿海全面进入查禁期，除了白天查禁之外，夜晚安排哨所巡防。哨所重新换了物资装备，连夜航灯塔都换成新式的。将士们虽然苦不堪言，但是军令如山。凡入海渔民全面禁捕，不听劝阻就地处罚，轻则没收器具，重则判刑入狱，接受改造。一时间，东部沿海一片哀鸣。

按照国际惯例，合同有效，但是十年租期须有法律主体。甲方为大和民族德川家康，翻开历史看看这个德川家康（1543年1月31日至1616

年6月1日），日本战国时代末期、安土桃山时代、江户时代的武将，江户幕府第一代征夷大将军，日本战国三英杰（另外两位是织田信长、丰臣秀吉）之一，杰出的政治家和军事家，生于名古屋附近的冈崎城，父为冈崎城主松平广忠，母为广忠正室于大之方（传通院）。乙方为苏州府，见证应天巡抚周忧。顾璘提出，对甲方的主体存在怀疑，需要甲方重新提交证据。特别是在何时何地签署法律文书，就本文书而言，乙方代理觉得合同有不明之处，需要公证证据的有效性。

日方提出休庭……

顾璘为自己现场的冷静感到意外，出了府衙才知道自己早已经汗津津的了。他感到了从未有过的畅快淋漓，忙了一整天连喝水的时间都没有。但是，他觉得自己应该换一种思维了，这得亏王骥的提醒。

日本公使悍然行使照会，约见洪武皇帝。洪武皇帝称病不起。一时间朝廷人心惶惶。王骥按剑前行，直接约见日本驻大明朝使节，宣读大明律令，特别强调：大明承认外国人在大明的合法权益，但是所有与大明的协议须有大明的批准，所有地方或私人签署的法律条文须到朝廷备案，没有备案的一律不予承认。

顾璘在法庭上又把王骥的原话说了一遍。此刻，一人跳了出来。没错，此人不是别人，正是那个与"怪人"一起出逃的吴实。那一百个"倭人"中有他们的十八个人，除了死去的两个妇人，一个不剩的都在此列。

如今，他们都成了名副其实的"倭人"，令诸位不能相信的是，所有人都在为吴实打工，他现在是这个群体中的老板，他要跟大明打一场明官司。

这场明官司怎么打，双方都展开了攻势。日本公使出具了签有苏州府印的文书，还有应天巡抚周忧的担保。作为德川家康的法定代理人，日本公使给大明还发了日本国照会，全力追诉德川家族的合法权益。

大明坚持认为，苏州府衙作为地方行政机构，不能代表国家，也不具备法律的主体地位，没有合法性，因此，文书无效，所有人员立即驱逐出境，否则，格杀勿论。这日本公使摇头摆尾，本以为用西洋的一套说辞能镇服住刑部尚书顾璘，哪知不但没能镇服，还彻底激怒了洪武皇帝。洪武皇帝一道圣旨，立马抓人，连公使也一并抓了驱逐出境。王骥的兵部发布集结令，海防提高戒备，连洋传教士也不得登岸。形势相当危急，日本国公使连情报都来不及向国内汇报，断崖式地截留在大明的一个特殊的历史交汇点上。

这一百个"倭人"以集体上书的名义给朝廷施压，更是让问题激化了。别说你是在大明的地盘上，即使你在大洋上我们也会逮到你。洪武皇帝有言："翻了天了吗？看看跟谁说话。"顾璘心领神会，这一百个人统统被抓进了大牢，只等时辰到，抓去砍头。

"倭人"头目可不消停，大喊大叫。令狱吏惊讶的是，这个怪人"头目"说话居然和他们一样，连饮食口味都一样，还有一些人为饭菜不合口味大喊大叫，说些叽里呱啦的话，搞得狱吏们心烦意乱，恨不得即刻送他们上路。狱吏的骂骂咧咧"倭人"们虽然听不懂，但是从狱吏的表情中，他们还是能够读出对他们的厌恶与憎恨。

"倭人"嚷嚷着要见皇帝，说有重要的事情说。狱吏嗤之以鼻，抓起一只盛满热汤的钵子就向"头目"扣来。"头目"眼疾手快，双手甩起铁镣将热汤钵子逆向打回，烫得狱吏嗷嗷直叫。"头目"又是一举，将狱吏的脖子死死扣在两臂之间。狱吏的脸立刻肿胀起来，连忙求饶，直叫"马上汇报，马上汇报，饶命、饶命"，跌跌撞撞跑了出去。

顾璘觉得事态严重，决定亲审这个"头目"，况且人家主动提出有要事向皇帝汇报。或许，这其中有其他信息可以利用，免得两国之间彻底搞僵。顾璘穿上正式的朝服，在自己的刑部大堂审讯"怪人"头目。狱吏用囚车押送上"头目"，只见"头目"扯掉头上的假发，立刻露出了汉人的面孔。"头目"陆续脱掉长长的外套，只见一式的褡裢服，虽不是绅士，倒是一个武林中的人。

顾璘揉揉眼睛，以为是自己看花了眼，厉声问道："人犯还不跪下。"头目回复道："我乃张大元帅部将，虽然张大帅亡命于天，但作为部将应以主公教导为训，可杀不可辱。""什么，什么？"顾璘以为自己的耳朵出了问题，私底下跟师爷嘀咕了一声："此人说什么？"师爷小声说："他说他是张大帅的部将。"顾璘这才明白，搞了半天，这是张大帅的部将，正好收拾你不成，投靠蛮夷来颠覆政权啊！顾璘一拍惊堂木，大声呵斥："叛贼也配做汉奸，蛮夷给你多少好处了？"顾璘自是鄙夷这样的行为，说起话来也就没有了平时的斯文。

"头目"一听，暴跳如雷，大骂："汉奸不是我们，倒是你们当朝的做汉奸，看看那些合同是谁签的？都有你应天巡抚亲自签名画押。张大帅在天死不瞑目啊！""头目"指着顾璘的鼻子直骂，骂得顾璘脸白一阵红一阵。

顾璘毕竟受过道统教育，知道自己也是感性说话了，连忙把话锋一转，说道："你有何申诉，请直言。""头目"这才从自己的愤慨中对接上顾璘的话。他说："我虽然是张大帅的旧部，但我终究是个宋人之后。祖宗在天，我与蛮夷的合约在，请务必将我与蛮夷的合约予以保护。"顾璘一听，大惊失色，心想："这小子还与蛮夷有合约？"

如此说来，这场官司是眼前这个汉人与蛮夷公使对簿公堂。顾璘不敢瞒报，急忙禀报洪武皇帝。

洪武皇帝一听乐了，原来，张士诚阴魂不散啊，居然让本朝替他的人打官司。说罢，哈哈大笑，笑得朝堂都要颤抖起来。

礼部照会日本公使，做好应诉准备。早等晚等的日本公使一听是应诉的信息，高兴得不得了，连忙吹嘘起来，没想到大明国皇帝还是听从我们的意见的，禁不住有些飘飘然起来。

顾璘看完"头目"与蛮夷签署的合约，忍不住眉头紧锁，蹙额汗毛直竖，从纸上看来不光有具体利益的分成，还有人员的分工，其中十八位苏州籍人员的薪酬也赫然在列。这也意味着剩下的八十一人不都是日本国人。

日本公使进入大堂又恢复了往常的趾高气扬。顾璘将签有吴实字据的合约描述之后，日本国公使几乎不能自已，情况飞转之下，令他头晕目眩。这是他任公使多年从来没有遇到过的怪事。德川家族怎么可能签这份合约呢？伊藤公使提出要对证据进行核查，律师也提出证据造假。顾璘命人拿出原件，伊藤以及他的律师傻了眼。顾璘说："吴实作为大明的子民与你等和德川家族有商业合约在先，我等作为国家必须为民做主。因此，按大明法律规定，请贵国协助执行。"伊藤连连说："情况复杂，需要回国商量对策。"顾璘回应："那是贵国自己的事务，吾国不会干预。此案按吾朝法律判决，判决书择日下发，请予执行。"伊藤在法堂上暴跳如雷，气急败坏，引得很多小吏来围观，因为这等事情谁也没有遇到过。

随队的十八人就地解散回籍，由苏州府安置。吴实因为是合同受益人，需要等日本国公使将文书等证据向德川家康说明并签字履约，如果在六个月之内不回应，将强制执行。

其余上书十八人需要逐一核实身份信息，吴实暂居刑部二堂，具体配合刑部做好其他人员的身份确认调查。顾璘如此决断，洪武皇帝大加赞赏。对吴实的处理与安排一度也惊动了洪武皇帝，洪武皇帝说："善人未必善任，但善任者一定是善人。"顾璘领了洪武皇帝的嘉奖，走路都像飞一样迅疾。

这十八人居然不肯回籍，嚷着说要继续跟着吴实走。洪武皇帝一喜，说："都去海边给我继续看海吧，只是不用再跟蛮夷签什么合约了。国家才是你们的主人，可别再自作多情了！"说得这十八个人个个脸都通红通红的。话说这些草民哪里想到会亲眼看到皇帝，亲耳听到皇帝说话？他们齐刷刷地跪在地上直呼："万岁、万岁、万万岁！"

第十九章　前朝旧事

李善长听说张士诚的旧部又出现了，恨不能一把撕下他的皮、咬下他的肉。且不说围城恶战，死了自己成百上千的将士，抓住他好生伺候着，以为能回心转意、报效朝廷，哪知道居然在自己的眼皮下逃跑了，犯了欺君之罪，灭门十族，死有余辜。

胡惟庸被砍了头，但是洪武皇帝依然不依不饶地追究一干人的责任。李善长明白，这个叫"一条龙"的鬼一天不除掉，始终是他自己的心头大患。听说此人在刑部，李善长派人去打听底细。没多久，来人回报说，此人在刑部行动自如，颇有点小人得志之气。李善长一听，气急败坏，怒气冲冲，他要亲手杀掉这个对手。因为他知道，这个对手一定掌握着很多与"怪人"的秘密。这些秘密对胡惟庸不利，对他本人也不利。

李善长弟弟李存义与胡惟庸结为亲家，胡惟庸被杀之后，李存义因李善长与洪武皇帝乃患难之交，因而留下小命，被贬到崇明岛。李善长竟然将此事放任一旁，洪武皇帝非常不开心。李善长觉得，这个"一条龙"不是不给他面子的问题，而是暴露了他与李善长之间的某种秘密。

洪武皇帝怎么能不生疑呢？是我让你看管这个"一条龙"，你给我看跑了不算，居然还生活在异邦，这是什么逻辑？这不是明摆着的事情，你把给我看着的对手放到异邦去培育，你这是安的什么心？李善长越想越不是滋味，自己周围的一干老臣几乎都被杀得差不多了，连蓝玉也被洪武皇帝贬谪到漠北去了，连商量的人都没有了，李善长想到此禁不住打了个寒噤……

李善长找到自己的亲戚丁斌如何如何交代一番。丁斌会意，遂拿了银两去药店，买了材料若干，按照李善长提供的配方，置罐煎熬，终于将药方配置好。香喷喷的药颇有几分引人。丁斌携带药到刑部拜访涂节。涂节会意，将丁斌引入内室，察看一番地形后，丁斌决定对"一条龙"吴实果断下手。在内室，丁斌终于看到了"一条龙"的真面孔。当他看到李善长给他描述的身材与眼前这个人根本不一样时，他惊呆了，半晌才回过神来。

丁斌见到李善长，惊呼："丞相，您是不是记不清了，这个人不是个矮矬子，是个虎背熊腰的壮汉啊！"李善长拍拍脑袋："不会吧，我见过此人啊，我见过他，难不成我真的老糊涂了吗？"李善长决定亲自去调查个明白。

李善长一到刑部，顾璘自然不敢怠慢，沏茶、寒暄样样齐备，这可是圣上少年故友，也是三朝元老中剩下为数不多的几个人之一了。李善长说明来意，问那私通倭贼的张士诚部将关押在哪里。顾璘支支吾吾，说洪武皇帝交代，关押在深牢，把牢底坐穿便罢。李善长说："此人罪不可赦，坐牢不是便宜他了吗？"李善长说："你带我去看看。"顾璘面有难色地回道："丞相，小人不敢，没有皇帝的圣旨，卑职不敢有所闪失，怕保不住脑袋啊。"李善长一看这格局，自是不好勉强。

丁斌知道李善长闷闷不乐的原因，悄悄地对李善长说："丞相勿躁，我有一友便可解决。"李善长听罢，眉毛一扬，情不自禁地问道："什么人可以解决？"丁斌说："信国公汤和的卫队长赵璋是我的故友，你是我的表叔，自是他的表亲，我请他去刑部一趟。"原来，丁斌知道，刑部缺人时常常会向汤和借兵，卫队长赵璋经常出入刑部。

顾璘与汤和关系较好，加之洪武皇帝对汤和也信赖，因此，汤和是洪武皇帝巩固政权的得力助手。丁斌找到赵璋，先塞给他白银二百两。赵璋眼一瞪，说："丁斌你怎么啦？贿赂我不成？"丁斌说："哎呀，你想哪儿去了？不过是一点儿慰问金。"赵璋说："大丈夫无功不受禄，你懂不？"丁斌说："李善长刚刚换了一所新宅子，老宅子潮湿，白蚁多，夫人关节不好，受不得风寒。想请你带些人帮丞相守宅子。"赵璋说："那也得跟汤公说啊，我是汤公的部下，自不可随便做主啊。"

李善长向汤和借兵一事到底还是被汤和告知洪武皇帝。洪武皇帝暗示他派人过去。赵璋到刑部换防，丁斌借此到达刑部二堂寻找吴实。二堂是个内室，较为幽深，是禁闭一些要人的地方。二堂的卫兵打盹，丁斌拔剑冲进，却见一只蝙蝠在扑腾着，上下没有着落，丁斌知是因为久不住人，正欲回身，只听大门"吱呀"一声，三十根木栅从两侧一起伸出，将丁斌团团围住。

丁斌成了瓮中之鳖，卫士上前将他带至刑部，关押入深牢，由洪武皇帝亲审。丁斌将此事的来龙去脉和盘托出。真相不言而明。李存义父子陆续从崇明押至应天，煎熬不住，和盘说出均是李善长的主意。洪武皇帝为难至极。

吴实的官司自是悬案，虽说日本公使答应回禀德川家康，但最终的赔偿等事宜均未落实。吴实纠结的不仅是自己与"怪人"的那份合同，而是"怪人"与大明权益的转嫁。但是吴实心里清楚，大明是不可能答应他的，搞得不好，他的头还不知道掉哪儿呢？但是他还是想把这事闹大，只有闹大才有人知道倭贼的真相。

吴实三天两头嚷着要见洪武皇帝，闹得顾璘不得安心。吴实说："你知道东部倭贼的底细吗？"顾璘回骂了一句："你小看朝廷命官，胆大。"吴实笑道："国力强盛是不？看看老百姓怎么活着，看看那些贼人尽干了些什么事？要是张士诚不死，不会弄成这样。"顾璘继续骂道："逆贼胆大，在大明圣主的天下，居然有如此贼心，是不是要催你上路了？"吴实心想，我不能这么早死啊，我还有没做完的事呢。

洪武皇帝的圣旨到，洪武皇帝要见见"一条龙"，这才保住了吴实的命，否则早被李善长暗杀了，或是被顾璘以逆贼名义整死了。洪武皇帝虽然老了，但是还惦记着张士诚、张士诚的部下，因为这是他一生最为辉煌的功绩。

吴实一上大殿，洪武皇帝就想起来了，说："上次咱们见的不是这个人，是蓝玉耍了我吧？李善长不也见过吗？怎么换了个人？真是活见鬼啦。"洪武皇帝气呼呼地骂开了。

兵部尚书王骥整顿完"金陵会馆"和龙潭水师基地之后便把目光转向了太仓水师，积弊深重一时半会儿理不顺。副统帅阮兴无失踪，刑部顾璘请求协助调查淀山湖水匪，以及长江、沿海倭贼，这也是洪武皇帝的授意，王骥不敢怠慢。

太仓水师提督刘永福提议彻查倭贼案，否则永无宁日。梁娟儿又进入王骥的视线。蓝玉曾经安排梁娟儿会同阮兴无调查倭贼事件，但是蓝玉被发配漠北之后阮兴无竟然也莫名其妙地失踪了。王骥疑窦重重，决定临时关闭太仓水师大营，海防、江防由江阴基地代管，所有人员撤至沙溪基地接受培训。说是培训其实也就是解职，整体转业的一种变相手段，只是说法上更加冠冕堂皇些。

对梁娟儿可不是一般的对待，基本上是一种监视居住状态，这令梁娟儿异常恼火，但是碍于王骥的官阶之高也不便急于陈述细节，只等事情自然发酵。可这一等情况复杂了，一是吴实介入中日诉讼，没有一方喜欢这样子。二是眼前此人与另一个叫吴实的并不是同一个人，背后迷局扑朔迷离。三是梁娟儿明明是跟吴实一伙的，他们之间的关联却又是见不得人的故事。刑部派员到达沙溪大营会同兵部成立联合调查组，以便形成结论处理吴实，不能就这么马马虎虎地过去，一定要搞个水落石出，好给洪武皇帝提供参考。

王骥暗示海防、江防倭贼抢劫或是盗窃我边民财物的，一经发现，立马扣人，保留证据。就在王骥布局完毕，应天却发生了一件大事，这令王骥措手不及。丁斌被抓之后，赵璋乘机放了吴实，吴实一夜之间也失踪了。汤和情急之下派人杀了赵璋。这令洪武皇帝狂怒不已。

接二连三的怪事，弄得朝廷上下议论纷纷，洪武皇帝为此绞尽脑汁，竟然一病不起。他担心李善长谋反，丁斌被抓后第一句话就是："我有这个能力处置这些事情吗？"潜台词是，这是李善长的安排。洪武皇帝指示刑部好好地审。丁斌哪里熬得住，直说了这是李善长的安排。洪武皇帝气急败坏，心想，"李善长啊李善长，你怎么就不替我省点心啊！"李存义父子也是异口同声说，胡惟庸的事情也是李善长指示才搞到今天这个境地的。洪武皇帝一怒之下，下诏赐死李善长。

吴实逃出刑部之后一直跑到江边，江上云霭层层，能见度很低。吴实不愧是在水上混迹多年，对水文比较熟悉。恰巧一位老叟正在捕鱼，吴实笑眯眯地说："前辈可有其他舟楫，我想顺流而下寻找失散多年的父母，他们原本就是江上的渔民。"老者一听他要寻找双亲，再看看他手上捧着一枚宝石，虽然不大，但是发出的光居然能穿透雾气，倒也神奇，竟然动心将自己的舢板赊给了吴实。吴实高兴地上了老叟的小船。

这是一只一尺有余的木舟，有着两支长楫。吴实说："这样吧，你的一身蓑衣和斗笠索性也给我。"渔人觉得这也不是什么大事，爽快地脱衣下帽递给了吴实。

江上烟波浩渺，凉气四袭，好在江上偶尔划过几只鸥鸟，总算有些活气，否则，这寂寞绝非太湖、吴淞江上所能比拟。吴实感慨自己这一生的不清不白，虽说出身低贱人家，混迹于寇贼之列，好不易被张大帅看中，满以为能混出个人样来，怎料事与愿违，政局诡异，自己成了苟延残喘之徒，入倭不成，又流浪于这茫茫江上。眼下是怎么活命的问题。这是最大的事情。要是不想活，可以说一千种死法都不嫌多。这么一想，吴实想继续活的勇气又上来了。

顾璘对吴实的逃跑也是恼羞成怒，这是自己的失责啊，圣上虽然没有怪罪，但是事实是自己管理上有漏洞。虽然汤和信誓旦旦说要逮住吴实，剃了谢主隆恩，但顾璘觉得还是要亲自出马，于是他找到王骥商量。

王骥听了顾璘的一番话后也是激动不已，说这是有悖大明建制的棘手事情，可不是乱了纲常吗？顾璘一纸密令，全国通缉；王骥指示各海防、江防严加盘查。

沙溪大营，梁娟儿提审得非常顺利，因为不许用刑。梁娟儿说："我本来就是配合你们调查事情原委的，我小民一个，命不值钱，但是大明清明，苍生方有福祉。"梁娟儿的配合着实令太仓水师提督刘永福未曾想到，他急忙向王骥汇报。王骥指示将梁娟儿交由刑部羁押，配合侦查吴实。

顾璘对梁娟儿并不陌生，在协助兵部侦查蓝玉案中，兵部有人举报梁娟儿身份来历不明，居然被蓝玉安插在太仓大营。因此，顾璘对梁娟儿进行了问询。梁娟儿叙说了自己在苏州太湖流域的所见所闻，仿佛就是一张地域图谱，说得顾璘出虚汗，大明的治理原来是这个样子，自己身为一国重臣对国家的了解居然没有一个底层的普通百姓清晰。顾璘控制着自己的情绪，只是不断地发汗。他到底是老奸巨猾，极力掩饰着自己的失态，厉声呵斥："大胆，何不报官？"他没有用"刁民"这词儿，也许是对梁氏的敬重吧！此话也是套话，其实他俩都明白。

顾璘把审讯梁娟儿的情况汇集起来给洪武皇帝写了一份苏州太湖流域流寇与倭寇的折子，请求洪武皇帝加强对重点区域的管理。洪武皇帝看得也是有些傻眼，心里也想："咱们一下到了这地步，难道是我真的老了吗？大明的天下安定团结，朝臣汇报的都是均安、大治，哪来的流寇？倭贼给我统统杀了不就得了。"洪武皇帝的心情糟糕到了极点。

继马皇后殁没之后，太子标也郁积成疾，瞑目归西。群臣在为谁会成为继任者议论纷纷。历史又到了一个重要的转折期。

洪武皇帝虽纳数妃，皇子也是十多位，唯独燕王朱棣有所城府，洪武皇帝对朱棣极为赏识。太子朱标薨亡之后，洪武皇帝急切愿将朱棣立为王储。大学士刘三吾坚持认为洪武皇帝此举不合朝纲，接二连三抗奏。洪武皇帝无奈，因朱标嫡长子早殁，只得顺将其二子朱允炆立为皇储，也就是未来的建文皇帝。这也为将来燕王朱棣南下造就了一个新的版本。

第二十章　阴差阳错

却说这梁娟儿极为配合历任权臣的工作，居然留下一条命来也算是奇迹。正是由于她知道的事情太多，要想结案也不能没有她，否则整个事情编都编不圆，于是乎她也成了故事的见证人。人是正经的人，故事可能不太正经，于是才弄得有些不靠谱。

王骥说："我可不能让你跑了，否则，这里面的那些细节没有人能说得清。"顾璘觉得，这案子要想真相大白，必须得给他提供线索和证据。其实，吴实此刻想的也是她，如果梁娟儿说出阊门劫杀，更不用说在兵希兵站逃避检查杀死官兵的细节，他早该碎尸万段了。梁娟儿成了整个事件的重要的目击证人，千万不能让她死了。这几乎成了高层的共识。于是，一张天网撒开全力缉拿残匪"一条龙"，彻底清剿苏州地区以及沿江、沿海的倭贼。

王骥对顾璘说："你还是把梁娟儿交与我吧，我要用她做诱饵，既然他们有着一种默契，我可以按伤害官兵共谋罪论处。但是，这样就便宜他们了，还有蓝玉明明知道他们是一伙匪徒，为什么案发时间这么久了不处置他们，还任用他们？其中必有不可道的秘密。我想抓捕他们进行审判，一定会水落石出。"顾璘看王骥如此坚持，也就没有勉强，从监牢里提出梁娟儿交给兵部关押。临别前顾璘还对梁娟儿交代了一句："你好自为之吧！"这让梁娟儿有些莫名其妙，不知所云。

王骥另从沙溪基地调出太仓大营都统周嵧。周嵧是蓝玉的旧部，曾与阮兴无合作共过事，并且也是太湖西山潜水兵的头目之一。王骥指示由提督提升为兵部郎中的刘永福任总指挥，周嵧、梁娟儿协同刘永福专司缉拿"一条龙"。梁娟儿不情愿再随军，毕竟是一个女儿身，诸多的不便不说，起初落难之时流落于张员外家已是不易，也产生了人生的倦怠，苦于张员外一家的善良让她与张员外一家辗转迁徙，却遭遇一连串的人生灾难。如今，只求安宁，哪里还有富贵可言？可是，她哪里知道，人在江湖行，怎能不挨刀？如今，她想死的心都有了，可是他们根本不可能让她死。这才叫生不如死呢。周嵧当然也清楚此次任命只不过是作为一种人质在示众，但是无从逃避。实际情形也是这样，刘永福暗中都安排了自己的内线对他们两人监视。

周嵧和梁娟儿连说话的机会都没有，虽然说在一条船上，但是分隔得非常严密，船有船楼，梁娟儿在底部，刘永福在二层，而周嵧却在最高层。且不说他们两人都在刘永福的眼皮的两端，同时也在官兵们的众目睽睽之下。

在刘永福的旗舰率领下，一支由五艘船舰组成的舰队浩浩荡荡一路向东，还有一支由兵部员外郎费玮率领的舰队向安庆方向进发。天朝水师浩浩荡荡，也是国威的一种象征。当刘永福部行至镇江水域时，突然，尾舰发来信号，随即开始倾斜，官兵们纷纷下舱堵漏，可是越堵洞越大，仿佛纸张遇到水。眼看着堵不住了，船长发布弃船命令。刘永福内心震动了一下，他一面指挥施救落水官兵，同时命令其余船只对船体进行检查。这一查问题来了，紧接着第二艘、第三艘船都开始进水。刘永福命令船队靠岸，紧急集合。

他派人火速向王骥汇报船只在江面上遇到的怪事，情况竟然如此糟糕而又惊人地相似。王骥收到急报后的第一反应就是，江上一定有一支秘密的部队，水下同样有一支秘密的部队。这与蓝玉的潜水部队、倭贼的潜水部队，还有张士诚旧部"一条龙"混杂在一起。刘永福舰队出师未捷身先死，本以为可以借此扬士气的，哪知竟这样惨败？这令所有人都胆战心惊，因为敌人都在看不见的暗处。

王骥指令，重新安排一支小型的巡洋舰队，其中梁娟儿和周嶦分别在另外两只战舰上。战舰都配备了火铳，必要时可以点火歼灭。这是前所未有的怪事。舰队依旧出行，可是情况令朝廷大跌眼镜，刘永福所在的船只竟然被戳穿底部，江水汩汩内灌，竟搞得刘永福狼狈至极。难道船只在下水前就被标上了记号，或是有人在通报信息吗？一个个疑问在刘永福的脑海里闪现。

他凭直觉判断，敌人就在自己的身边。他把怀疑的目光投向了梁娟儿和周嶦，可是又拿不出十足的证据，因此懊恼异常，但还是装得若无其事。而费玮的舰队已经进入采石矶，这是无比荣光的地方，当年洪武皇帝就是从这里登上南岸，长驱直入金陵城的。费玮命令各舰队放火铳八发，以示对洪武皇帝基业的祈祷与捍卫。四十发土铳一致排开，火药破膛而出，"咚咚"的爆炸声此起彼伏，非常壮观。这一发，喜是喜了，但是老百姓不买账。吴实更是觉得好夸张，其后果就是死得早。

看着天色已近黄昏，吴实也感到自己饿得快坚持不住了。总归是个落魄之人，对自己的遭际也无从抱怨了。这次他没有顺水下行，而是逆流而上，向徽地巢湖方向，那是大明的起兵之地，国泰民安。果不其然，"咚咚"的炮声震耳欲聋，江面上煞是好看，各种色彩的烟花。这分明是一些礼炮，哪里是战炮啊？吴实的心咯噔一下。他知道走水路已经不太现实，因此地正是朱元璋和李善长发迹的地方，老百姓看到异类，一定会举报到官府，因此，如何混迹其中成了现实的难题。

吴实决定高调上岸，以日本使节的身份考察洪武皇帝故里。话说，当地人看到这么一个虎背熊腰的壮汉时有些蒙，一问才知道原来是日本国的使臣，因此，客气得不得了。因为这也曾是前朝的故友，我朝可不能小气，拒人于千里之外。

府衙一看此人不正是需要通缉的吗？赶紧把消息报告给皇帝，可别让他轻易跑了，何况悬赏金还蛮高的。一个衙役脸闪了一下，迅速而又慌张地跑了。吴实一看便知，此人一定是去报官了。吴实把衣服一甩，一个箭步冲上前去，一把揪住此人，竟将此人举过头顶，吓得他苦苦哀求。吴实说："你怎么这么不省油，我才开始说就被你给堵住了？"衙役不明白他在说什么，苦苦哀求他饶命。吴实哪里肯依，说："你给我去弄套大些的官服来，我喜欢贵朝的服装。你到我东洋去，我给你也来一套。"衙役连忙点头称是。

吴实这才把衙役放下，自己站在暗处悄悄地等衙役的到来。

衙役倒是来了，但没有带什么官服，还带来了几十名捕快，一路包抄过来。吴实倒也有了几分准备，他按了按随身带的匕首做好防卫。带队的捕头气势汹汹地说："大家给我上，拿下通缉犯有赏。"话音未落，一伙捕快操着家伙就向吴实冲来。

"给我抓活的！"捕头补充了一句，冲杀过来的捕快们迅速改变了阵势，由冲刺变成了正方形的包围。显然，这些捕快是进行过专业训练的，否则不可能有规则地变换队形。吴实一看形势不容他置辩，急忙向后退，但是没有退路。他从贴身衣袋里掏出匕首，突然后面一把长刀向他的腿部砍来，他踏地一个后滚腾空飞跃，"嗖"的一声落在举刀的捕快后面，顺势一刺，正中捕快的后背。只见一道血光冲起，捕快"扑通"应声倒下，吴实眼疾手快捡起朴刀。吴实这突如其来的后滚翻，使得正方形的一条边顿时扭曲不成线。可一会儿工夫，另外三条边朝吴实聚拢而来，破坏的一条边自然与聚拢的圆圈会合，队形迅速变为圆形，吴实即刻成为圆心。吴实愣了一下，感觉有一股力量压迫着他。他不明所以，甚至不知道这些人是哪个部的。眼下没有时间想别的，怎么能活命是最现实的。

吴实顿时决定，杀开血路，跑！若是耗着，自己自然无法脱身。想到此，吴实使出了绝技刀法——地滚雷。所谓地滚雷就是刀在手中旋转，像旋转的涡轮，形成向心力，在边缘都有可能被卷进刀锋旋成的涡轮之中；刀在旋转的同时，整个人也在地上滚翻。两个同时打旋的圆圈时而重叠，时而旋转，根本无法辨明走势和方向。这招式令这些靠指令行事的土鳖实在看不懂是什么花式。一时尘土飞扬，要是平时，他们定然会发出击节叫好的欢呼。然而，今天这团地火以迅雷不及掩耳之势朝他们冲来，吓得他们屁滚尿流，乱作一团，刀锋之中血肉横飞，这群捕快作鸟兽散。捕头看傻了眼，"扑通"一声跪倒在地上一个劲儿地求饶："我的爷，饶了我的命，我这是狗眼看错人，不识好歹。"吴实呵斥道："起来，没骨气的东西。"

这时，捕头才缓缓从地上站立起来，两股战战兢兢，目光呆滞，一片迷茫："我的爷，请问你真是日本使节吗？日本的刀功是从中国传过去的吗？"吴实说："少废话，还不快去给我弄吃的。"一会儿工夫，一盆热气腾腾的"卤水面"端到吴实的面前。吴实狼吞虎咽地吃下，两袖擦擦嘴，好久没有这么快活过了。

一夜无话，吴实不敢酣眠，半醒半睡之间等到天明。捕头进来鬼鬼祟祟地说："勇士，你赶快离开。"吴实眼一瞥："怎么，嫌我啦？"

捕头一脸难色。原来，洪武皇帝薨后北方告急，建文皇帝命齐泰为兵部尚书，李景隆作为北伐将军，狙击北方燕王朱棣南下。哪知燕王朱棣一路南下，两军在山东德州之间胶着了好久。山东布政司铁铉临危受命担任兵部尚书，将燕王朱棣抵挡在德州以北。岂料燕王来年继续南征，长驱直入，已经抵达淮水北岸，即将抵达江北。凤阳知府徐安立即命属下拆除浮桥，藏起舟楫什物，挖断桥梁，阻止燕王大军南下。

吴实听说过燕王，燕王即将到了的消息令吴实有些兴奋。这舞台仿佛就是一出戏，无论是好戏还是坏戏，局外人终究是个无足轻重的看客，眼看大明内部的倾轧颠覆也就是一朝一夕的事情。

"你给我一套衣服，我就做你的部下吧。"吴实对捕头说。

捕头一听这话，吓得直吐舌头，连忙说："勇士，使不得，使不得。"

"使得，就这么说定了。"吴实坚持自己的观点。

"我看这局势，保不准要上战场的呢？"捕头犹豫地说。

"我不怕上战场，也算是个老把式了。"吴实说着要起刀来。一看这刀功，捕头就晕头转向，不敢睁眼看，连忙跑开去取捕快的衣服了。

其实，吴实还真的想上战场，但是转念一想，自己都不知道对手是谁，需要一个理由方能置对手于死地，否则，上战场有什么意义？这是他第一次想到"意义"，这么一想让他有些惊慌，之前所有做过的事情，他哪里想到过"意义"？"意义"有何用呢？想"意义"动作就会迟缓，一迟缓就会被对方刺死或是虐死，如此而已。

捕头说："我的行头给你，你来任我的职位吧！"说着他要脱衣服。吴实连忙按住他的手说："不行，你继续做你的捕头吧，我就做你的下属，服从你。"吴实这么一说，捕头有些激动，慌忙从衣袋里摸出一些碎银，说："勇士，这些碎银你拿着置备一些物什，临时就住在行捕房吧！"吴实对捕头竖起了大拇指，真是不打不相识。

徐安升堂，紧急议事，说是燕王从淮安渡淮不成，仍旧没有放弃凤阳，请沿路各兵站严防死守；捕快早晚轮流当班，不得懈怠，否则一经查实就地正法。吴实混迹在其中，知府徐安倒也没有注意。至于死了几个捕快，由捕头直接上报师爷，抚恤之外再招募补充进来即可。再说了，燕王内乱本就是自相残杀，更何况黎民苍生？

驻守在淮水南岸的是盛庸，忠于建文皇帝，听任燕王的鼓噪，依旧纹丝不动地坚守职位。徐安的配合使得盛庸的守军发挥了绝佳的作用。但是燕王阴鸷，他在凤阳上游利津安排邱福、朱能的分部渡过淮水，向东突进，这么一来，盛庸措手不及，仓皇而逃。邱福、朱能在凤阳遇到了吴实。

吴实好奇，他想见识一下燕王，想知道燕王有多大的能耐，和他老子朱元璋相比有几分相像。他甚至想与燕王合作，但是要看燕王给他开什么价位。日本人自然是不行的，国家小，人也是真小人，真是令人有些无可奈何。

不等燕王的大军到，捕头们就跑得无影无踪了。这令吴实非常不爽。总不能自己一个人去自投罗网吧。想来想去，吴实觉得还是得想办法去跟燕王谈。于是，他到处找捕头，捕头的影儿也不见，连知府徐安也跑了。这令吴实非常沮丧。在偌大的知府大堂上，吴实挂起了一面白旗子。

来不及跑的老百姓被吴实请到徐安的大堂里，邱福和朱能的士兵一到，他们马上举起白旗子。这令邱福、朱能非常意外，南征以来，这还是头一遭。他们急忙把情况向燕王汇报。燕王大喜，赦免了吴实这伙人的罪责。吴实靠这招苦肉计，顺理成章地见到了燕王。这是一个风和日丽的日子，这一天足以令吴实感怀一生。

第二十一章 世事纷扰

刘永福的猜疑还是被梁娟儿和周嶦觉察到了。梁娟儿查勘了撞坏的部分，显然是钝器所为，这可要很大的力量的啊。本身深水还有阻力，普通潜水器是撞坏不了的，至于爆炸器材也是不可能的，创面没有火药爆炸后的痕迹。梁娟儿极其纳闷儿。这是怎么回事呢？其实此刻，燕王朱棣的先头部队已经突破淮南，然后从盱眙一路杀到扬州，杀死都指挥使崇刚及巡抚御史王彬，别遣指挥吴庸，直逼高邮，再分两路，一路到南通三泰地区，一路到仪征，主力部队则驻扎在泰州的高港，猎猎旌旗，鼓声雷动。

这令刘永福左右为难。建文皇帝知道他的两支舰队是在封江，但是两支舰队指挥分散，并没有一个指挥中心。兵部尚书都是临时在换，铁铉之后虽由茹瑺接任，兵部侍郎费玮的舰队去了安庆方向。刘永福巡江的意图本是在寻找吴实这个"一条龙"的蛛丝马迹，不承想到出师不顺，这令刘永福对身边人充满了怀疑。此时，又见江北旗鼓蔽天，知道要换颜色了。如今，战船又在关键时刻出事，这怎能不令他对时局担忧？一波未平一波再起，何时才能罢休呢？

梁娟儿有种预感，这支舰队可能走不出长江就会被灭掉，除非集体投诚北帝。对这个被撞击的大洞的研究成了她的主攻方向。她想起了淀山湖上的火铳和飞梭，还有龙潭基地的潜水兵，最让她感到可怕的是"倭人"。淀山湖上出没不定的就是"倭人"，如果这种力量掺杂在其中，情况就复杂了。梁娟儿思索再三，决定把自己的想法与刘永福进行交流。

刘永福对阮兴无的潜水兵有所了解，但是没有遇到过。听罢梁娟儿的分析，刘永福觉得还是要调查个水落石出来，否则，后果不堪设想。

梁娟儿命人在船沿下放置了罾网罩，相当于给船体加了一层防护罩，让对手不敢贸然靠近船体，进入船体会被罾网缠绕；又命令士兵耳朵紧贴舱底，通过细辨声音，判断船底的异常情况。为了增强对舱底的了解，在船体四周增添了"体外听筒"，就是用水管伸到船底，水上部分接上一个喇叭口，人的耳朵可以通过这个喇叭口随时窥听到水底的声音，并配以"蛙兵"，水下清剿。

梁娟儿的排除法还真是有效，一连多天，无论是航行还是泊岸都没有遭袭的异常情况发生。这令刘永福很是惊奇。可是到了第五天，刘永福的那艘旗舰出现了一个重大问题。船体前侧出现了一条裂缝，水上是看不出来的，蹊跷的是只有这艘船没有装那些装备。这不能不说那些土制设备还是起到了一定的防范作用。舰队要不要继续向东成了一个问题。可以肯定的是费玮的舰队最多可以到达渝地，而刘永福的舰队可以到达世界的每一个角落。走还是不走，他们也是犹豫不决，一时半会儿主意还定不下来。刘永福决定驻扎在江阴大营，再向东可能就要与北帝对上了。为了保存实力，他想不能轻易地叫弟兄去送死，这样他无法向父老乡亲交代。之前不知道多少家乡人请他照顾他的那些乡党子弟。

梁娟儿此刻倒是想回去了，北帝一路威风凛凛，淮水两岸百姓可是要遭殃了，兴衰本是帝王业，盛荣无关苍生事。她想回苏州，又想回两淮，她要寻找自己的亲人。

建文皇帝的消息迟迟不到，这令刘永福极为失望，也没有费玮舰队的信息，他成了一支孤军。

周嶦说："梁主事，你可以离船，有我为你做护卫。"梁娟儿一听赶忙捂住他的嘴说："周副统，在这关键时刻我怎么走，到哪里去啊？走恐怕也是自寻死路。"周嶦明白梁娟儿话中有话，把话题转向了如何应对长江上即将发生的渡江战役。

不久，锦衣卫来报，建文皇帝命兵部侍郎陈植巡视督江，严阵待命，保证长江天堑的阻隔作用。这令刘永福稍稍喘了口气，但是自己大意不得，要随时听命于陈植的调遣。

一天深夜，梁娟儿毫无睡意，于是走出舱门。看着西天月牙儿竟然有些伤感，感怀自己的漂泊无着。突然，她听到船舷水下有些异常的声音。她小心翼翼地走到喇叭口前窥听，船底杂音非凡。她预感到，有人已经潜入船底。她惊呼起来，顿时，船体开始晃动起来，随即只听一声巨响。梁娟儿来不及细想，随即跳入江中。一阵水波的颠簸，梁娟儿清晰起来，扭头一看，大事不好，舰队发出"轰轰"两声巨响，火光冲天。她明白舰队遇到了死敌，腹部受敌，已无计可施，只能听天由命。想到此，她打算放弃自救。

正在她胡思乱想的时候，一艘快艇飞驰而过，这是一个熟悉的身影。是他，一个江湖大盗，洪武皇帝皇帝要找他，建文皇帝也要找到他，结果他依然活跃在大江上。她被捞上甲板的时候，他认出她来了。

这夜本就不安静，他们更加不安静……他说你就别再乱跑了，她说我现在不跑了，跑也是因你才跑。吴实想起来了，那时梁娟儿断后，他带领十八个苏州百姓和那群"倭人"一起潜逃到海边滩涂里才逃过官兵的一劫，否则早已经灰飞烟灭了。

吴实问道："你是否见过阮兴无？"梁娟儿想起来了，那时用大豆作为道具抓阄，这是吴实想出来的点子。临别前他们还互赠纪念品。这些场景历历在目，可时光蹉跎，一切都变得那么快。

阮兴无送吴实的半截剪刀，已经被吴实磨成了防身的刀刃。至于梁娟儿，虽然没有忘记这件事，但是她确实对此没有反应，时局的诡异令所有的浪漫都黯然失色，连情怀都要付出沉重的代价。这就是时代无可奈何的一面。

燕王朱棣对吴实的连夜行动高度赞赏，特别是对敌舰队的奇袭，更是让燕王朱棣兴奋不已，认为得好好总结成功的经验。这种战术不仅可以做到进攻，也要研究如何防守。那只"功勋"攻击鱼雷则被北帝作为示范品收进了皇室内宅作为圣物参拜。这也是情有可原的。说是鱼雷，其实就是用铜管装满火药，在铜管的前方塞满石子、碎渣，铜管对准舱底，火药芯通过一个外接的铜管伸到外面，火药口的铜管直接对准舱底某一个顶点，点燃药芯，在闷声中完成一项了不起的壮举。

此时，燕王朱棣对吴实的自告奋勇充满了赞许，由衷称赞他的智勇卓越。战场上需要这样的人，特别是在渡江战役的关键时刻，吴实的偷袭成功解除了刘永福舰队的防守，逼迫刘永福逃向长江口方向。为了防止刘永福的水师来袭，必须加强江上的防卫力量，何况上游还有兵部侍郎费玮的舰队。如果左右两侧夹击，有可能使得渡江大军陷入包围之势。

　　吴实奇袭刘永福也算是一种尝试，他一直想试验自己的"鱼雷"，没想到还真的派上了用场。他更没有想到梁娟儿会在刘永福的舰队里……对燕王朱棣的热情相邀，吴实有些不自在，他面无表情地说："我出身草莽之中，实无大才配国之重器，只度浮生而已，请求偏隅故土便可。"燕王朱棣一听，觉得此人并无刻薄之心，放之任之也未尝不是一种养育人才的方法，竟然准许了他。

　　吴实、梁娟儿一路回到了太仓。他们把燕王朱棣顺利进入应天如此宏伟的场面全部抛在了脑后。他们哪儿也没去，而是去了倭穴。

　　倭首看到吴实带来一个女人甚是惊喜，仔细一看，竟然是她，没错，就是曾让他们逃过一劫的那个人，那个独自与官兵对峙的女人。倭穴顿时就像炸开了锅，大伙纷纷向梁娟儿表示答谢之情。吴实指指梁娟儿，又指指自己，大伙这才明白过来，不断发出"哇、哇""哈伊、哈伊"的欢呼！

　　倭首还想着那场与大明对决的官司，吴实也在想着自己要与倭贼对赌的官司。倭首提出必须要在大明判决之后才能兑现承诺。吴实说："你做梦去吧，洪武皇帝死了几年了，你跟谁打官司去？孙皇帝现在都完蛋了，你跟燕王打官司，恐要把你给灭掉。"倭首一听此言，顿时也就傻眼了。他慌忙说："我要找公使，请他给我做主。"

　　吴实呵呵笑了几下，摇摇头说："恐怕一场战争在所难免了。麻烦你跟我的账先结了吧。"倭首一听，顿时火冒三丈，立刻操起家伙要动手。吴实冷笑一声，说："你敢在我大明的地盘上撒野，老子即刻灭了你。"他说着拔出了尖刀，跳到对面的台阶上。众人一看这样的格局，连忙和稀泥。

"你们赶紧滚回你那岛上去，否则死路一条。中国的事情你们懂个屁。"吴实直言不讳地说。以吴实的判断，燕王朱棣绝非等闲之辈，其魄力绝不亚于洪武皇帝。倭首反唇相讥，说："这块地盘是我们先发现的，蒙古人来的时候我们就在这里了，滚开的是你，是你们。"这话有辱尊严，吴实上去就是两巴掌，打得倭首两眼发花，措手不及。

吴实掏出契据，要求倭首兑现对分财务的合约。倭首不从，吴实说："给你三天时间，三天不给，第四天请你离开。"说完，他抱起自己的行李拽着梁娟儿就离开了倭穴。

梁娟儿问吴实："我知道你跟他们分财不是根本目的，你到底想要什么？"吴实一听乐了，说："你居然知道我有其他目的，你在这江湖上没有白混呢！"

吴实说："这伙人其实就是一个跨国间谍集团，收集我们的情报，查勘我们的资源。我想要他们的地图，所有的秘密都在他们的地图上，或许还有蒙古人的情况。因此，他们不仅有海图，还有矿图以及人口图。"

梁娟儿深深吸了一口气，说："你居然懂得这么多啊，皇帝知道吗？这事应该是皇帝干的事情。"

"皇帝忙于占地盘，哪有时间精力想这些事情？地方官员见钱眼开，帮的都是倒忙，那些信息很多都是地方官员贡献给这些倭贼的；日本人需要他们充当翻译，只要给钱他们什么都干，遇到围剿都是我们自己人做人盾。"吴实回答说。

至于那十八个被吴实蛊惑之后上了同一艘官船的平江府百姓则历经三朝浪迹于江湖之上，"无论魏晋，乃不知有汉"，不知不觉中成了倭贼的一员。任凭吴实怎么劝说，没有一个愿意离开那个群体。

"三天时间非常难得，否则一切都失效了。我们必须将此事闹大，否则上面不会知道。如果直接告诉地方官员，那么他们会与倭贼沆瀣一气，掩盖事实。"吴实说完便和梁娟儿一起驾船来到浏河口。

话说这浏河算是倭贼的集聚地，各式人等，说着各地的方言，服饰也是五花八门，让人看了眼花缭乱。吴实变卖了一些物什，给梁娟儿收拾打扮了一番。这多年来也是天涯漂泊，没个正经的日子，活得也没有什么人样。两人洗漱沐浴一番，稍稍安顿下来。这梁娟儿毕竟是苏州城长大的，教养与阅历一样也不差，越发娇媚起来。吴实心想，以后你就安心下来便可，这江湖不是女人走的。他不承想过，阴差阳错，竟然让一个庸常的女子差点变成了无恶不作的女枭，而他自己则由一个盐枭的帮凶变成了一个反叛朝廷的头目。人生的方向啊，也是千回百转。

吴实乔装打扮一番，到炮仗店买了炮仗，卸下火药，做成了一个简易的炸药包，放在麻袋里，偷偷摸到一家穿着白袍子、留着大胡子的老板的商店。只见他一个侧身溜进店铺的侧门，点燃炸药包。

"轰，轰"连续两声巨响，店铺炸开了一个洞。吴实抱起一捆布匹就跑，这捆花布好沉啊。好在他气力大，气喘吁吁地送到浏河口的船上，一口气划到倭贼的住地。倭贼看他扛着一捆花布过来，也是纳闷儿。吴实说这是给弟兄们的赏赐。大伙都乐了，记起这家伙的好来。

半天工夫，倭贼们披红挂绿，一派喜气洋洋。

吴实找到倭首便问："资财准备得如何？没有钱可不行，或者可以把你们的图抵押给我，等你们筹到钱了，我把这图再归还给你。"

倭首一脸屦相，就是没有给钱的姿态。吴实说："如果明天还不给，你们就去死吧。"

吴实回到浏河口连夜让梁娟儿赶写一份通告：

> 鉴于我国目前的实际困难，我们向有关居住国申请合法
> 居留地。阿拉伯人店铺爆炸是我们干的，如果在三日之内仍
> 没有答复，我们将继续采取报复行动！
>
> 大和国三十八年六月初三日

吴实将通告张贴在浏河口的醒目之处。天亮，来来往往的人都在围着观看，议论纷纷。这事成了阿拉伯人与地方官员的棘手事。

第二十二章　柳暗花明

这一家阿拉伯人在爆炸中受了伤，好在浏河有本地郎中办的中药铺，偶尔他们从那些说着叽里呱啦鬼话的"倭人"那里搞来一点儿外敷药，起初还不敢用。阿拉伯男主人用蹩脚的汉语向当地官员报告了损失以及家庭成员的受伤情况。官员一脸难色，只因建文皇帝不知所终，朱棣已经登基，他们自己都不知道自己还是不是官？

这样的事情其实在中国早已不是什么稀罕事了。可面对脸有难色的浏河巡检司官员，阿拉伯人依然摆出一副不依不饶的模样。有人说，浏河口那里有文告，好像是个叫"大和国"的人对此事负责。官员听后说："大胆，他们还神气什么？对此事负责？他们是从哪儿来的，还给我回哪儿去！"吓得报信的那人吐了好几次长舌头。

阿拉伯人说："我们的布匹很贵的，只有你们的皇帝才买得起。这些大和国的匪徒居然先动手了，如果不惩治，后果不堪设想。"见巡检司官员不断无奈地摇头，阿拉伯人开始大喊大叫，不久呼喊出一帮做买卖的"倭人"，有红毛、绿眼睛的，有白毛、红皮肤的，还有留着的胡子呈月牙形翻卷上翘的，还有戴白帽子的回族人。大家喊喊喳喳，其中有武士站出来，与阿拉伯人谈价钱替他们去报复。

一看这种局势，巡检司的主官连忙说："在大明国土上发生的事情，一切由我们处理。大家不得乱来，大明律法昭天，我等报于苏州府一并裁决。"武士笑着说："天下已经大乱，哪里有大明？大明内部都乱成了一锅粥。"

"胡说八道，大明洪武皇帝授权司职于我们多年，你等岂敢践踏纲纪？"巡检司主官当面驳回武士的讥讽。

明统治者为何设立巡检司？文献中有较为明确的记载，且基本一致。朱元璋曾敕谕天下巡检说："朕设巡检于关津，扼要道，察奸伪，期在士民乐业，商旅无艰。"（《明太祖实录》卷130）万历《大明会典》载："关津，巡检司提督盘诘之事，国初设制甚严。"不难看出，关津、要冲之处，是设置巡检司的主要地点；盘查过往行人是巡检司的主要任务；稽查无路引外出之人，缉拿奸细、截获脱逃军人及囚犯，打击走私，维护正常的商旅往来等是设置巡检司的主要目的。

刘家港巡检司主官带了几人仔细查勘了阿拉伯店铺的损失情况，一一做了记录，然后火速写了征询信函派人送往苏州府。话说信使还没有回来，就出现了械斗。

只见武士们已经杀进了倭贼盘踞的南墅沟，在其与南扬子泾之间的一块旷野之上展开了械斗。武士要求赔偿并道歉，倭人不明所以就遭到劫杀，窝火至极。那些倭人中不全是日本的，这时他们才知道自己被人坑了，可是怎么也找不到给他们带来花布的吴实。

巡检司的人在紧急赶来的路上被人堵截了回去。苏州知府姚善已经被燕王部下逮之羁押应天等候发落。新任知府况钟正在赴任途中。按朝廷的规则，废除建文时期的一切规章制度，恢复旧制。巡检司官员将此事禀告千户出面干预"倭人"之间的争斗，结果引来了更大的灾难。

此刻的梁娟儿已经身怀六甲，在北转河边蜗居着，并不为人注意。其实，这才是真正的吴实的老家所在地。这还得从一件旧事说起。

元至正十二年（1352年）春，浙东枭雄方国珍率领舟山岛上的一群匪徒，趁着东南季风从杭州湾顺流而来。一时间刘家港遭受重创。方国珍所到之处，皆被抢劫一空。十岁的吴实目睹自己的父母被方国珍杀害，自己流落街头，成为一个乞丐。

后来有一天，刘家港来了一群人，后来才知道这是江北扬泰地区的盐枭张士诚。适逢张的水军招募人，吴实战战兢兢地报了名，没想到竟然被招录了。有了吃和穿之后，吴实的身体仿佛是久旱逢甘霖，一下子长得虎背熊腰、力大无比。他在秋季大比武中获得平江府的头筹，深得张士诚的器重。大比武的前十名都被张士诚吸纳到自己的卫队里。从此，吴实离开了刘家港到了平江的张士诚内府做了一个都尉。

刘家港毕竟是他的出生地，他思来想去还是要回到刘家港。特别是对"倭人"他有一种刻骨铭心的仇恨，而皇帝对这些似乎没有时间管，或是不想管。他想探个究竟。他想搞明白这到底是怎么一回事。

如今，"倭人"的活动愈加猖獗，他就想搞明白这"倭人"的背后有没有一股看不见的力量在涌动。

历经这么五十年，吴实算是进入甲子年岁。胡惟庸的势力已经得到清除，但是问题没有解决，与日本人的暧昧与纠葛死死缠着他的心。日本人到底想干什么？培植势力，拉拢当地的老百姓，还暗地里在湖里和江底勘探。吴实就是想彻底搞明白，眼看着自己老了，梁娟儿的生产虽说很快来临，这个秘密却始终困扰着他。他想老死在刘家港，老死在自己家的那块地里，更希望有人帮他继续把这个问题弄明白。

此时的刘家港已经由海运辽饷改为海运漕粮供应北京。户部尚书夏原吉亲临刘家港，引吴淞江水通过刘家港入海，因此，从大海可以直达吴淞江。倭贼觊觎已久，偷偷摸摸采集水文、洋流等数据。

经由当地人挑拨的多国之间的误解与积怨越发不可收拾，特别是胡惟庸案还牵扯上外交危机，这令日本国甚为不满，除了发布外交照会，还暗地指使倭贼捣乱，制造麻烦，威胁明朝的海防安全。

千户也就是前文所说的太仓水师大营，俗称刘家港水寨。此地也就是古娄江口，宋代韩世忠曾驻守于此，还筑有供水师用的阅兵台。后来元丞相伯颜也从这里南下攻取南宋都城临安。

永乐二年（1404年）四月，倭贼出动了十二艘大船悍然发动对松江、苏州府沿海（江）的进攻。倭贼从刘家港登陆，将沿街当铺洗劫一空。劫匪采取了火攻，整个水军大营损失惨重。这令朝野大为震动。

梁娟儿的生产极为痛苦，差点丢了性命。特别是倭贼作乱，空气中弥漫一片战火的气息。这也是吴实所没有想到的。但是，事已至此，只有直面待之。他想起了阮兴无。他要去寻找阮兴无，找到阮兴无或许能重新进行一场新的行动。可他现在有了儿子，这令他无比高兴，也令他心有戚戚，毕竟他是一个有家的人了。那个曾经的渔村现在已经成了海防前哨，也是军事重镇。

多少波诡云谲的往事连同大明新帝的登基，一切将从头开始。

自打蓝玉被废之后，阮兴无重归江湖。这里面有着一种宿命，且不说阮兴无作为一个平民手工业者被无端地卷进了一场浓墨重彩的历史中，还给他增添了一件无法抹去的逸事，那就是在澄湖上发生的二十条人命。他侥幸地躲过了追责，亏了那个乱世。但是，这事留给他个人的阴影始终无法抹去。后来他去组建蓝玉的潜水营，其实也是他在迷乱之机对自己所犯的罪责的一种逃避。当历史掀开新的一页的时候，一切得从头再来。

位于刘家港的太仓水师大营作为入海门户，惊心动魄了好几个朝代，这对于阮兴无而言好像意义不大。对于一个江北出生，阴差阳错成为一个理发匠的他来说，能够成为水师的副都统也是一个历史笑话。对于当事人或者一个老百姓而言，这份造化颇有些离奇也挺刺激人。说到底还是自己有一份超常潜水能力在发挥作用。这是与生俱来的能力，冷不丁地与自己的职业生涯发生了某种关系。所以，从这点看来，生活并不全是愚弄人。

对他的调查与追责本没因为时间的流逝就消停，富有戏剧性的是，胡惟庸案后，因为急遽变化的政治动荡，造成了人事的变动，因此，他又躲过了一劫。很多历史细节与真相又被掩盖起来。

说来也是诡异，那天恰逢巡海，东北季风加之洋流作用，他的船居然不听使唤，掌舵的水兵和领航员竟然跟他开了一个天大的玩笑——迷路了。于是，船只顺风顺水从长江口一路向南，一直到达普陀山才停了下来。要不是船上缺淡水要熬死人，也许几个水手还没有靠岸的念头。这无异于一场带有预谋的劫持。阮兴无内心却比较平静，这也大大出乎水兵的意料。其实，只有他自己明白，他在河上或是湖里还行，但是到了海上，他得乖乖听那些驰骋于海上的壮士的调遣。

这浙东一直是海匪方国珍的地盘。洪武皇帝统一全国后，方国珍的势力虽说被打压了下去，但是一些方姓残匪还盘踞在一些岛上，与官军玩躲猫猫的游戏。残匪们偶尔也上岸犯事，要是遇到软弱一些的军政大员，他们便开始兴风作浪。为此，他们也激怒了朝廷。大明海禁政策正式颁布之后，他们这些人正式被定为"匪患"，自然也就成了打击对象。浙东的繁华再也没有了一点儿可能。

对于随风而来的猎物，这些被列入海盗的方氏可是要欣喜若狂的。阮兴无年少时侍奉盐商，洪武赶杀时他和梁娟儿被吴实绑架，莫名其妙地成了谋逆者之一，再从一介平民混到水师副总管。现在他成了海盗的囚徒，多少也有些意外。自从见过皇帝，然后从李善长的眼皮底下逃出府院，这经历对于一个普通人而言就不再普通了，特别是冒死从下水道逃出来，还真不是一般的历险。无非还是一个道义嘛，自称"一条龙"给他带来了无比的荣耀，但这荣耀的背后却是无尽的压力。如此说来，阮兴无也算见过大世面的人。因此，对这一批海盗，阮兴无还是有自己的招式。

方大猷是这群海贼的头头。阮兴无的船被他掳住之后，他竟然扬言要让船上的人全部去"点天灯"。他们的一套玩法其实也不是什么新花样，基本上都是学的大陆上的，只不过不是挂在城墙上，而是挂在桅杆上。大概从哪里搞来一票，需要制造点"卖点"，给那些整日流浪在海上的劫匪们来点刺激，或是一种恶意提醒罢了。

过审也是走过场的形式。方大猷是个胖子，与山大王不同的是，他胖在脸上，不在肚子上，两只眼睛眯在一堆肉里，快没了眼珠。阮兴无是个理发师，一看这样儿"扑哧"一声居然笑了出来。

方大猷一听这笑声，立马翻脸，恶狠狠地说："要慢慢熬油，让你笑，让你笑。"阮兴无本是想告诉他，你这"猪脸"有一个办法来处理，那就是用"阿胶"抹平，他有这个经验。这么一来，他倒是冷静起来了。他想起了自己在危难时不能用阮兴无的名字。

"当年，我'一条龙'没死在朱元璋手上，今天死在你手上，我不服。"阮兴无高高昂起了头。

方大猷一听是"一条龙"，连忙把脸凑过来，来了兴致。

"啊，什么？什么？你是'一条龙'？"方大猷惊讶地叫了起来。为什么呀？他爷爷说过"十条龙"的故事。张大帅有"十条龙"所以可以在苏州称王，而他没有"一条龙"，所以，只能在海上，终究上不了岸，现在"一条龙"就在自己的眼前。他"扑通"给阮兴无跪下了，搞得水兵们晕头转向，不知怎么回事。阮兴无自然明白，他心里既惊喜，又犯难。他知道，又鬼使神差地踏进了"同一条河里"，如出一辙。如此荒诞的境遇，令阮兴无有些懊恼。他心想，这吴实到底是他命中的"克星"还是"智神"呢？时时刻刻有他的影子，也无处不在借他的名气照顾自己。

阮兴无现在已经不再是一个手工艺者的思维了。他清晰无比地意识到，如果不融进现实，那边缘的结果不是自生自灭就是被主流剿灭，而且，还会背着永久的骂名。

对于一群祖辈浪迹海上的劫匪而言，这些道理无异于一本"天书"，永远与他们无缘。阮兴无想延续他过去的职业化训练，在职业化训练中兴许会慢慢将这些"盲徒"带入正常思维里来。

方大猷对于阮兴无竭尽了尊重能事。阮兴无自然欣喜地接受了方大猷的尊重，这也算是一种互利互惠的合作。事情的逆转是其他几个水兵始料未及的，他们还在晕头转向中，阮兴无就给他们安排了退路：愿意留下来的，就跟着他；不愿意留下来的，就安排路费上岸归乡。当然，不得回原籍，否则性命不保，这些常识水兵们自然明白。

令方大猷没有想到的是，大家没有一个愿意回乡。回乡的结果不但是自身难保，说不定还要灭门九族。这是制度，谁也无法改变的宿命。因此，认命才是唯一的选择。或许这才叫没有选择，死路一条，出来或许才是活路。

　　阮兴无精挑了一些汉子，自己亲自带队组织潜水队。方大猷有些兴奋，对这新的花样表示极大的兴趣，因为做水鬼，可能更精彩，来他个神不知鬼不觉的奇袭。这是多么爽，也是极其"酷"的"神举"啊，这可是正规军的做派，他能不高兴吗？兴许，真如他爷爷所言，或许能成就爷爷未竟的事业呢？果真这样，他这孙子可是一个了不起的孙子。

　　方大猷的梦想不再是原来的那个简单到仅仅为了自由"胡吃海喝"，而是能够做一个超过自己爷爷的"了不起的孙子"。

第二十三章　春风十里

　　阮兴无对方大猷手下这些海匪充满了一种绝望式的厌恶，这些常年浪荡在海上的散兵游勇贪婪、颓废，在阮兴无看来，"盗亦有道"才是道理，否则就是"赤佬"。这样的人群是极其肮脏的。方大猷可不这么想，他觉得弟兄们在一起聚众干大事拼的是谁的胆大。

　　阮兴无知道改变不了这帮人，如果自己逃跑，那几个水兵一定没有好下场，如果集体逃跑，似乎也是插翅难飞。

　　方大猷试探过阮兴无，可否拿下一个城池？这样就可以混出个人样儿了，不至于整日在海上经受日晒浪打了。阮兴无看看方大猷那张母猪脸，有些没好声气，心想，"马不知脸长，你也不撒泡尿照照你是个什么东西。"但是这句话他还是咽下去了，没有说出口。他怕得罪了方大猷会让自己遭遇不测。阮兴无觉得还是得拖住方大猷，自己这个假"名头"有着无穷的魅力，贪婪者通过这些"名头"会产生很多稀里糊涂的幻觉，甚至有点兴奋不已。

　　装备"潜水器"可难住了方大猷，哪里来的骆驼皮呢？人家朝廷地大物博，各地进贡的数以千计，你一个海匪窝还想装备"潜水器"？这其实是阮兴无忽悠这帮无知的海匪的，没想到方大猷这小子居然来了兴趣。

阮兴无有饭后散步的习惯，这天天气有些闷热，空气中弥漫着潮湿的水汽，岛上的树木仿佛能挤出水来。要在平时，还能看到一些游手好闲的人聚在一起赌骰子。那些狗也是有气无力地耷下宽大的耳朵伏在晒网的架子上流着浓浓的口水。阮兴无的到来通常会让那些狗猛然一惊，发出"哇喔"的警惕声。阮兴无也被它们冷不丁地一惊，会随手抡起一根棍子砸向那些狗，整个村子会被阮兴无闹腾起来。

可今天怎么这么安静，连最霸道的狗也不见了踪影儿，几个随行的水兵也没了影儿？正当他纳闷儿之机，忽然一阵吵闹声从西岛传来，只见一群人哭丧着脸抬着几具尸体正向岛心走来。那儿是岛上的祭台，仪式之后一般都是海葬。

阮兴无三步并两步走上前一看，死者偏偏就是方大猷的一个叔叔以及几个年长的渔民。阮兴无连续问了好几个走卒，好不容易才把事情的来龙去脉搞清楚。

方大猷见到阮兴无则是骂骂咧咧，窝着一肚子火，气呼呼地说，他本以为长乐城可以不费劲儿就拿下，哪知道比海里的鸟石还要硬，都死了好几个人了。说罢，他不免流露出几分伤心的神色。

原来，昨天傍晚酉时，方大猷让他叔叔方军强带了四个水头装扮成更夫，乘着夜色从溓泗护城河的一角意图攀进城里偷袭。溓泗虽然不大，但是经受倭寇历年侵扰，朝廷对溓泗的防卫投入逐步加大，配备的装备也是上乘的，比如土石炮是当时最为先进的，专用来对付攻城的倭寇。比如警戒的不再是靠晨钟暮鼓，而是将西洋用于航海的望远镜用于城市的辅助侦察，还有由"狼烟"改进的"报警铃"，与二十世纪的"报警"系统比起来，它虽然不是电子的，原理却是一样的，就是通过人工在旗杆上悬挂"饰物"来暗示治安的情况，夜里则是"灯饰"。

当然，这套安保密码只有在某个级别中授权使用，普通人显然是不清楚的。方军强等五人以为神不知鬼不觉地潜入"护城河"，正欲登城时，城墙的旗杆上登时亮起了"彤红"的灯火，那是最高级别的警戒码。果然有效，来自左右两侧的土石炮同时对准一个目标。

只听见"轰隆——轰隆"，再看看城墙脚下，一片狼藉，五人顿时中了土石，除一人带伤逃出外，包括方军强在内的另外四人登时毙命。为了不被官府追查，方大猷令攻城的主力改为"抢尸队"，急忙将四人的尸体搬运到城外，这才让阮兴无看到了这一幕场景。听罢描述，阮兴无心想，这下坏了，这岛是待不下去了。大明的力量不可小觑啊，经过洪武皇帝几十年的经营，国家日趋强大，这些残匪迟早要被肃清。这么一想，阮兴无禁不住害怕起来。

最让阮兴无震惊的事情莫过于，海上巡逻的官船规模越来越大。特别是一张系在"木浮球"上的刻有字样的所谓"传单"引起了他的注意。岛上的人只在乎那些"木浮球"，这些家伙一般都是用于海上目标的定位。"若发现有僧人行踪者报官，赏三十金。"这是什么意思？一般刻有如此字样的"木浮球"都比较大，而且尺寸、比例正规。

阮兴无好歹也是见过皇帝的人，何况目睹过洪武皇帝灭张士诚的现场？他隐隐觉得这是官府的"悬赏令"，莫非朝代生变？哪里来的"僧人"？为了探听虚实，阮兴无打算上岸。

对阮兴无的上岸，方大猷很不高兴。他觉得攻城失败本身是很没面子的事情，若是有变，官府一定会加速对岛上的攻势。在这点上他与阮兴无的判断一样，官船的疾驰而过似乎在释放某种信号，也意味着这个过去一直不被人正视的小岛现在早已经是官府治下的一块"鹅卵石"。

不过对于阮兴无的坚持，方大猷还是勉强不过。阮兴无化装成海上的渔夫，雇了岛上两个年轻人作为护卫，一起扬帆出海。

收网的时间正是夕阳西下，阮兴无找到码头系好缆绳，登岸直奔城门而来。果不其然，城门两侧有巨大的告示牌——"悬赏令"。阮兴无一看，原来上面写的是"悬赏发现僧人模样者一律行赏"。老百姓也是讳莫如深，不愿意多议论这悬赏的内容。阮兴无摸出一小块银子才算把事实给弄清楚，原来是当今皇帝在找他的侄儿建文皇帝。至于为什么找他，还将做什么，自然没有答案。阮兴无也是一头雾水，他感慨，这时局怎么变得这么快呢？他那会儿还是洪武皇帝的时代，他也只是担心自己是蓝玉的人，一扭头上了这贼船，现在下不来了。如果说就这么跑了，跑哪儿去？跑？他不是没有想过，可你能跑到哪儿去？再说了他阮兴无是在人群中混大的，如果离群索居那不等于让他窒息而死吗？

他试探了另外两个人，说如果我们仨一起跑，不回岛了如何？那两人即刻傻眼了，连忙摆手说，那可不成，我们上了岸可什么都不会，没法活啊。这话不错，你得吃饭啊，这岸上的活人家真的不会啊。还有这岸上的人多精明啊，可不是这么随便让你想怎么打劫就怎么打劫的。

阮兴无一想也是。做不成手艺，也没人供养他，这日子也没法过下去了。可上岛也是困难重重，保不准成了永乐皇帝的眼中钉呢？

单说阿拉伯人的不依不饶，使得本来就不平静的刘家港显得格外受人关注。日本人纠集了一群浪人，这些浪人说不清籍贯，反正在这一带盘踞了好长时间，有的甚至是几代人生活在这里，因此，混血的比较多。对于阿拉伯人的纠缠，日本人则继续上书明廷，要求赔偿损失，同时还要求处理前朝胡惟庸与苏州府关于联合开发淀山湖地区矿产资源的协议。永乐皇帝非常恼怒，恨不得灭了这些兴风作浪的家伙。

一直跟随永乐皇帝的三保太监郑和说："恩主啊，灭是简单，但是会坏了您的名声啊，在世界的名声。大明朝可是世界的中心，要想让他们都来朝觐您，而不是将他们拒之门外，赶尽杀绝是不可能的，因此，可以安抚之，可以入赘之，恰恰不可剿灭之。"永乐皇帝一听，眉飞色舞起来，说："郑和，这说得有理，你随我征战南北，知我为人。那这样，朕命你率精锐水师出使日本，将旧朝所有合约废除之，两国可以互派使节。"郑和一听，大喜，但是随即回应道："日本在东洋中，需要足够装备才行，不可冒失，有失皇恩。"

永乐皇帝说："户部、礼部和兵部全力配合，你就去准备吧！"

郑和这才喜悦起来："皇帝万岁、万岁、万万岁，臣接旨！"接完圣旨，郑和满心喜悦，一路小跑下朝。

郑和本已知晓户部尚书夏元吉在东南沿海疏浚河道多年，保证了苏南漕运的正常运营，刘家港作为重要的漕运港口也已经被整饬一新。郑和又与苏州知府汤宗沟通，调阅了日本国倭贼所谓的"合作文本"，发现纯属胡惟庸结党营私，实在龌龊不堪，不忍公布于天下，因为这简直是大明的耻辱。

郑和还特地与刑部尚书郑赐、兵部尚书刘俊、都御史陈瑛会同苏州府台一起实地勘察刘家港的地形，解决诸国杂色人种的居住地问题，倭贼与阿拉伯人的纠纷问题也作为重点稽查事宜。

朝廷张榜悬赏目击证人，若发现破坏者赏银二十两，免除租赋税若干。

文告贴出去没少人关注，倭贼乘机抓住机会再次侵扰了松江地区。据松江府统计，丧失牛羊计五十头、稻谷十担。溧泗来报，海匪攻城，被奸灭三人，其中一人重伤。郑和会意，须得从海上突破，否则海防废弛，永无安宁。

郑和一纸奏章面呈明永乐皇帝，请求扩充水军和大规模造舰。永乐皇帝当即批复恩准。

太仓大营成了募兵处，每天来参加水师招募面试的年轻人不计其数，朝廷开列的条件好诱人啊，除了正常的饷银之外，还免除家庭赋税三年，这对于基层民众无异于一种难得的福利。

郑和在天妃宫近处设立了临时行署，作为协调各部委之间的机构，以确保扩充水军以及对军需装备的储备和舰艇的测试。整个刘家港成了一个火热的大工地，诸国使臣与外籍人士一概进入划定的区域，这样对于外国人的管理也形成了一套规范的制度。

朱家大街即刻兴旺起来了，每天都是熙熙攘攘的人群，交易区和休闲娱乐区分隔开来，这也使得娱乐区变得颇有文化品位，西洋的玩静态的景致，东方的则是戏曲与说书的，南腔北调，甚是热闹。府库一带则是热火朝天的情状，打制兵器的，辅助修船舰的，叮叮咚咚，喳喳嗷嗷。

郑和出来转悠一圈，他要对整个府库的武器装备和军粮进行定时的盘点，以确保大营的正常运转，特别是新兵的饷银，不能有一丝一毫的闪失，否则前功尽弃。郑和看到这欣欣向荣的一切，心中荡起一阵欣慰，正欲对前来参军的青年说几句，此时径直进来一个六十多岁的老者。郑和一怔，便觉此人好面熟，只是一时无从想起，便以为是父亲送儿参加水师，便客气一下，拱手作揖，以示尊重。

这一揖令对方有些惊讶与不适，竟自告奋勇说要参加水师。郑和自是有些失语，细问缘由。这便引出一段"火烧阿拉伯店铺"的真相。作为举报人，吴实理应得到奖赏，作为纵火人他要被处罚，但是于当朝法理无据，且郑和更在意吴实与日本人打交道过程中的那些经历，特别是吴实居然还会说一些简单的日文，这令郑和非常意外，竟然要吴实办日语培训班，辅导水师将官说日语，并在洋人中招募讲师，培训翻译。这是当时所没有过的新鲜事，搞得整个刘家港像个世界大集市一样。

永乐皇帝派遣使臣分赴四方，官方说是出访考察，民间说是追杀建文皇帝。这两个版本似乎并不冲突，客观上给新皇帝做了个大广告，告知世界周边国家，大明朝换人了，是朱棣在统治。那么，带来的效果也是非常明显的。永乐元年（1403年）琉球、日本、暹罗各国使节到中国朝贡，建立了宗藩与册封关系。

一切准备就绪，永乐二年（1404年），永乐皇帝派郑和出使日本。郑和统督水师十万人到达日本。溧泗城被攻打之后，朝廷当然知道这是方国珍的势力范围，如果不能有效地牵制打击，方国珍余部同样会成为发展海防事业的重要障碍，因此，东南沿海的剿匪也成为大明治国安邦的重要组成部分。

吴实说："元帅，我可先头生擒他们再说。"

郑和知道吴实的实力，但是考虑到吴实的政治背景极其复杂，自己也是出于爱才，才特意开辟了一条特殊通道，让吴实留在自己的身边。郑和甚至想起自己的经历，永乐皇帝要不是力排众议，他也是泯然众人。想到此，他觉得对吴实的信任和挖掘真是出于对国家人才的爱惜。但是，吴实需要指导，否则也是深浅不一，处置不当会因小失大。想到此，郑和调整了思路，打算放开让吴实干，但是有限放权。

尽管如此，吴实还是万分激动，毕竟郑和将他作为统帅行列中的一员密集周到地训练了。这令吴实倍感意外。这需要多么深厚的情谊与宽阔的胸怀啊。想到此，吴实禁不住想流泪，但还是怔着故作镇静，把已经溢出眼眶的泪花硬是给逼了回去。这需要多么大的能耐与勇气啊。这样一想，吴实内心也觉得异常坦然，过往的云烟也化作了迈向更为广阔海洋的一股持续的动力。

梁娟儿和儿子过着并不宁静的小日子，倒也显得光阴没有虚度。但是梁娟儿对吴实继续闯荡大洋，表示了几分不满。梁娟儿见证了三朝更迭的无规则性和混乱性，这对于一个女子而言，无论如何都不是一件令她愉快的事情。

她想过一种平静的生活，她说希望在后人身上。吴实说，希望在路上，没有对现有的突破就不会有路，有路就有希望。两人争执起来都是没完没了，还互不相让。

这令吴实大为不悦，于是，他更想去海上，去海上看月光。

第二十四章　飞贼杀儿

　　梁娟儿心痛得很，一个闪念让她与这个世界靠得如此接近，但眼前的事又是那么糟糕。当下免不了也与过往的那些陈年旧事有着扯不断的联系。那些死去的人，曾让她噩梦连连，她总想寻求精神上的解脱，然而，不堪想的事情还是在不经意间到来。

　　她想儿子福海长大后应该远离这些，实在不行，她想单独带他远行，但是仿佛也找不到一条明确的路。她想吴实回家，什么都不要管了，把自己隐藏起来，过一个正常人的生活。她眼看着刘家港朱家大街日渐兴隆起来，洋人不见减少，水兵一下多了起来。朱家人也开始渐渐殷实起来，原本不起眼的庭院一天比一天洋气，出租行的生意异常好，还有几家酒馆和绸店更是红火，连濒临关门的"怡红院"的老鸨也重新打扮起来。

　　租给阿拉伯人的"洋布店"换了主人，阿拉伯人看自己不是日本人的对手，也悄悄换了营生。福海长得也挺快的。换季的时候梁娟儿想给儿子买块布。大凡在河海边长大的人都知道，野生的比圈养的更有劲道，六七岁的男童煞是讨人喜欢，要是遇到三四十岁的人，免不了还会开些荤玩笑，大多是冲着女人而来的，但是往往将男童的"鸡鸡"作为切入点。这便是民间语言的一种特殊修辞。

儿子阿宝蹦蹦跳跳走在前面，梁娟儿走在后面。酱醋店的老齐一边装瓶，一边吆喝着喊"新酿，新酿的老醋"。阿宝被老齐的吆喝吸引了过去。梁娟儿正思考着怎么把吴实给弄回来，都六十开外的老头了，再说了，都经历过那么多的事，混口饭吃苟活着已经蛮不错了，看看那么些有权势、有本事的人，不也统统归入了阴曹地府？

只听见前面"吱呀"一声响，一个包着头巾、骑在马上的人一溜烟跑没了影儿，再看看地上的阿宝已经身首分离。梁娟儿一看这场面，顿时一个"哎呀"跟跄了一下，瘫倒在地上昏死了过去。老齐赶忙放下手中的活计，走上前去呼来隔壁卖渔罾网的黄大仙。两个又是掐人中，又是呼喊，黄大仙的小脚婆子喊来了附近的郎中，大伙一起总算把梁娟儿扶到了老齐家的铺子里。

可怜的阿宝成了一个回忆。梁娟儿神情木然，眼神痴呆。吴实说："你还记得当时周围还有哪些人？那个骑马者的面孔你看清了吗？"梁娟儿只是一个劲儿地哭……

吴实说："你再想想，是什么模样儿的？"

梁娟儿哪里还想得起来当时是什么情形。她只记得一个男人与阿宝说小孩根本不懂的"荤话"。

朱家大街上的人信息通畅，据说事情发生才一两天，就有人开始议论，说干这勾当的没别人，就是那帮倭贼。吴实得罪了这伙人，人家报复来了。

其实，吴实隐隐也感到这是有人刻意报复他，但是谁会跟踪他呢？何况阿宝和梁娟儿也是半隐居生活。吴实痛心之余深感到一种迟暮的悲凉。他已经没有自信能够把这事查个水落石出，哪怕自己什么都豁出去了也要为死去的阿宝出一口恶气。还有梁娟儿，伤心过度，同样面临着许多不测。

吴实悄悄准备了一把短刀，用牛皮包好，径直来到原先阿拉伯人开的那家布店，布店已经换了新的主人。主人一看来人满眼通红、充满杀气，便感到几分不对劲儿，于是，两股战战地向吴实请安道："客官有何贵干，鄙店可曾得罪于你？向你赔礼。客官，有事请容我们赔罪。"吴实说："请问店家，前面店主与你交接可曾有片纸只文？我想看看店主的签名。"

店主一看来人并不是冲着他来的，暗暗呼出一口气，于是拿出了契据。吴实一看那契据，顿时明白了几分，于是拱手告别。此刻朱家大街已是交易的高峰，河埠头也是一片繁忙，各种物资上上下下，吴实改为水路出发，他不想再待在朱家大街，一分钟都不想待。

吴实赶到南转河附近时，码头上正有人在装卸货物，几个身强力壮的脚夫正在往岸上的仓库背布料。仓库前有几个包着头巾的人在计算着入库的布匹。吴实猛地冲上前去，顺手抽出刀来刺向了握着算盘的高个子。高个子倒地，吓坏了另外两个。一个想跑，另一个则操起家伙砸向吴实。吴实抓起想跑的一个瘦子，只见从吴实手中扔出去的瘦子正好遇到砸来的凳子，"啪"的一声，瘦子应声倒下，挣扎起来，连哼都没哼一声就这样一命呜呼了。

吴实对阵这个砸死自己伙伴的家伙，心里也有几分胆怯，但转念一想，我这是给阿宝报仇的，我不能软弱下来。想到此，他即刻变成了一只奔驰在草原上的野狼。你不吃掉对手，势必被对手干掉。

吴实眼里红得仿佛要喷出火焰来，他的威猛的确震慑了对方。趁对方不在意，吴实一个"禅步向前"，没想到的是吴实的柔性对抗将虎视

眈眈的对手融化了。对手则成了他的一个同伴，吴实爱怎么支配就怎么
支配。

吴实一个轻柔的"断腿"将对手的嚣张气焰压制在自己的掌握之
中，接着一个"超强锁喉"将对手置于死地——短刀直指喉管。对手
一看形势不妙，赶紧求饶。吴实说："阿宝那么小，你怎么下得了手
的？"

对方一听阿宝，立刻回应道："客官，误会了，那可是日本人干
的。"吴实一刀下去，刺中了对方的背部，顿时血流如注，他嗷嗷直
叫，终于惊动了卸货的脚夫，大伙向这儿冲来。吴实一看不对劲儿，正
欲刺第二刀，只见一道寒光对着他而来。果然不错，一个披发的浪人一
把长剑正对吴实的脑门儿。吴实一避，甩起的头发纷纷落地，像河中黑
鱼的幼苗围成了黑旋涡。

吴实心中一惊，原来背后还真是有日本人的力量。两股人合流了，
所有的秘密都不再是秘密，这是他始料未及的。

吴实心想，要是这么打下去，情况会越发不可收拾。想到此，他一
个跃身从地上纵身上了一棵大树，树枝茂密，吴实一溜烟似的消失在树
丛中，令这个披发的浪人站在树下磨蹭了好一会儿时间。

梁娟儿泪眼蒙眬地看着吴实，吴实的心像刀绞一样，什么语言都是
苍白的。梁娟儿要是真的倒下了怎么办？吴实仿佛又回到了运河之上，
回到了吴淞江上，那些过往一往无前的力量曾让他们从一个个险境里奇
迹般地活了下来。现在回到了故乡却是这样一副模样，这令吴实实在是
想不起来，到底是什么着了魔。

这次不是梁娟儿不想他走，而是他自己不想走。他想要陪她一起慢
慢老去。在吴实看来，这就是他的宿命，他的个人的全部归宿所在。

　　而在遥远的浙东同样上演着另一出大戏。方大猷的固执与心高气傲令阮兴无失去了与之为伍的信心。自从死了三个兄弟，方大猷的脾气也非常暴躁，但是这事让他对阮兴无多了一些共同语言。他想，要是这事不瞒着阮兴无或者请阮兴无参谋一下可能不至于伤亡这么大。

　　阮兴无对方大猷兴趣不大还有一个原因，方大猷的爷爷方国珍一直是朝廷打击的对象，意味着方大猷再怎么逆天也无法与当下的朝廷分庭抗议。再说了，以他对大明水师的了解以及有限的见闻，大明建立三十五年来根基越来越扎实了，怎么可能容得下一个个残匪的存在？更何况朝廷正在以寻找建文皇帝为契机加大对海上的封锁。当然，你让一个盘踞海上半个多世纪的海匪的子孙放弃既得利益也是非常困难的。

　　既然不想久留，阮兴无几度想逃跑，但是一直找不到好的机会。固然可以寻找好的皮子做"潜水器"为由上岸跑，但是岸上也是戒备森严，建文皇帝时期的所有制度都废除了，现在恢复了洪武皇帝时代的"路引"，再说现在他的行动利索程度大不如前，毕竟也是五十岁开外的人了。因此，阮兴无对前程无比忧虑不是没有道理的。

　　不过，阮兴无对"潜水器"的兴趣有增无减，他觉得这玩意儿如果真的做好了会有很大的攻击力，因为对方不知道你藏身在哪里。他在苏州西山和龙潭基地都做了一系列试验，但是，还是没有成功，尽管也有一些成效，但是下潜深度、前进的动力以及方向的控制等技术问题都没有解决。阮兴无一想到这就闷闷不乐。

　　阮兴无与三个从太仓水师大营一同出来的伙伴常常到普陀山附近的深水区做潜水训练，一则保持体质，二则依旧在摸索"潜水器"的技术改进。

　　设备问题卡住了阮兴无，别说骆驼皮和骆驼骨骼、骆驼油了，连陶瓷罐都没有。所以，研制"潜水器"是不可能的。方大猷倒是不服气，他说可以用"鲸鱼"来代替，这话给了阮兴无一线生机。对，"鲸鱼"可以试试啊。说起技术来，这个水手兼剃头匠还是比较来精神的，问题是哪里来的"鲸鱼"，连一只"江猪"都难以看到，更何况是"鲸鱼"？

东南沿海有无"鲸鱼"？各地说法不一，今人发明的搜索引擎上是这样介绍的："鲸广泛分布于全世界的海域，日本北海、冰岛。虎鲸时常会有跃身击浪、浮窥等行为，或是以尾鳍或胸鳍拍击水面，能发出六十二种不同的声音。虎鲸的泳速最快可达时速五十五公里，可闭气十七分钟左右。当周遭空气凉爽时，通常可看见它们低矮而呈树枝状的喷气。它们对船只的反应多样，冷漠忽视或是充满好奇心都有可能。偶尔会集体搁浅，群体有时会被困在潮池或海湾中。虎鲸喜欢群居的生活，有两至三条的小群，也有五十条左右的大群，每天总有几个小时静静地待在水的表层，因为肺部充满了足够的空气，所以能够安然地漂浮在海面上，露出巨大的背鳍。"

方大猷说他爷爷见过，这个无法对证。大伙都傻了，那意味着他爷爷还真是见过世面的。那些倭贼是不是就是他爷爷的同伙？大伙儿一时也不敢想。但是，眼下想组织一个"捕鲸队"还是蛮困难的。因为大伙都没有远洋航海的经历，平时他们也就是偶尔在近海打劫一些捕鱼船，至于真正的洋毛子的商船他们根本无法靠近。

方大猷把脑袋一拍，说："阮叔，你不妨跟我走一趟，我有个从东洋来的朋友，他们在另外一个岛上。如果他们有，我们就花钱买一只回来呗。"阮兴无一听来了精神，他早听说过倭贼，但是他不像吴实，真的与他们厮混过，他想探一下虚实。

阮兴无一身便装，方大猷也作了简单收拾。秋天的海边异常湿冷，他还特意戴了一顶帽子，把自己装扮得非常阔绰，脖子上还挂了"银饰"，不是方锁，而是一只"海螺"。这是方国珍出门时的装扮，方大猷觉得佩戴上这样的"银饰"，那是一种气势，也是家族的荣耀。阮兴无一看这身装扮就明白了"海匪"是如何的气焰嚣张。

方大猷拜访的是暗藏在海边一座山脚下的二层房子的倭贼，俗称"原井茴"的老巢，房屋结构完全是浙东民居的那种，白墙黑瓦，瓦是小瓦，远远看去与普通人家并无区别。原井茴这模样很难让人将之与倭贼联系起来，但是细看，他个矮，脸细，一双眯眼像是怕光得很，倒是那手腕上绣的花让人感到颇为神秘莫测。

原井茴见方大猷来，也是满脸堆笑，至于这笑里是什么内容，还得让人琢磨半天。两个仆人模样的小厮长得倒也白净，像是终年不出门的那种，脸色竟有些白中带着一种难以言明的忧郁。仆人勤快地沏茶，这茶非常特别，阮兴无有些好奇，连赞"好茶、好茶"，这让他想起在扬州盐商那里的一段繁华生活。原井茴说是来自吴地平陵，俗称"前峰工夫红茶"，看那汤色红艳如阳，艳而不妖，泽亮如南国荔枝白色的肉膜，十分诱人。原井茴特意给他们用白瓷杯泡了茶，只见杯口有一层金色的圈，可见这是一种极为上乘的茶质，喝来如沐春风，回味悠长。那茶香久久不绝，甚是撩人，那茶汤同样诱人。要不是亲见，阮兴无哪里知道倭贼居然过着这样优雅的生活。要说人格分裂，连倭寇都是这样。

说明来意后，方大猷直接喊价钱。原井茴并不直接回答有还是无，而是反问这"鲸鱼"拖到普陀山地区，尸体若是腐烂了，算谁的责任。这时，方大猷才明白，"鲸鱼"并不生活在近海，尤其是北回归线的太平洋西海岸，有史以来，还没有见过适合这里的环境的"鲸鱼"。那即意味着，只有到东洋的"倭国"才可以看到自由的活的"鲸鱼"。

方大猷一时没了主见，将煞白的眼转向阮兴无。阮兴无问假如直接到倭国去呢？方大猷一听到"倭国"慌了手脚，连忙摆手说："不行，不行。"他问阮兴无，是否可以把"鲸鱼"皮剥下来晒干，就像晒小鱼干一样，以利于防腐存放。阮兴无说："放盐腌制一下，岂不可以直接煮了吃？"逗得大伙笑了起来。方大猷说："罢了，罢了！"

原井茴说："两位若是真想去我国，我可以帮你们，但是需要你们交一笔费用。"阮兴无在扬州盐商的酒楼里听"扬州评话"，评话先生一板一眼讲秦时徐福各带五百童男童女去东洋的故事。多少年过去了，这事还在阮兴无的脑海里。在平江路的理发店里他也讲给他的那些主顾听。

《史记•秦始皇本纪》说：齐人徐市（福）等上书秦始皇说，海中有名为蓬莱、方丈、瀛洲的三座神山。仙人住在那里，那里有长生不老的神药，请带童男童女求来献上。于是秦始皇派徐福带童男童女数千人，入海求仙。但徐福等入海多年，花费巨资，仍未求得神药，怕受责备，就欺骗秦始皇说，蓬莱神药可以得到，只是常有大鲨鱼出没骚扰，所以才没能到达。请再让他带上优秀的射手，用连弩射死鲨鱼，就能取回神药。秦始皇又让徐福带上射手及捕鱼的工具出发了。

在《史记•淮南衡山列传》中却是这样记载的：秦始皇派徐福入海求仙药，徐福回来时用假话蒙骗秦始皇说，他见到了海神，他告诉海神他是受秦皇之命前来求取延年益寿的仙药的。海神回答说，秦王的礼品太少了，这次只能让他看看，还不能让他带走，下次送童男童女和各种工匠来，才能把神药给他带回。秦始皇听后非常高兴，派童男童女三千人，"资之五谷种种百工而行。徐福得平原广泽，止王不来"。《史记》没有记载徐福所到的"平原广泽"究竟是何地。

但五代后周时的古籍《义楚六帖》对此有所披露，它记载了公元927年渡海到中国洛阳的日本僧侣弘顺大师所谈的情况："日本国亦名倭国，在东海中，秦时徐福率五百童男，五百童女止于此国。"他还说，日本有座富士山，又称蓬莱山。徐福定居于此，其子孙至今皆称秦氏。所谓徐福东渡所到之地是日本，即由此记载而来。

阮兴无想去倭国，哪怕没有"鲸鱼"他也想去。如此一想，他觉得他这次真的不虚此行了，心里不禁对方大猷有了几分好感。

第二十五章　绝处逢生

方大猷让原井茴开价。冷静下来的阮兴无觉得有些不值得，更何况是死是活根本没有保障，保不准人还没有到"倭国"就被海里的鲨鱼给吃了，不免觉得想法有些幼稚。

一阵吵吵嚷嚷之后，原进茴要一千五百两白银，由他们提供船只以及航海设备，确保把人员安全送达"日本"本土。这一千五百两白银可不是小数字，方大猷一听傻了眼，兄弟们不吃不喝一年才搞了二三百两银子，他不禁有些心疼自己的那些积蓄。原井茴一看这送上门来的单子有可能泡汤，也做了让步，说："这样吧，我跟船东协商一下，看可否降些？"阮兴无即刻对"倭国"之行不抱任何希望了，但是方大猷似乎放不下这个面子，既然上门来，原井茴也做出了让步，所以，方大猷并不急于回绝他，也有不想得罪原井茴的意思。

阮兴无的犹豫引起了原井茴的不满，他轻轻咳嗽了一下，即刻从两侧厢房里蹿出二十来个手持佩刀的汉子，汉子们个个头发都缩成了发髻，腰间扎着布带子。二十来个汉子将两人团团围在中间。这阵势哪里像待客，分明是逼宫。阮兴无是玩水长大的，他心想要是在水中他会像鸬鹚一样，把这些人当活鱼一样一个个吞进去，可好汉不吃眼前亏。他下蹲半尺，做好了接招的准备。方大猷一看这场面，连忙向原井茁作揖打拱道："原井君何必如此大动干戈，再说我们也没有说不去啊！"原井茁拍了一下手掌说："还不快退下。"二十多人向后退一步，瞬间消失得无影无踪。

阮兴无直言不讳地说："倭贼在我们面前撒泼，太过分了。一定让他生回不去，死也回不去。"说罢，他头一扭，径直出门了。方大猷一看这格局，马上追上阮兴无，说："去年我二十来个兄弟被他抢了过去。此人心狠手辣，不可与之直接争斗。他在此盘踞了四五十年时间了，都有三四代子孙了。"阮兴无说："坏人变老了，不知道底细的人还以为他就是当地人。"

方大猷此时也冷静了不少，说这事已经跟他开了口，拒绝这家伙可能会引来杀身之祸。阮兴无说道："索性把事情弄大，让朝廷干预吧。"一听这话，方大猷立刻反驳："这不可取。"事实上，阮兴无觉得，这事须得由朝廷处置，否则永无安宁的时候。

方大猷布置家丁加强看护，以防不测。说不定哪天原井茁会自动找上门来，那还不知要损失多少钱财和人命。顿时，气氛就紧张起来。大伙也对这样的谈判结果手心里捏着一把汗，觉得倭人随时都有可能杀上门来。

扬帆出海是一件多么令人惬意的事情，其实，即使在近海，海上的浪头还是极高的，阮兴无感到一阵前所未有的旷达。尽管这样，他还是觉得需要再向东一点儿。但是船老大说："若是再向东恐怕我们就回不去了，已经超过了罗盘指向的极限。"说罢，他几乎要发出哭腔来。是的，再向东依旧是大海，海上的风浪渐渐大了起来，天空的云层也逐渐在加厚。

"不好，海水一下涨了很高，遇到风暴潮了。"船老大发出了惊呼，恰好又逢阴历初三，天文大潮与风暴潮重叠，这么一来，海上的情况异常复杂起来。

返航的路依旧是那么漫长，那风可不等人……

船长是个上了年纪的闽东人，他也说不清自己的家世了。他自小随父辈就流落在浙东，闲来无事随父亲出海。他今天有些懊恼，要是正常情况下，这种天气还是能够判断出来的。可是，今天不知道为何神不知鬼不觉地就把坏天气的预判给忽略掉了。他双手掌舵，目光炯炯，唯恐有所闪失。船长的航海罗盘虽说比较陈旧，但是海针依然比较清晰。靠着海针指引的角度，船长指挥阮兴无扯住帆绳调转风帆，以最快的速度返航。

风大了起来，威力巨大，阮兴无两手扯麻了，豆大的汗珠顺着脸颊往下滚。"不好，顶不住了。"阮兴无喊了一句。"扛住啊，把绳在扣上打结。"船长发现自己今天又犯了一个错。难道他老了，不能吃这碗饭了？船长心里有些隐痛。掌舵的是整个船只的生命，在海上有绝对的指挥权，这是航海人通行的法则。但今天，他犯了好几个错。

海上的险境丛生，古人早就有所记载。南宋时期，吴自牧在《梦粱录》中这样形容航海风险："且论舶商之船，自入海门，便是海洋，茫无畔岸，其势诚险……风雨晦冥时，唯凭针盘而行，乃火长掌之，毫厘不敢差误，盖一舟人命所系也。"

海图还算清晰，海针角度也对，但是船只好像不听使唤，船长最担心的是船舵和帆绳出问题。

这航海罗盘也是神奇得很，仅保留了一个圈层，圈层上刻的二十四字看似杂乱无章，其实是有排列规律的。首先，它们都是我国古代可以用来表示方位的文字，由地支十二字（子、丑、寅、卯、辰、巳、午、未、申、酉、戌、亥）和天干（甲、乙、丙、丁、庚、辛、壬、癸）八字组成。天干中的"戊、己"两字原本表示中央方位，因为罗盘中间放置了指南针，所以在罗盘中看不见这两字。另外，还用了八卦中的"四维"乾（西北）、坤（西南）、艮（东北）和巽（东南）来表示四个方向。这二十四字以"子"为首，为正北方，顺时针方向排列，地支和天干相间排列。卯在正东，午在正南，酉在正西，但天干的甲则是从东开始排列。

这二十四字一圈排过来，相当于现在的一个圆周360度，二十四等分后，每字就可指示一个15度的方位。初始的时候，航海罗盘仅是在看不见日月星辰的时候作为辅助工具，用来辨别方向，只需要大致给出东西南北方向就行。随着航线的拓展和远航的需要，导航技术随之进步。先是有了二十四个方位，后来发现两字之间也可表示一个更小的方位。

海上风越来越大，海水也急速旋转起来，船长像个巨人挺立在船尾掌舵，阮兴无喘着气配合着船长的指挥，可是任凭怎么扯动帆绳，帆就是不动，一动不动。最可怕的事情还是被船长预测到了，桅杆"咔嚓"一声断成了两截。"小心，让开！"船长拽了一把阮兴无，阮兴无躲过了一劫，但是船这时已经掌控不了。船长依旧死死握着木舵，大气凛然，竭力稳定住船只。

可是一切都晚了，船只一个大旋，顿时倾覆下去，阮兴无死死抱住了断裂的桅杆。海水凉得刺骨，阮兴无一阵眩晕，多年的经验提醒他，不能死，尤其遇到水，更不能死……

等他再次清醒的时候，他已经躺在了一个船队的甲板上。空气依然是咸湿的，但是阳光刺眼，形成了无数的光晕，他努力睁开眼。

　　一个将官模样的人微笑地说道："醒了就好！"这个声音在茫茫大海上非常温润、非常亲和，阮兴无仿佛回到了久别的故乡……

　　阮兴无醒来后的第一反应是，我现在在哪里？他的江淮方言还是被人听懂了。再看看四周，士兵们已经列队集结，一看那装束，阮兴无明白了几分，那可是朝廷的水军。以前的那些记忆都已模糊一片，眼下的去路更是迷茫。休息了几天，阮兴无的元气也得到了恢复。他主动要求见主帅。船上的士兵大概明白了他的意思。

　　海上的风依然十分大，稍远点都要靠旗语或是肢体语言来表达，士兵们仿佛都在练着海上战船的科目。这令阮兴无非常好奇，这在以前是不曾见过的，尽管他在太仓大营也待过一段时间，毕竟他也是兵部任命的副统帅呢。想起这段经历，阮兴无觉得有些荒唐，跟现在人家这科目比起来，自己那套也太小儿科了。

　　阮兴无对海上的科目训练产生了浓厚的兴趣，无论是航海图还是航海的掌舵技术，以及船只编队的调度。这简直让他着迷了，看训练看得他有些忘乎所以，连做梦都在掌控着船队。

　　阮兴无的这些举动也被人觉察到了。江淮口音的不多，基本上是南方口音，阮兴无听不懂，只能凭眼力判断。阮兴无的担心其实也是多余的，偌大的船队将士有几千人的规模，而且各船队是相互联系着的，根本不用担心方言没人懂。这不，船上就来了一个苏北人，直接就问他从什么地方下海的，干什么的。阮兴无一看此人，顿时就傻了：这不是太仓提督刘永福将军吗？

　　两人激动得拥抱了起来，此刻，大海上仿佛一片风平浪静，所有人都在为他们的团聚而欢呼。时光仿佛凝固了起来。刘永福说："我今儿带你见一个人，此人不是别人，可是大名鼎鼎的副使王主帅。"

主帅是个四十岁左右的男子，说不上威武，眉清目秀里透出几分睿智和谦和。没错，他就是王景弘，深受永乐皇帝器重的福建龙岩人王景弘。

据康熙三十一年（1692年）版《宁洋县志·中官》记载："王景弘，集贤里人，明永乐间随太子巡狩有拥立皇储功，恩赐嗣子王祯，世袭南京锦衣卫正千户。"这是关于王景弘籍贯目前最早的记载，比张廷玉修《明史》写《郑和传》早了四十七年。另外，在清乾隆三年（1738年）版《龙岩州志·人物·中官》条目中也记载了："王景弘，龙岩集贤里人。"《漳州府志·武勋》更明确记"王景弘，集贤里香寮人"。

王景弘给吴实沏了一杯铁观音茶，香气馥郁，让吴实有些陶醉。吴实将自己在苏州西山训练"潜水兵"以及从太仓到浙东的经历讲述了一遍。王景弘听罢，并没有立即说话，而是站在统兵室踱步了一会儿问阮兴无："你觉得所谓的'潜水器'靠谱吗？"

"前期试验还是在摸索，这个思路基本上来自高层。"阮兴无一语道破天机。

"说到底，这是他们的一场预谋。时势造英雄，既然是你落实的，我还请你继续负责，有什么问题及时报告。"王景弘说出了自己的想法。阮兴无其实心里明白，这也是胡惟庸他们与一帮倭贼合流，偷吴淞江底的"沉金"而突发奇想的，至于训练过程中死掉的士兵，统统以其他名义草草处理掉了。这么一想，阮兴无竟然也有了一种罪恶感。

海上的训练极其辛苦，年轻的士兵不适应海上波浪的颠簸呕吐得厉害，有的人还得了黄疸病。船上随带的中医都配备了足够的中草药，还有淡水以及蔬菜、水果，并且都做了保鲜的措施，这令阮兴无感到惊讶。大明真是不一样了，阮兴无从心里为自己没有加入方大猷感到一丝安慰。

阮兴无被临时安排在王景弘所在的旗舰学习水文和洋流的检测，这对于他来说简直是一本无法读懂的书。他对这些从事技术活的将官敬佩有加。每一个时段，什么样的季节，船舶所在的具体位置，海水是什么样的颜色都有密密麻麻的记录；他们用吊桶吊水，用挂着石块的绳子垂直放到海里，根据绳子被水流漂起的摇摆角度计算航速与水速的参数比值。这令阮兴无感到异常陌生，也很好奇。按他的性子，他可以跳下海去，但是这海比吴淞江和长江宽阔了不知多少倍。此刻，他也只能望洋兴叹，自愧不如。

将士们对王景弘非常崇拜。很多闽地的将帅主动向王景弘讨教，王景弘都是耐心地给他们讲解，从星象到海洋气象，海图识别，风速与洋流，如何控制船舶，怎样编队，事无巨细地讲给将帅们听，还定期组织讨论，大伙各抒己见。王景弘还做点评。此时此景，让阮兴无感觉自己不适应这个社会了，觉得自己比这些将官粗陋多了。

但是，这次他实在无法再跑了，且不说别的，自己的命还是舰队给救的，自己理应把全部的生命献给这支舰队，算是知恩图报。至于"潜水器"，这也是自己的爱好，哪怕自己死了也要把这玩意儿搞出个名堂来，不让人耻笑自己是个江湖骗子。阮兴无心头一热，竟也有些感激得不像个男人的样儿。

刘永福在舰队作为后勤补给总管，负责全舰队的给养。这也是王景弘对刘永福的尊重。作为建文皇帝的舰队统帅，刘永福在兵败之后来不及回应天便被永乐皇帝的嫡系王景弘整编。

部分归降的水军士兵也一并编进了重新组建的远洋舰队，这支舰队还有一位统帅，那就是郑和。

作为这支舰队的后勤副帅，刘永福也是殚精竭虑，为郑和、王景弘率领的这支新舰队做了大量后勤保障工作，深得皇帝的赞许。阮兴无渐渐安下心来，从观察洋流到勘察水文情报，件件都不落后，虚心地跟一个泉州籍的中层将官学习测量。

泉州话阮兴无听不懂，刘永福便专门安排了一个会说江淮话又听得懂泉州话的士兵给阮兴无做翻译。这更令阮兴无感动。奇怪的是王景弘可以说好几个地方的方言。刘永福说，何止是方言，王景弘还会外国语言。这令阮兴无更加敬佩。当初，他在扬州时，盐商的朋友中就有会外语的。这下让阮兴无彻底佩服这个比自己小得多的船队副使。

阮兴无开始暗暗钻研洋流与水温，以及水文与天象，这些对于"潜水器"都是直接的数据。以前他根本就没有想过这样的问题，所以出了问题，还有很多问题至今仍是问题。阮兴无现在才恍然大悟，原来，海洋和自然本身都是有一定能量的，完全可以依靠大自然本身的能量，人只要利用它本身的能量就可以实现能量之间的转换。

在大海上航行了一个月，舰队从福建泉州到普陀山，再到太仓刘家港。此时的刘家港已经是一片繁忙的景象，朱家大街也是繁华无比，做买卖的异常活跃，甚至还有了各种堂馆供人娱乐。阮兴无感到这里已经换了人间。自己反正也是从死神手上扳回来的，因此，他上岸的第一件事情就是好好洗一把澡，跟刘永福喝一顿劫后余生的大酒，直到一醉方休。二人甚为痛快，一直喝到酒馆打烊才返回驻地。

刘家港的夜色是如此的美好，让他竟有些流连忘返……

第二十六章　突入倭穴

自从阿宝被杀之后，吴实和梁娟儿都陷入极其悲伤的境地。梁娟儿一度昏厥过去，醒来后身体极度虚弱，吴实信誓旦旦随大军出海的宏愿也像那海水一样，波涛起伏之机也是无法掌控。但对于大明永乐皇帝的事业而言，个人依旧是微不足道的。

吴实儿子被杀于刘家港成了家喻户晓的事件，这对大军遍布每一个角落的刘家港而言，简直是大明的耻辱。刑部尚书郑赐会同兵部尚书刘儁针对一起儿童谋杀事件进行联合侦破还是第一次。在找当事人征集破案线索的关键时刻，吴实不见了。这事居然传到了郑和的耳朵里。郑和觉得此事一定要侦破出个水落石出，否则，几万大军何以安心训练？事关大明千秋万代的事业，含糊不得。

苏州府和太仓县地方官员也觉得必须给驻地的将士们营造一个和谐发展的强军环境，否则人心惶惶，影响军心和民心，因此，将吴实儿子被杀案作为大案要案来督办。

吴实到哪里去了呢？梁娟儿说不上来。但是，梁娟儿还是道出了不为人知的原委，吴实曾暗地里做了大明王朝的卧底，掌握到倭贼勾结地方势力侵吞大明利益，在倭贼背信弃义不遵守约定之后吴实被逼挑拨阿拉伯人与日本人内斗，却遭到了他们歇斯底里的报复。侦查官员将掌握到的情况一一做了笔录。梁娟儿在惶惑中回答了办案人员的征询。梁娟儿对朝廷的做派还是非常感激的，这是以往从来没有过的事情。对大明的事业她渐渐有了认同，内心那股子犟劲儿又开始复苏起来。

吴实到哪里去了？这成了一个谜。梁娟儿总觉得自己还是看不透吴实，毕竟两人的年龄差距比较大，但是作为他的患难妻子，梁娟儿觉得还是要找到他才行。

朝廷也在寻找吴实，他不仅仅涉及阿宝命案，还有他对倭贼内部情况的掌握，可依据他的相关信息及时调整对日本的政策，这是非常重要的决策准备。布告还是贴出来了，一张是朝廷寻找目击证人，还有一张是梁娟儿的"寻夫启事"。这两张告示一张贴出来，即刻引来了很多群众的围观，大家的"洞见"就是：这两张"告示"寻找的是同一个人吗？另外一个观点认为这是家庭与官府的抢人游戏，怎么可能出现这样的对决呢？

梁娟儿每天按时到告示下等待发现者带来的相关信息。然而，情况极其糟糕，官府也出了大笔钱公开寻找吴实的具体行踪。大伙看了告示内容，也只是"呵呵"了两下，便各自转到他处了。

阮兴无鬼使神差地走向了"告示"，猛一抬头，大吃一惊，原来他……这一惊讶也被梁娟儿发现了，这声音好熟悉啊。她本能地抬起屁股，竟然站了起来。两人一个对视不要紧，关键是那张凹陷的脸已经记录了不少历史的沧桑，这眼神也是独到得很，不需要多说一个字便能知晓对方想说什么。然而，他们两人终究感到陌生，甚至早已成了陌路人，只是没有挑明而已。

阮兴无一回到军营，就向主官汇报了今天的奇遇。

主官是个愣头青，不分青红皂白一顿揶揄。阮兴无无奈，只好向王景弘简单做了汇报。王景弘虚心听了来龙去脉后，修书两封，分别给刑部与兵部，请求他们抓紧侦破，搞得几家都很头疼。阮兴无坚持要去倭贼的老巢，他知道在老巢里也许能见到吴实。这话一开口就被王景弘制止了。按照大明律法，所有官员和将士，不管是哪一级的，不得参与外交事件，任何人都必须进行严格的训练，否则上了战场就会蔫。这是指挥的将官们必须牢记在心的。

但是简单的对话还是刺激了梁娟儿，她是个不服输的人。她说："我自己去一趟倭贼的老巢吧，把虚实探听好了再攻击也不迟。"梁娟儿背了一把剑，暗地里抄过朱家大街，直奔日本人的聚居地而来。

梁娟儿突如其来的降临也让那些倭贼中的小伙子大吃一惊，原来有个女性私闯进来了。有人顿时起了色心，结果被梁娟儿的剑术收拾得服服帖帖。在梁娟儿欲进大厅的片刻，一根木柱自动倾倒下来，很明显这柱子是刻意安排的。说时迟那时快，只见梁娟儿一个燕双飞的姿势，既成功躲避了一场暗杀，更赢得了对手的尊重。

她从外到里、从高到低，处处寻找着大宅子里的蛛丝马迹。她要找到吴实，找到一条道上的吴实，怎么说她也是他的老婆。梁娟儿心急如焚，始终不见他的人影。

忽然，一阵风过后，天气开始转变了。梁娟儿还是没有找到吴实，心里竟有些莫名的伤感。这些浪人差不多都出去了，因此，她也是遇到了一个绝妙的时机。否则，她怎么能逃出这个巢穴呢？

说时迟那时快，一群人冲进房间内就砍起来。梁娟儿措手不及，她的几个套路很快就要被人突破，她喘大气中还带着小气，上气不接下气。她暗示自己不能死，死了就没人再给吴实更多的照顾。她也恨自己不该如此轻率，如果今天有什么闪失一定是死于乱剑之下。

忽然，只见一披发的浪人举起长刀向她的面门砍来。眼看着今天要被毁灭了的人突然被一个人唤醒了，那就是一同踏着钢丝绳的阮兴无。

阮兴无的动作异常柔和，但是杀气不减，这令对方围绕着他团团转，梁娟儿借着这样的时机——跑为上。阮兴无在暗室的一端发现了一个人，此人已经昏迷不醒，阮兴无随即就明白了梁娟儿为什么要来这里。

阮兴无一看倭贼太多了，大吃一惊，厉声说："你们若是弄死她，我们绝不会放过你们的。"这话算什么呢？是感慨还是牢骚，都不是，而是一种大国的警告。

阮兴无在向外撤的过程中，一不小心被倭贼活捉了去。倭贼欢呼声一浪高过一浪。而在倭贼窝外的梁娟儿显得无比苍凉和冷寂。不过，让她稍微感到安慰的便是阮兴无这次也算是实实在在陪吴实一次了。

这哥儿俩好，居然阴差阳错地又一次在倭贼的住地开始了他们人生中的第二次合作。

梁娟儿在无望之机只得向驻地的水军求救。正在侦破阿宝的关键时刻，出现这样的事情，加剧了破案的复杂性。但是，事不宜迟，刑部员外郎刘晔与兵部侍郎袁原备马，挑二百精干人员直接奔向倭人的据点。

倭人一看形势不对，立即组织人员对抗朝廷的缉拿人员。在刘晔宣读了调查令之后，倭人依旧无视中方的检查，还叫嚷着拿出了所谓的合同。兵部有翻译官，向刘晔和袁原做了翻译："胡丞相与我们有约定，贵国怎么能不讲信用？"刘晔和袁原气得眼珠子要掉下来了。倭人头目依然不依不饶地在嚷嚷，话说得极其难听，都是数落大明的这不是那不是。有些话翻译员都不敢翻译，脸红一阵白一阵。刘晔见此也猜到了几分，向袁原看去。袁原说："但说无妨，直接翻译。"

"我们是有证据的，我们要到你们的朝廷告你们不讲信义，你们搞政变想赖账，你们是什么朝廷？我们的大使也知道这事情，说实在的，你们的胡丞相与我们大使还有密约，不怕你们翻牌子。"倭贼的头目振振有词，一副不依不饶的阵势。

"一伙倭贼居然明目张胆在我大明的土地上拉屎还跟我们讲条件，岂有此理？"刘晔愤愤地说。

"这种事情在两国之间是极其罕见的。怎么办？"袁原建议把情况向郑和作完整的汇报，请郑和来做主。话说完他便安排信使直接向郑和汇报去了。二百人团团围住倭人的据点。

倭人一看，这伙官兵不像以前的样子，居然将他们围住不走了。倭人开始烦躁不安起来，一会儿工夫倭人全部退守，只见据点四周顿时出现一条壕沟。袁原说："不好，我们赶紧撤！"可是哪里还撤得了，原来壕沟内埋伏着一群人，他们操着火器，这二百人顿时成了瓮中之鳖。

刘晔说："袁侍郎，我们听你指挥。"

袁原大声说："大家不用慌张，左右两翼突围，一队随我，另一队随刘员外郎。"说罢，他缰绳一提，马头高昂，一阵嘶鸣，一支排开的队伍即刻分为两列。与此同时，倭人的火器开始发作，只听见"咚咚"两声响，一串火球升起。顿时，壕沟内的火器一起向官兵发射开来，有人马栽倒在地，顿时乱作一团。

袁原大吼一声："大家不要掉队，向南转河方向撤。"此时已陆续有官兵栽倒在地。倭贼狂呼一阵之后，突然撕心裂肺地喊叫起来。袁原回头一看，壕沟内浓烟滚滚，倭人身上着火了，纷纷跳出壕沟扑火，有些倭贼疼得抱头在地上打滚。

袁原一看此时此景，大喊一声："停，回杀！"撤退的人马掉过头去，冲进倭人的营垒，一时间火借风势，倭营成了火海，跑出来的见一个杀一个，倭人不敢出来，很多都被活活烧死了。突然，在浓烟中冒出一个人来，只见他背上还有一个人。

刘晔刚要冲上去，一看那装束，乃是大明水军服，直呼："来人是谁？赶紧报上名来！"

"我是前水军都统阮兴无，现是副使王景弘的修武校尉。我背的是杀倭贼的吴实，他快不行了，赶紧救他。"此人边说边向刘晔跑来。袁原说道："放下他。"

吴实已经虚脱得昏死过去。阮兴无也是遍体鳞伤，头发已经烧焦。刘晔跳下马来，与阮兴无一起将吴实抱上马背，吴实软绵绵的，根本扶不住。于是，他们将吴实平放在地上，随队一个学过医、上了年纪的校尉说，赶紧抬回大营。两个士兵在倭人的营垒四周找来两根木棍，用散落一地的帆布条做成了一个简易的担架，飞一样地跑向南转河方向。

阮兴无说，倭贼头目有地道与外界相通，赶紧追，否则就跑了。

一听说地道，这两个南方将官顿时傻了眼。阮兴无看出了将官的为难神态，忙说："不难，听说过蚂蚁窝吗？继续用火熏啊。另外一头派人看着，一出现就逮个正着。"刘晔、袁原即刻明白，这火就是阮兴无纵的。两人仿佛受到了启发，那水攻也是一样，蚂蚁窝最怕水了。

南方水多，壕沟充水是最简便的措施。

二百号人一起动手，掘出了一条水道。顿时，大水灌涌进了壕沟，被火烧后的物什漂浮起来，还有烧焦了的人的器官，恶心得不行。大家纷纷捂起了鼻子……

人往高处走，水往低处流。这水顺着壕沟一直流，流着流着，忽然不动了。阮兴无操起一把大刀顺着壕沟向前跑去。走近一看，原来，壕沟到头了。奇怪的是，壕沟的土是不渗水的，阮兴无即刻明白，这一定是人工刻意修筑的工事。

阮兴无向将官们招手，大伙走近一看，好家伙，居然是个"门洞"啊。"挖！"袁原一声令下，大伙撸起袖子就挖，搬开砖块和石块，真是一个大的洞穴。

"放水！"袁原指挥着，目不转睛地看着水向洞穴里漫灌。阮兴无说："大家注意，一定还有一个出口，大家分散找出口。"说罢，阮兴无才觉得自己是这二百人之外的一个局外人，怎么能指挥别人呢？他不禁面红耳赤起来。

袁原说："老阮说得对，大家分散找其他出口。"突然一个士兵连人带马陷进了一片沼泽。阮兴无一看，哪里是什么沼泽，分明是个掩体，只不过受水灌涌之后，掩体覆盖物浮起来了。扒开覆盖物一看，果然是一个大洞。大伙等着尸体浮起来，可是等到太阳到了头顶，始终看不见浮尸。等到大批官兵到达的时候，倭贼的营垒烧得差不多了。有几个在河里捉鱼的儿童回来吓得哭了起来，还有几个妇女更是东奔西跑。官兵们没费吹灰之力，统统将他们带到水师大营接受调查。

大伙纳闷，这倭贼头目到哪里去了呢？阮兴无说，这个只有吴实最清楚，因为他跟他们打过多次交道，知道底细。这么一说，大家才把视线转向那个被阮兴无从火线里背出来已经奄奄一息的老男人。

王景弘对阮兴无的擅自离队大为光火。这是部队的纪律，不管什么理由，离队都是不可饶恕的。阮兴无被关起了禁闭。这事对所有将官和士兵震动特别大。大伙私下说，阮兴无面临的不仅仅是降职的问题，还可能会被投进监牢反思。

直到吴实醒来之后，倭贼的头目被抓，阮兴无才被放出来。这是一件多么令人唏嘘的事情啊。

第二十七章　扑朔迷离

　　与阮兴无一起落水的船长幸运得很，在那天风暴中被原井茵的偷渡船给无意中遇到了。船长答应给原井茵搞一个大单，这个大单就是把方大猷做掉。这样顺理成章迫使方大猷的人和地盘统统归原井茵。要做掉方大猷也不是一件简单的事情，毕竟方大猷在浙东已经根深蒂固。以船长的判断，这事必须联手阮兴无，但是，一场风暴改变了所有事情。阮兴无死于海上，船长想要一个能代替阮兴无的人出现在方大猷的周围。于是，船长悄悄潜伏到太仓来。这里曾是方国珍的地盘啊，所以，最危险的地方也是最安全的地方。船长对此深信不疑。

　　船长为了达到自己的目的，特意化装成一个收购丝帛的商人，搭乘一艘从泉州来的传教士的商船。大明对传教士比较客气，凡是有该国皇帝手谕的一律按照使节待遇待之，可住进天妃宫附近的"使馆区"，而且有朝廷的接待，所有吃和住宿均由朝廷负担。船长自然不能享受这样的待遇。

　　船长恰好接管的是阿拉伯人的店铺，吴实那天到朱家大街寻找阿宝被杀线索的时候，恰巧碰到了船长。吴实还向他打听阿拉伯人的行踪。船长也就是支支吾吾应对了几句。

在吴实去南墅沟倭人的据点时，船长悄悄跟在吴实的后面摸到了倭人的驻地。船长微微一喜，在吴实寻找地方伺机行动时，船长抢先一步跨入倭人的据点。

倭首对船长起初不是太信任。只见船长不紧不慢从怀里掏出一个物品，这下让倭首彻底服了气，这是室町幕府一世的一把利剑。说到室町幕府，还得多交代一下，日本足利尊氏于公元1336年自镰仓占领京都，废后醍醐天皇，拥立徒有其名的光明天皇，自称征夷大将军，后设幕府于京都的室町，史称室町幕府，也称足利幕府。

倭首说："要我们做什么？我们怎么合作？"

船长说："派人干掉方大猷，然后转嫁给当地人，千万不能留下蛛丝马迹。"

"明廷现在抓得很紧，跟前朝大不一样，我们的活动空间日渐缩小了。"倭首深感情况的复杂与紧张。

"这样的话，我们更要加快速度，时不待人！"船长说得斩钉截铁。

"这次，你要小心，好像有一个失去小孩的男子在打探你们的情况，已经潜入你的据点，我还是跟踪他过来的，否则也不知道你们在这里。"船长这么一说，倭首即刻阴下脸来，忙问："此话当真？"

"当然是真的，否则，我催你干什么？"船长也是用一点儿不容置疑的口吻回应道。

"毛利、哈文在否？"倭首小声喊道。

"在，大王，有何贵干？"两人应声就跑到倭首的面前。

"今天，有人劫营，你们俩做好里应外合，没有我的命令，任何人不得出营。同时，我的衣服给毛利，我和船长先生在内室谈点事，有事到内室喊我一声。"倭首做了准备。倭首所说的"内室"其实就是地道。毛利和哈文都清楚。

安排完，倭首拽了一下船长的袖子，说："船长先生，请随我来。"两人就进入了地下室。

吴实一路飞奔，在倭贼的据点四周寻找入口。虽说是个土围子，但是四周都有人看守，只有一处开阔些，只不过这个地方是个类似徽州人的牌坊一样的门楼，看起来就像一个自然的村落，不知情的人根本就不知道是倭贼的据点。船长当然就是从这里大摇大摆进去的，通报了姓名，要求直接见倭首。吴实觉得这地方危险，容易暴露目标。

摸索了好一阵子，他终于发现一个地方，有一个台阶可以登上土围的所谓城堡的尾巴，大概是便于瞭望用的。此处没有人值守，作为土围的尾巴，从大门的开阔处可以一眼望到头。吴实认真试探几次，发现可以进入。在确定没有问题之后，他开始小心翼翼地登上台阶。

一级、二级……总共也就六级的样子。

三级，似乎有些摇晃，正要把左腿抬起进入第四级的时候，只听见"嘎巴"一声响，吴实掉进了一个深坑。最令人难以置信的是，身上居然还罩上了一层网，怎么扒也扒不开。网粘在人身上，浑身使不上劲儿，更谈不上拔刀了。两只手已经无法使唤，手也被缚起来。

失去自由的吴实被关进了一间屋子，没有人跟他说话，等待他的不仅是饥饿，还有寂寞。

无巧不成书，这阮兴无在倭人的据点找人的时候，首先发现的是这条秘密通道。阮兴无是官员装扮，进入倭人据点似乎带着一种例行检查的意思。但是到了里面一看，他发觉不对，即刻在一个僻静处扯掉自己的官服，赶紧潜伏下来。阮兴无看到陆续有人在土围的台阶处进出，即刻明白那个台阶原来是一个洞口。他从洞口慢慢地爬进去，走了一段时间，听到了倭首在与一个人说话。

他细听了一下。

"事成以后，我们一起向足利义满将军宣誓效忠于他，大明一定会给将军利益，我们也要向将军靠拢。"船长的音调丝毫未减弱，甚至还有些忘乎所以。

倭首则发出微微的"憨笑"。正说着，就听见有人说有事报告。

"进来！"倭首答道。

"大王，大喜啊，伺机行凶者已经被我们抓住，正囚在密室。"毛利一五一十地向倭首汇报情况。

"好好看着，可别让他跑了，否则，这地盘就不是我们的喽！"倭首叮嘱了毛利。

阮兴无这才看清另一个人的脸，没错，正是船长。阮兴无顿时头皮一麻。

"追到这里来了，目标一定是我。"阮兴无本能地如此想。

救吴实为先，总有收拾他们的机会。

阮兴无开始寻找密室。密室也不好找，正当阮兴无一筹莫展之时，他看到了一个人正在巡逻。吴实偷偷走到他身后，用短刀架在他的脖子上，一只手捂住对方的嘴巴。只见那人眼睛一转，阮兴无问："密室在哪里？我要去躲避。"

此人正是哈文，哈文听说到密室躲避，就向阮兴无指了指前面的两道门。阮兴无手一紧，哈文的头颅就掉落下来。阮兴无赶紧把尸体和分开的头颅拖到了墙角的暗处。

在二道门内，阮兴无终于看到了被缚的吴实。此刻的吴实已经奄奄一息，几乎没有什么气息了。

外面人声鼎沸，四周已经是一片火海。

阮兴无在背着吴实钻出地道的一刹那，倭贼的据点已经烧得差不多了。除了倭首和船长带了几个妇女儿童从另一侧地道逃出来之外，几乎都被烧死或淹死了。

这伙人想男扮女装乘机逃脱，怎么也没想到一下子冒出了马队和炮车。这令倭首大吃一惊，心想这大明永乐皇帝可真不一般，超出了他侄子建文皇帝不知多少倍，跟他的老子恐怕都有一拼了。

提审环节有章有法，倭首、船长以及妇女儿童都是分开讯问的。倭首的口供与船长的口供都要对上，同时也对阮兴无、吴实和梁娟儿的陈述做了笔录，这样，整个倭贼的情况基本有了眉目。

户部尚书夏原吉、兵部尚书刘儁、刑部尚书郑赐三部合作对永乐初年的倭案集中审理。令人惊讶的是，倭首提到的合同除了一份是胡惟庸授意苏州府台陈宁与日大使签署的之外，还有三份均为伪造。要比对这几份合同可是难坏了好几个部门，在全国范围内开展了一次珠算比赛，那场面堪比武状元考试，噼噼啪啪的算盘珠发出的撞击声犹如银河里发出的万千雨滴声，响彻天宇。然后在三千人的比赛中精挑出二百人到天妃宫外的广场上对合同的笔迹和数据进行核算，二百人的计算与查验形成了一份大数据，然后再在大数据中进行甄别和校验真伪。所验算的稿纸都须军士们用马车向外拉，既壮观又显得猥琐，毕竟是在算小账，还有不少选手被尿憋得面红耳赤也不肯放弃，比的就是那一个结果嘛。

吴实的那份合同可谓是原始文物，放到今天就是"非遗"，用的是"符号"，尽管用油皮纸包裹，但是由于经年累月，水浸得厉害，好多痕迹已经模糊。吴实衰弱得不行，任凭怎么回忆就是记不起来，只好依据现有图案进行推断。

对死者的身份认定是极其艰难的，倭首拒绝提供身份信息，一口回绝刑部提出要进行身份查验的要求。这令刑部大为不悦，认为他极不配合刑部工作。倒是妇人们比较积极。令办案人员大为惊讶的是，这些妇人并不是来自大洋之中的日本，而是来自浙东和苍南一带，也有淮水之地失去依靠的寡妇。至于男人，一半以上就是松江、苏州之地的。

梁娟儿的回忆正好补充了这段，当初与吴实归入倭人的二十人绝大多数成为据点的骨干。但是吴实这次来却惨遭了他们的毒打和羞辱。

难怪吴实不能说话，原来他的舌筋已被这些人挑断，加之失血过多，吴实已经不行了。随军郎中一边给吴实搭脉治病，一边给梁娟儿做些病理方面的解释。忽然，吴实狂躁不安起来，郎中面带难色说，再观察几日看，若是此人遭倭人以狗咬之，狗性使然，那则无回天之力。阮兴无与梁娟儿面面相觑，不明白郎中何出此言。

郎中将病情向郑和和王景弘做了汇报，特别提出"狗毒"的看法。这令两位副使主官大为吃惊：倭贼居然懂得使用"狗毒"加害曾与之合作的吴实？吴实对合同盯得越紧他们越希望毒性早点发作。郑和顿时了悟，或许这是当地人出的馊主意，类似船长这样的"帮凶"。

提审船长成了关键，一是流窜的危害大，超出了一般人的想象；二是船长如果知晓"狗毒"的散布，意味着这里有通外的阴谋；三是杀人动机极具欺骗性，防不胜防。船长开始缄默不语，听任刑部提刑官的拷问，仍旧紧闭双唇。提刑官问道："此人你可否认识？"说着将阮兴无的面朝着他，船长一看，顿时傻眼了。只听见"扑通"一声，船长跪倒在了地上。这时，阮兴无才想起来，自己感到耳鸣目眩时伴随着剧烈的疼痛，那昏天黑地的风暴也是来得太巧……

真相大白，原来船长早已与方大猷预谋，干掉阮兴无，同时把失信的事情全部推到阮兴无的头上，换取原井茵的不予追究。可恶的是船长与原井茵达成将方大猷地盘吃掉的用心。

"狗毒"的确是原井茵的发明，是极其致命的一种杀人方式。其用密封的小瓦罐存放，在极小的空间里可以让对方重度感染。解药倒也有，不过比较麻烦。

提刑官提出以解药抵死罪。船长这才磨磨蹭蹭地写出几副方子来：

精神不振，恶风，轻度发热，头痛，食欲不振，畏光、畏声，原伤口处有麻木、瘙痒或虫行感，舌淡红，苔薄白，脉浮紧。疏风解毒。人参败毒散加大青叶、紫竹根。

闻声则惊或抽搐，甚至闻水声、见水或谈论饮水则咽喉痉挛，烦躁不安，多汗流涎，排尿排便困难，舌红苔白，脉弦。熄风解痉。玉真散加羚羊角、雄黄、蜈蚣等。

其中外治法：如有伤口，可用三棱针刺破伤口以泄毒，或以药筒拔火罐以泄毒。葱白60克，生甘草15克。煎汤洗伤口处，并外敷玉真散。另附单方：乌桕根30克，水煎服；扶危散（斑蝥、滑石、雄黄、麝香），温酒送服。

郎中照录，然后备药煎汤，梁娟儿伺候在左右，经过一阵忙碌，梁娟儿的病态倒是给治愈了。

几服汤药下去并未有特别好的疗效，这令大伙极为不安。郑和、王景弘觉得事关重大，两人商定，逐条向永乐皇帝汇报。

永乐皇帝下旨，继续在东海之东、南海寻找建文皇帝，一有蛛丝马迹，一并歼灭，生要见人，死要见尸，倭人也不例外。

郑和上奏："日本国作为朝邦，古有徐福到日本之始创昌盛，唐鉴真东渡布道传经，日久之后，日本渐骄纵日傲，需恩德教化，福泽黎民。"永乐皇帝一听，喜上眉梢，这等好事当然要做。我最信任你们两个，你们一起去吧。

两人接旨，欢欢喜喜商量出行前的各种准备。偏偏这时发生了著名的"流窜案"，真是打脸，没得说的，也是丢尽了大明朝的脸，丢了汉人的传统不说，差点酿出一段历史的笑话。

阮兴无嘻嘻哈哈地说："刘家港现在驻扎千军万船，需要对设备进行定期维护，否则无法带上战场。"在梁娟儿面前，阮兴无依旧不提旧事，这令梁娟儿有些无所适从。有几次她想找阮兴无论理，结果都被人给悄悄推了出去，只得自己巧妙地隐藏起来。

第二十八章　暗中较量

　　说是醒来，其实，吴实仍旧处于一种癫狂状态，嘴巴嗫嚅不停，神志极为不清。随军郎中认为"狗毒"难以清除，狗的唾液已经进入人的血液里去了。吴实常常狂叫不已，仿佛在指挥千军万马。

　　梁娟儿陷入深深的哀伤之中，在刘家港朱家大街上，梁娟儿披头散发抓药的场面常常被人描述成一种英雄的义举，吴实深入倭穴的胆量与勇气更为人钦佩。没有他们的这次行动，官兵们也不会如此快速地解决掉百年以来的倭害。

　　刘家港的老百姓还有人跑到梁娟儿那里送上小鱼干和鸡蛋的，这在当时也是一个奇观了。郑和、王景弘也来到梁娟儿那里嘘寒问暖。梁娟儿感到世道变了，变得让她感到无所适从。

　　这天风和日丽，在江边的一个僻静处，倭首被押至一处高台上，这是处置犯人的地方。四乡八村的老百姓和江里的渔民纷纷涌到行刑台前围观。刑部还在行刑台前插上了彩色的旗帜，过往的老百姓也是扬眉吐气、喜笑颜开。孩子们脸上荡漾着的笑容也是跳跃着的，在人群中相互传递。

　　倭首那天还是一副趾高气扬的神态，那种大义凛然在人们的高呼声里显得明显不得体。不过对将死之人，谁也不太计较，欢快的人群就是想知道看人头落地的那一瞬间能带来怎样的快感。

行刑官年龄不大，三十来岁的样子，在给刀手下指令前，还宣读了一份罪状书，书中写道："倭人偷渡，为非作歹，侵掠财物之外，屠我边民，乱我朝纲，给边境造成了巨大的恐慌和不安，在局部形成了战争的局面。为正纪安邦，彻底剿灭倭人，树大明权威，扬吾皇恩，凡遇此类案例，一律就地正法。"宣布完毕，刀手提刀按颅，人头落地，血溅台前旗杆，淋漓似飞雨。人群中一阵惊呼，倒退几尺，倒地者迅速被卫兵扶起，才避免了踩踏事故的发生。

对船长的处置当然难得多，浙东的状况比较麻烦，因此，在处置完倭首的第二天，郑和、王景弘就开始商量如何处置船长。船长一口咬定阮兴无与之是同犯，这令王景弘大惊失色，郑和也是一脸难色。

对阮兴无的调查进入刑部的工作日程，刑部尚书郑赐将视线转向了太仓提督刘永福，刘永福回忆阮兴无当时是兵部尚书蓝玉安排来的副使。这背景令郑赐大为吃惊，也令郑和、王景弘深感问题的棘手与严重。

永乐皇帝倒是不紧不慢，听完汇报说道："问问他是否知道朱允炆的下落，也许他和朱允炆有些关联。"这话不是在提醒郑和吗？皇帝现在最关心的还是朱允炆的下落问题，一日找不到，皇帝就一日寝食不安啊！其他的都不是多大的事情。阮兴无哪怕有一万个杀头的理由都不能杀，要用他去找朱允炆。建文皇帝在哪里呢？

阮兴无其实对自己的处境是浑然不觉的，他在水师大营基本处于被监视的状态。他想去看吴实也被婉言拒绝了。这令阮兴无无比恼怒。他大吼大叫："我们虽然是前朝人，但没有干恶事，也没有与今朝为敌，为何如此待我？"负责看管的主官看他这么一个老人喊出如此话来，颇为震惊！

郑和对王景弘说道："这么关着也不是办法，让他去浙东清剿原井茴吧！顺道巡海寻找朱允炆他们？"王景弘道："还是由我带领吧？万一有所闪失，对上没法交代啊！"郑和说："你注意安全，提防着他一点，也好观察他的行为。"

话说由王景弘统率的一支舰队浩浩荡荡从刘家港再次出发，阮兴无作为一艘军舰的舰长紧跟着王景弘的旗舰向南驶去。海上虽说风浪不大，但是不少水兵晕船了，呕吐不止。王景弘看到很多水兵几天不吃，心里非常不安。阮兴无倒是有一套办法，他让伙房水兵取生姜一片，贴在肚脐上，外用布帛固定住。同时，把薄荷精、食醋滴在布帛上，然后置于晕船者的鼻孔下让他使劲儿地闻。大多数士兵则更为简单，直接将鲜生姜放在布帛里，再把布帛扎在鼻孔下方。随军郎中受到启发，将生姜一片，按男左女右的原则，贴在手上内关穴处，用布帛包扎固定住。郎中还发明了针灸针刺并以手指按压内关穴、合谷穴等一套办法。大规模的晕船现象得以控制。这令王景弘对阮兴无刮目相看。

浙东的水路虽然不远，但是路程也不顺利，八月的洋流与风暴使得舰航行走缓慢。王景弘在大海上淡定地指挥着舰队，同时展开了大规模的演习，场面壮阔，比三国东吴水师更为豪迈，令官兵们异常兴奋。阮兴无感慨道："这才是一个王朝本该有的气象啊！"从心里他敬佩王景弘以及他背后的王朝。

那个原井茴算得了什么？一百个，一千个都算不了什么——阮兴无的自信油然而生，他想冲在第一个，亲手擒获原井茴，连在睡梦中他都这么想。

梁娟儿衣衫不整地穿梭于朱家大街与北转河之间，吴实的状况并不是太好，因此，她到朱家大街的"滕记药房"抓药也是常有的事，"滕记药房"据说是北方胶东人的后裔开的一家祖传店铺。江北和胶东、辽宁营口等地渔民入赘或是与刘家港当地女性联姻的，当地人一般都以"野人"称之。"滕记药房"却是个例外，可能与职业关联很大，济世普度众生之人总会得到社会的某种优厚待遇。

"滕记药房"的掌柜一看梁娟儿即刻傻了眼，结结巴巴地问："请问妇人为谁抓药？"梁娟儿一抬头，顿时一蒙，自打吴实从军营运送回家静养，还不曾有人问过她，抓药的掌柜竟然问起这事。再说了，朱家大街知晓吴实的事的不在少数，从火烧洋布铺到独闯倭寇营，闲言闲语也不在少数。梁娟儿从问话里听出了问者刻意为之的成分比较多。一霎间，掌柜的脖子上那颗貌似一摊血的大痣斑映入她的眼帘，像刀一样剜在她的心口。"哎呀！"她发出了一声惊恐的叫声，吓哭了看郎中的娃娃，还吓着了外面行走的路人。

掌柜一看这样的架势，连忙赔不是："妇人可有大碍？不佞不当问就是。"

梁娟儿轻声问："小爷，可否认识苏州西门斜塘的张员外？"

只见掌柜的一抹泪水说："妇人莫非记错了？"

此刻的梁娟儿越发冷静下来道："我要是没有记错，你就是张员外的二少爷。我还听说你们两个早没了，哪里想到你在此啊？"

掌柜的还是不应允……

正说着，突然听到大街上的人群开始骚动起来，一会儿听到马车的车辙声，夹杂着吆喝的铜锣声："看嘞，看嘞，通倭的佞贼。大家注意啦，通倭是杀头的死罪。看嘞，看嘞，下午开斩咯。"

大伙定睛一看，原来就是那个传说中潜伏到刘家港来的船长。只见船长的长发近乎到肩，面色虽呈蜡黄，但腰身笔直，英气逼人；两眼虽凹陷但是神采不减。大家发出阵阵惊呼，这哪里是什么洋毛船长，不就是某家的孩子吗？上了年岁的人竟然把船长与邻家的孩子做了比较。正是这一比较，让梁娟儿大吃一惊。

这岂不是张员外的大儿子？梁娟儿感觉时光仿佛完全颠倒了，颠倒得让她像死过一回。

她一把拽上掌柜的手说：“你快来看哦！那就是你的哥哥。”

药店掌柜被她这么一咋呼，吓了一跳，嘴上说不可能，脚步却是没有停。一出门正欲追上去，马车却停了下来，折了回来。原来“滕记药房”就开在朱家大街西河沿，对面就是郑和的营寨了。

这两人一对眼，霎时，双方都像被撞击了一样，怔住了。

“闪开、快闪开！”马车上的水兵开始嚷起来了。

“看喽，看喽，通倭的佞贼。看喽，看喽，下午开斩咯。”士兵照喊不误，围观的人群有增无减……

掌柜的一把拉住梁娟儿的手说：“是我哥哥，没错，一点儿没错。怎么办？你是何人？怎么认出我们来的？”

梁娟儿把掌柜的拉到一边说：“情况太危急，没有商量的余地，只有去向郑和求救。”说完梁娟儿一闪就没了人影。掌柜大步流星跟在梁娟儿后面一直追到北转河，这才知道原委，原来梁娟儿和吴实都是张员外当年救过的人。

吴实依旧一会儿迷糊一会儿清醒，但听说是张员外的二相公，还是坚持听他把话说完。

原来，他母亲在被苏州府台关押之前，就暗地里将两个儿子送到松江的亲戚那里。过了十年，胡惟庸案后，在查抄苏州府台案弊的过程中，也一并抄到了与蓝玉有关联的苏州草菅人命的黑案，一并将张员外的亲戚查杀，防止走漏他谋杀张员外的真相。兄弟俩被松江的表叔分别托给了朋友抚养，自此兄弟俩分开。不过，那些改变不了的特征早已烙在兄弟俩的心里。

梁娟儿与二少爷写好诉状，直接去了郑和大营鸣冤上书。

郑和说："当事人与你失散多年，犯了死罪理当斩杀。"

梁娟儿说："您有所不知，以张员外搭救我们的为人和品质，大相公必有原委，务请重审。其中势必隐藏重大案情，也许与事实不符，极易形成妄断。"

郑和说："你这是污蔑我处罚不公啊！"

梁娟儿说："若不是张员外相救，恐怕我和吴实早就归西了，我想他若是有能力，一定可以报效朝廷。"

郑和致书刑部，很快得到回复，这消息令所有人难以置信。船长竟然是日本使臣派在刘家港到浙东一带的暗探，是暗杀阮兴无的一手策划者。他满以为可以拉拢阮兴无的，没想到阮兴无在紧要关头选择了背弃。为了保全日本在中国东南沿海继续渗透的势力，必须搞掉阮兴无，否则，后患无穷。

开斩的时刻即将到来，船长已经被推上行刑台。

掌柜一路跌跌撞撞，连奔带跑到刑场，他想再看看他的兄长。

扒开人群，弟弟走到哥哥面前，尽管他知道哥哥的罪行已经不可饶恕，斩杀也是眼前的事，但他不顾一切跑到哥哥的面前，"扑通"一声，给刽子手跪下。

"大胆庶人，想劫法场不成？"白胡子刽子手呵斥道。

"求您刑后将他给我，他是我的胞兄。"掌柜的在哀求刽子手。

人犯看到有人匍匐在地上，也试图努力地向地上的人伸出手来，可惜被绑在一根木柱上，任凭怎么挣脱都无济于事。越是努力，他身上的血印会更深，最后将绑绳都浸得有些红了，仿佛一条彩带横七竖八地装饰着这个人。

"不成，有规定，犯人尸体不能归还给家属，我们需要处理。"刽子手一声断喝，根本没有一丝商量的余地。掌柜依旧苦苦哀求，行刑官上前宣布执行命令。

刽子手一把拉开掌柜，胳膊肘子轻轻向上一抬，一道血光划过天际。梁娟儿"啊"的一声，晕死过去。

等她醒来的时候，发现自己已经躺在"滕记药房"的诊室里了。看到梁娟儿醒来，掌柜舒展了一口气。

掌柜说："我记得我跟着的是一个郎中，后来我跟他学了一些治病的方子。等我能够治病的时候，他一声不吭地归西了。后来我到朱家大街这一户人家入赘。"

这时，梁娟儿才算把事情的来龙去脉搞清楚。

梁娟儿最清楚，若不是张员外的大公子，阮兴无将无法自证清白，等待他的不是名正言顺地讨伐倭贼，恰恰相反，他就是一个倭贼或是倭贼的内线。

一次几乎不可能的遇见，竟成了他们一生中无与伦比的痛苦。

第二十九章　药房迷案

自从刑场开斩了神秘的船长之后，"滕记药房"也关门歇业，这样一来，朱家大街冷清了不少。也有不少人抱怨，药店关门之后抓药非常不便。郎中们更是一筹莫展，许多药方都要自己配置，很多也配不全。船行老板抱怨，没有了"滕记药房"的业务，很多时候都是亏本跑帮。白芍、当归、黄芪、菊花、板蓝根这些药材都是用麻袋装，"滕记药房"歇业意味着朱家大街的生意会受到非常大的影响。

"滕记药房"的关门歇业，并不能挡住刘家港人对掌柜的关注，稍有风吹草动便会有人爆料，保准第二天就能传到十乡八地。这些消息往往涉及大企业，它们的关注度高，出镜率自然高，万事皆一个道理。

令人费解的是，"滕记药房"虽然不再营业，但是偶尔还有人进出。账房先生和伙计都拿了最后一笔佣金辞别掌柜另谋生路了。大抵上他们都是由掌柜亲自送到河边的帮船上，让他们回浙或是回江北。

梁娟儿因为与张员外的特殊关系，私底下仍旧去"滕记药房"取药。那天她像往常一样去"滕记药房"，大门紧闭的宅院露出几分阴森，任凭梁娟儿怎样叩击门环，里面就是不应。梁娟儿求药心切，也没有返回的打算，因为返回去还得来，索性就在门外等。等到中午也没有一丝动静。继续等，等到晚上依旧没有动静。梁娟儿有些绝望，想骂，骂什么呢？连个合适的词儿都找不到，她生出几分疑虑来。难道，跑了不成？梁娟儿看中了园子边上的一棵大皂角树。

这皂角树浑身是刺，要爬上这树干也是够刺激的。一般人真的是望而生畏。梁娟儿也知道上树犹如给犯人上"钉板"，非皮开肉绽不可。她横下一条心来，要搞个水落石出，否则她真的不死心。

但是要攀上大皂角树谈何容易？为了减少手脚的刺伤程度，梁娟儿找来一个瓦片除尖刺。为了不至于脚踩上尖刺伤到脚，她找来一块木板绑在脚底。为了防止脚不着力，她还准备了一根带子，用带子绑在自己的腰间，爬一截上去后将自己与树干捆住，类似于现在的保险带。毕竟，她也过了不惑之年，爬树也是非常吃力，一抓树干就刺心的痛。"不好"，她轻唤了一声，也是在提醒自己，一定是攥了一根大尖刺，顿时，手心里一阵黏稠，随即她嗅到了血腥气。

她死死攥住树不放，把腰间绳子的一头在树干上打了一个结。随即翻身而上，哎哟，胸部又是一阵痛，尖刺戳到了胸部。她顾不上这些，脑子里只有一个念头，就是寻找到最佳位置，看院子里到底发生了什么。

手上、脚上、胸部、背上，连头上都被皂角树刺破了，身上多处如针刺般疼痛难熬。向上攀一寸，她的血就要多流一分。她咬紧牙关，双唇都破了，眼泪在眼眶里打转。她暗示自己千万不能松懈，否则，前功尽弃。

院子太大，什么也看不见，黑灯瞎火的，头顶上月亮渐渐升了起来，脚底下全是皂角叶子落下的碎影儿。她没有闲情逸致来欣赏什么月华，她要看院子里的这户人家到底发生了什么。

只见一个黑乎乎的东西蜷曲在大门的外侧，后面的院子里也有一个黑影倒在磨坊外的水池边。月光太朦胧，以至于无法判定这几个黑影是什么东西。

但是在院落外的一条小径旁，有一个人弯曲着身子伏在栏杆上，像是在打捞水里的浮萍。梁娟儿细细再看，发现那人一动不动。她本能地打个寒噤，虽然季节才是晚秋。她忘记了身体的疼痛，任伤口的血流淌。她不敢呼吸，生怕惊动了院内的人，也怕大街上有人发现她在偷窥这户人家的院落。

终究她还是眩晕得不行，想下来，但是她仍旧不能判定这院内到底发生了什么。

当一条狗从那团黑东西旁边逡巡个不停的时候，梁娟儿惊恐地发出"啊"的一声。要不是那根保险带，她肯定会从皂角树上掉下来。这只狗咬着那团黑东西在往外拽动，东西太沉，狗拽不动，于是用头拱。蜷曲的黑团子舒展开来，梁娟儿看到了她送给掌柜岳母的紫蟒拐杖，紫蟒身上的花鳞在月光下映出五颜六色的光泽，颇为妖冶。

梁娟儿顾不得皂角树上的尖刺，一骨碌从树上下来，鞋子里，衣服上都浸了血。她哪里顾得上这些，她要跑回去告诉吴实，"滕记药房"已经遭到血洗。她的脑海里全是张员外的影子，仿佛张员外在她的耳边声嘶力竭地呼喊："我可怜的两个孩子。"她又想起了慈祥的张婶，待她亲如女儿……

她忘记了自己怎么跑到家的，她也忘记了自己已经一天没吃东西了。她上气不接下气，几乎是挪到家的。当她推开门的一刹那，她看到床上的吴实闭着眼睛，一声不响。一摸，他身体冰凉，她"嗷"地一下昏厥了过去……

她醒来的时候，已经被羁押在一所军营里。看守是个年轻的女子，从口音判断也是一个江北人。梁娟儿已经记不清发生了什么。她隐隐记得自己在月光下的身影以及那条狗，但是想不起来是在哪里发生过的事情。她想起了自己曾有个阿宝，但是，他现在在哪儿呢？她这么一想禁不住号啕大哭起来。这一哭她又想起了吴实，那个等待她抓药回家的吴实，一个江洋大盗，一个不体面的人，也曾是大明的死敌。如今他又在哪儿？梁娟儿有些恍惚起来，监房的门旋转起来。只听见"咚"的一声响，她又晕倒在地。

女看守急呼医生，医生赶来急救。刑部吩咐，要保证此人的身体不出意外，因此，看守的职责主要是看护她的安全。郑和也过问了此事。刘家港接二连三发生这样的事情，简直是打皇帝的脸啊！郑和连夜赶回应天向皇帝汇报军情。虽然水军治理没有发生大的意外，王景弘的舰队已经开拔浙东，但是混乱的社会治安势必会动摇水师的根基。

刑部和兵部其实意见也不太一致。刑部认为，兵部过多插手地方事务，不利于刑部对案情的调查和审理。兵部认为，自己干的都是分内的事情，至于水师，基本上是属于永乐皇帝直管，兵部也不便过多干预，因此，郑和有独立向皇帝汇报的特权。刑部和兵部对郑和直接向皇帝汇报这件事情没有异议，否则，就会出现互相推诿扯皮或是相互指责的现象。这是皇帝的功劳，也是一个优秀的治理国家的老板的所作所为。

"滕记药房"遭洗劫事件惊动了整个苏州府不算，对皇帝而言，这事不查办清楚，问题大着呢。那可是水师重地，也是漕运码头，是关系到北方都城的皇亲国戚、文武百官的生活大事，因此，郑和上京面圣也是尽一个官员"守土有责"的义务。

大运河两岸风光旖旎，经过几年的休养生息，老百姓们开始精心于农耕，大运河里渐渐也有了南来北往的官船，这令郑和非常开心。他想，皇帝看到此景不知道多么快乐，皇帝不就想等天下富足之后漂洋过海，赈济天下苍生吗？这是皇帝的世界梦啊，这是大明世代英伟的壮举。想到此，郑和命舵手扯满帆，以最快的速度向京师驶去。

刑部是在梁娟儿从皂荚树上滚落处的血迹被人举报之后介入调查的。要不是刑部的捕快及时跟踪救治，也许，她也没命了。但是，这次对于自己的判断，梁娟儿倒是比以前任何时候坚定了许多。她认定自己绝不能随便死去，她也知道，死是非常容易的事情。因为她死了，张员外的两个儿子的真相也许就永远石沉大海了。她想弄明白，这样也是对张员外夫妇的一个交代。

另外，阮兴无还在抗倭一线，她不想他很快死去。至少，阮兴无也是自己的一分力量，毕竟他和吴实都接受过张员外的恩遇。至于阮兴无的水性能够助水师一臂之力则在其次。"潜水军"的培养，那可是高层考虑的事情。梁娟儿把能想到的事情都想了一遍。

说是监牢，其实也就是目标太大的人的一种临时监管所。从监管的角度看，还有另外一层意思：一般人接触不到，这样对被监管人也是一种保护。梁娟儿对这样的被保护是浑然不知的。她需要自由，不，她还要亲自向郑和、王景弘这些与吴实相熟悉的大官讲述她所看到的、遇到的那些事情。

如果这些事情永远都不说，那么，我们等于白来人世了。吴实死了，他的那些事儿说出来又能怎么样呢？

想到此，梁娟儿嚷着要见郑和或是王景弘。

狱卒当然不会听她的，还以为她精神出了问题。遇到她大喊大叫，狱卒也只是一顿安慰和警告式的相劝。梁娟儿对此非常不满，有时会爆粗口，这令狱卒们更加坚定她的精神的确出了大问题。

别人逼她喝药她就拒绝，越是拒绝越是令狱卒感到她病情严重。

这梁娟儿到底见过世面，知道她的解释和抗争不但无济于事，反而会让对方变本加厉。于是，她冷静起来。这一冷静，让狱卒们不太明白，说这是不是病情发生了转移。

刑部对"滕记药房"的死亡情况进行统计，共计八人，其中男三人，是掌柜的岳父和他儿子、师爷，女五人，是掌柜的妻子及两个女儿、岳母和女佣。内室及经营场所并无撬动痕迹，因此，排除了谋财的可能。到底，是什么仇恨造成这桩灭门案呢？唯独不见掌柜。到底发生了什么？一切让人百思不得其解。

在吴实家里发现了梁娟儿这身血衣，但是，与命案地的血迹不是一回事，后来捕快在皂角树上发现了梁娟儿衣服上的织物残留。

对梁娟儿的讯问，几乎不费吹灰之力。梁娟儿全说了，说得非常焦急。她还关切地问起掌柜的情况。这让办案人员面面相觑，不知道如何回答是好。

"你把你知道的说出来即可。"办案的捕快还是打断了她接二连三的发问。

"他父亲对我有救命之恩，他父亲为朝廷效力过。"梁娟儿急迫地讲述起龙潭基地的事情，还有金陵会所。这让刑部官员大惊失色，居然还有这样的事。鉴于问题的严重性，刑部官员将讯问梁娟儿的事宜向刑部尚书郑赐做了详细汇报。郑赐眯着眼说："原来还是蓝将军的人啊，这蓝将军、胡丞相的事情除了皇帝知道，居然这些人都知道啊？那我们的事情他们也知道啊。这种风气要不得。"于是梁娟儿被转移到另外一所监牢。这次，情况就大不一样了，似乎是与重刑犯被关在一起的，这让梁娟儿不免起了疑心。似乎狱卒也多了起来，当然，脾气更凶了。梁娟儿感到哪儿不对劲儿了。

她想起了张员外大公子游街的场景，自己会不会也有那样的一天呢？想到此，她害怕起来。但转念一想，怕也是死，还不如不怕，他们也许是怕她。她居然想到了这层意思。第二天她开始无法起身了，臭烘烘的粪便涂得到处都是。狱卒气得要把她扔到墙上撞死。她面无惧色，自己往墙上撞，撞得头上出现一个窟窿。狱卒看不下去，用香灰给她捂住才止住了血。

狱卒看到她就皱眉头，恨不得现在就解决了她。但是，没有上面的指示，他们也不便随便处置，除非当事人自决或是病死。他们最怕的就是这种疯子。

刑部定期会开斩一些犯罪分子，围观的依旧充满热情。梁娟儿琢磨自己假如被列入开斩之列，又如何能让刑部"刀下留人"？

梁娟儿发愁，愁得她一夜之间白了头发。她想起阮兴无，想起张员外，还想起了随她一起到倭巢的那帮闯门的老邻居。

游街这道程序一直还沿用着。那天一早，天色熹微，她被呵斥着起来，然后命她吃东西。一头雾水的她还以为遇到了恩赐。忽然一想，不对，这是上路的饭。立刻她反应过来了，勉强挣扎着吃了点东西，还将大便拉在剩下的牢饭里，气得牢头直跺脚。

匆匆忙忙之中她被狱卒牵上一辆牛车，不是马车。梁娟儿知道坏了，这是往乡下去的，而不是游街，她享受不到那样的待遇，她是被拉到郊外处理的那类。

梁娟儿东瞅瞅、西望望，大笑不止。狱卒说："老婆子，你马上要上路了，快活不？"狱卒这话她全听清楚了，没错，今天就是她的死期。

　　牛走得很慢，狱卒抽打着牛屁股，牛还是慢腾腾的，似乎在想事情。木笼里的梁娟儿几乎是半蹲状，只有头伸出木笼外，与其他人不一样的是，她的后背并没有插木条，其他人的木条上还写着所犯的罪状。

　　这样，算是个什么呢？若有所思的牛走得慢腾腾的。狱卒嫌牛走得慢，举起鞭子抽打。打着打着，牛突然四蹄一撒，即刻毙命。

　　狱卒嘀咕着，想就在死牛附近找块空地把她给解决了。

　　梁娟儿忽然唱起歌来：

> 叫呀我这么里呀来，我呀就的来了，
>
> 拔根的芦柴花花，清香那个玫瑰玉兰花儿开。
>
> 蝴蝶那个恋花啊牵姐那个看呀，鸳鸯那个戏水要郎猜。
>
> 小小的郎儿来哎，月下芙蓉牡丹花儿开。
>
> 金黄麦那个割下，秧呀来的栽了，
>
> 拔根的芦柴花花，洗好那个衣服桑呀来采。
>
> 洗衣那个哪怕黄昏那个后呀，采桑那个哪怕露水湿青苔。
>
> 小小的郎儿来哎，月下芙蓉牡丹花儿开。
>
> 泼辣鱼那个飞跳，网呀来的抬了，
>
> 拔根的芦柴花花，姐郎那个劳动来呀比赛。
>
> 姐胜那个情郎啊山歌那个唱呀，情郎那个胜姐亲桃腮。
>
> 小小的郎儿来哎，月下芙蓉牡丹花儿开。

　　这歌一唱吓坏了两个狱卒，其中一个说："你怎么会唱这歌，你没傻啊？"梁娟儿说："我清醒得很。要是你们两个放了我，我会立刻离开刘家港，去江北隐居起来，绝不给二位添麻烦。作为答谢，我愿意把我的房产给你们两个一半。"

　　两个狱卒听罢，傻了，愣了半天才反应过来。还是那个主动发问的狱卒说："放你走可以，但也不是钱的事，而是你得想办法把我们俩一起带走，我们是——"

　　"啊？"梁娟儿听了，吓得目瞪口呆。原来，她要找的人竟然有一个是她的后辈，就是那个发问的小伙子。

第三十章　寻找土铳

刑部捕快很快在"滕记药房"发现了满门血案的真正元凶，是土铳的"散弹"。调查周围邻人及滨河过往船只，似乎没有听到任何声响，也就是说，这条土铳是装了"消声"装置的。这给破案的捕快带来了难题。关键是缺乏有力证据弄清事情的来龙去脉。破案的另一条线索则是寻找主人的去向。

关在监牢里的倭首依然非常猖狂，嚷嚷不休。刑部之所以迟迟未杀他，也是想等平定浙东倭贼的大军归来，好好庆贺一番，顺便鼓舞士气。未被烧死的妇女、儿童成了难题，死了男人的这些妇女几乎没了生活来源，只能遣返原籍。对于查无原籍的则安置到水师大营做杂务活。

捕快们安排了便衣与她们在一起劳动，及时把她们的谈话和行为做了观察，目的是尽可能多地了解倭贼们的生活状况以及组织结构。四个随吴实一起进入倭贼老巢的妇女死了一个，还有三个只有一个愿意回苏州投奔娘家，其他两个不愿回去。这两个妇女的对话引起了捕快的注意。

"要不是上了这贼船，现在也不知道死在什么地方。"一个说道。

"还不是那个死鬼，都不知道死到哪里去了？还有那个带土铳的年轻女人，该不会和他们一起过好日子去了吧？"另一个愤愤不平地应答道。

"土铳！"便衣捕快插了一句。

"是，有个土铳，非常厉害，连那个日本头头都怕他们的。因为他们有土铳。"那个问话的妇女说。

"后来呢？"捕快追问道。

"后来，他们出去了，土铳就再没有看见。"妇女认真地说道。

刑部掌握这个信息之后，觉得这是个重要的线索，尽管这些事情发生的时间都是久远的过往，江山都是新的了。但只要有一点儿蛛丝马迹都不可放弃追踪，这也是专业态度，自古皆然。

提审倭首倒也顺利，倭首大骂汉人没有信义。对于吴实多次提到的"合同"一事则是闭口不提。关于土铳的来历，他则一口咬定就是那个梁娟儿带来的。

"梁娟儿？不是判杀了吗？"一个刑官说道。

"赶紧去查实情况？"刑官布置捕快火速查询执行时间及后续进展。

却说攀上关系的一个提出逃跑的想法，即刻遭到另一个的反对。梁娟儿说："那就干脆把我杀了，你们回去好交差。"

那个淮安籍的梁氏后裔说："要杀连带我一起杀吧。"这话说得另一个不好下手。正在难分难解之时，一阵马蹄声由远而来，捕快到了，又重新将梁娟儿收监。梁娟儿叹了一口气。如果不是这种方式，她死活都感到无所适从。

尽管还是没有自由，但是毕竟精神上得到了解脱。

关于土铳的去向，梁娟儿记得在去应天的时候，把土铳埋进了一座废弃的土窑。捕快按照梁娟儿交代的地方寻找，依然没有发现，她所说的土窑也不见了。

最后，把梁娟儿押解到原地指认，才发现她说的那个地方就在太仓沙溪大营前方不远处的一个荒僻的村庄旁。

在回监牢的路上，恰逢郑和从京师回到刘家港。

梁娟儿叫了一声："我有冤啊！"这一声叫，郑和听得真真切切，掉头一看，四目相对，那不是梁老婶子吗?郑和赶紧下马问怎么回事。

听了梁娟儿的一席话，郑和当即提出要做好安抚工作，不能内讧。捕快一看是郑和指示，也不敢胡来。

郑和回到大营赶紧与驻地刑官沟通，询问破案情况，并对案情做了详细了解。他感谢刑部对水师的支持，当即安排专人给刑官送来慰问物品。刑官们都不敢接受，害怕郑和向朝廷报告他们的所作所为。

梁娟儿非常配合刑官的调查，俨然以一个前朝老人的资格讲述水师的变迁以及刘家港倭贼的演变情况。

只是她缺少文化，换成今天的人完全可以写一份详细的调查报告，如果留存下来都是极其珍贵的文物了。

关键的两份证据都提供给了刑部，一份是土铳的来源，本就是张员外的赠予。悲剧的是，虽然不能确定杀害张员外孙子的土铳是张员外本人的，但确实是土铳杀害的。另一份是吴实与倭首的那份合同，虽然无法证明吴实没有伤害过自己的同胞，但是他多次义正词严地与倭贼交涉"合同"内容的执行以及追诉毁约之后的赔偿是确凿的事实。大明皇帝应该维护本朝臣民的合法利益，这是天子的重要责任。

这条土铳到底被谁捡走了或是挖走了?

伙计，辞退的伙计，刑官想到了伙计。经过一番调查，伙计的家正是在藏土铳的地方。迅速将伙计缉拿归案，连续审问，真相大白：伙计已经被船长收买，并谎称他父亲托书给他弟弟——"滕记药房"的掌柜速去九江看望父亲。就在离开家的第二天，用土铳灭门。掌柜的手里有一份与日本人合作的秘密计划，那正是船长想托付他弟弟面呈室町幕府将军或者他的后人的。

追击掌柜成了刑官的大事。梁娟儿被释放。本该回吴实给她的那间房子的梁娟儿选择了留在水师打杂。郑和说："你这样的人做杂活浪费了，你到舰队上负责将士的心理疏导。"这在当时绝对是个新事物，梁娟儿起初好像并没有听明白要干什么，经过郑和的多番解释才知道怎么回事。她长长地叹了一口气说道："我是个死过多次的人。现在不想死了，死了也无法报答郑和，所以，我要好好活着。"

活本就是一件平常事，哪有这么矫情的？梁娟儿好像觉得自己做错了什么，但是想了半天还是没想出来。

追击掌柜是刑官们的一致意见，两个二十多岁的刑官即刻翻身上马，向九江方向一路狂奔。

伙计面对刑具一声不吭，似乎也是个不怕死的人。郑和说："现在大明天朝跟过去不一样了，需要一种砥砺的精神才行啊！否则就离完蛋不远了。"伙计听不懂郑和在说什么，但这真是头一次遇到这样谦逊、温和的将官。

郑和拿出一个光滑的镜面一样的东西放在门楣上，这样从老远能看到银光闪闪。还是说这"光"吧，如果没有太阳和脚下的大地，这光也没有多大意义。这才是人之根本。

所以，手段不能与目的混为一谈。"你就直接说出来吧，否则你死得太糊涂了，不明不白地死与一头猪又有什么区别呢？"郑和提醒着大家。

伙计这才明白，连忙点头称："是，是，将军说得对。"

要不是伙计说出这个秘密，谁也不会知道"滕记药房"的水有这么深。

账房先生是伙计的老娘舅，这铳是伙计的父亲在土窑里发现的。平时也不敢用这铳，怕招来杀身之祸。伙计回家偶尔端到齐眉，咧着嘴，眯起眼会瞄上靶心，如此三番地过把使枪的瘾。

伙计父亲说，这玩意儿还是不要碰，搞不好会搭上自己的小命。当儿子的当然听话，瞄瞄眼又藏到床下面的地窖里去了。临江区域一到冬天凄冷无比，于是，人们制造了地窖，可以御寒。吃不了的东西，存放在地窖中，可以等到来年冰雪融化的春天继续吃。

伙计的老娘舅是绍兴人，平素也不怎么搭理他们一家，特别是他母亲去世后更是如此。伙计总觉得老娘舅嫌弃自己是个累赘。

好在掌柜的对伙计不薄，除了按时给他发放薪酬之外，还对伙计的生活给予很多照顾。

伙计对掌柜老板也是推心置腹、言听计从。

伙计除了平时配合药店抓药、碾药之外，还帮老板跑跑客户，取一些疑难杂症的药方，还有就是照看药房的仓库，卸货时的盘点和进货时的点数。做熟了活计，换了新手不但不快，相反还要教会新手，耽误时间是正常不过的，因此，一个熟手要抵上好多生手。

伙计渐渐熟悉了店家的生意经，也摸透了掌柜的脾气和性格。很多时候，老娘舅反而成了伙计与老板之间交流的障碍。

船长到朱家大街时曾到过他们药房。那时候，阿拉伯人已经离开了朱家大街。

自从船长来了，掌柜的就变了。老娘舅有时也很晚才关门歇业，伙计就觉得非常蹊跷，但是始终找不到原因。伙计的活也一下多了起来，掌柜的脾气也渐渐大了起来。

那天，在刑场上的一幕，掌柜说伙计也看见了。其实，他们之间是有暗语的，一般人听不懂，但老娘舅能听懂。“这点我保证。”伙计还特意交代了一句。

捕快开始发问了：“你给我少废话，说说船长给你什么承诺了？”

“船长说，掌柜的不久会去很远的地方，你要干掉他们。如果干不掉，你就会被日本人干掉，因为这药房有日本人的投资。你若干掉他们，就不会有障碍了，这样，你可以把我的一份拿去。”

伙计还交代出一张写有日本文字的契据：“我虽然不认识日本文字，但是，我相信他这种身份的人不会骗我这样的人。后来，我就想到我家那只铳。我是放在大包药材里混到他家的，也是占了我负责仓库门的便利，否则怎么可能不被发现呢？掌柜走的时候还特意嘱托我要小心，不要上别人的当。我就担心，老娘舅那种人迟早要把我卖掉，不如我早些下手。至于其他人，也是怕他们看到我杀人，我怕有人告密，于是，我一个个解决掉了。要不是你问起这事来，我是根本不可能说出来的。”

刑官说：“你知道船长与掌柜是什么关系吗？”

“人家是失散多年的兄弟啊！”伙计仿佛顿时开了窍。

伙计补充说：“我到哪里找他们去，他自己被砍了头，那合伙的倭窝好像被一把火烧了！”伙计头脑清晰起来。“反正，我解决了老娘舅，心里没有恨了。”伙计喋喋不休起来。

伙计杀人太多，被就地正法。

追击掌柜的两个捕快，星夜兼程。在安徽宣城的郎溪，掌柜就被官员缉拿了。审讯时才发现，他这趟是去安庆采购药材的。任凭怎么用刑，他都是咬紧牙关，一字不吐。捕快觉得这么弄也不是个好办法。

于是星夜兼程，原路返回刘家港行署大营。当掌柜的被捕快带至药房时，他晕倒了，一头栽倒在地上，大伙忙活了半天才总算把他唤醒。

他的第一反应就是，是不是梁娟儿杀的。

刑官说："除了她，你还会想到谁？"

掌柜的愣了好长时间，轻微地试问道："是不是他们干的？"

"他们？他们是谁？"刑官追问了一句。

"倭贼，是倭贼吧！"掌柜的心力交瘁地说道。

"不是，但是一定与他们有关。"刑官什么也没有保留，直截了当地告诉了掌柜的。"难道是我哥哥不成？"掌柜的还是这么想。

一声惊堂木响过之后，杀人凶手一公布，掌柜的大惊失色，立定在大堂上目瞪口呆。

"我说，我说。"掌柜的知道自己是实在扛不过去了，"我知道他在外漂泊多年，他告诉我，他不喜欢我们的生活方式，他想带我走，但是我怎么舍得离开这里呢？"掌柜的流着泪说，时不时发出悲戚的号叫。

"他们是给了我一些金银细软，希望我把药店做大，同时开制药厂，我这次就是去制药厂看一个品种的。"

刑官要求出示官方发布的医药信息，并要有官方的特殊出行文书，否则，他的证词显得非常不充分。

掌柜的从内衣夹层中翻出了一张合约，正是三方合同，是他的兄弟船长的手书。刑官再拿出伙计的，一对照，才发现其中的讹诈条款。可怜的伙计哪里是他们的对手，只是一个替死鬼而已。

真相大白，无家可归的掌柜想重操旧业，但是那些不堪回首的镜头常常围绕在他的身边，最终他回到了太仓水师大营，加入水军的行列里来了。

掌柜一家的灭门血案还是震动了朝野上下。后来，社会上出现多个版本的关于"滕记药房案"的传闻，其中只有一个是真相。当然，也可以编撰各种稀奇古怪的杂说。

第三十一章　南征北归

　　王景弘的船队一路航行，没有遇到特别大的风暴潮。个别士兵遇到了腹泻的烦恼，随军医生熬制了大蒜水和生姜汤分发到船队的每个岗位。有些晕船的士兵喝啥吐啥，黄疸水都呕吐出来了，严重的脱水症困扰着生病的士兵。

　　阮兴无对他感兴趣的洋流和水文还是保持了一种认真的态度，别人吃饭、睡觉，阮兴无都在观测风向与洋流的关系，对照海图记录水文状况。王景弘也是行家，对阮兴无的记录进行讲解。阮兴无佩服王景弘的航海技术如此娴熟。

　　王景弘的随从大都来自闽南，还有一些客家人，他们对阮兴无这位来自长江北淮水南的贩夫充满着鄙视，特别是阮兴无无规律的生活方式更令大伙对他不满。久而久之，这种裂痕成了一种敌对的暗示。

　　阮兴无全身心扑在他的"潜水器"的改进上，对外界的那些厌恶并无多少直接的感知。大伙对他以一种技术的方式贴近王景弘，也有着说不出来的怒火。

　　一天，大雨滂沱，船队在艰难行进，阮兴无冒雨观测流速，测量雨中的洋流走向，俯下身子伏在船舷上进行绳索的整理。一个士兵侧身走到他的身旁，只轻轻挨了一下，阮兴无顺势翻滚进了大海。

当船长听到汇报，阮兴无由于测量遭遇不测后，赶紧用旗语向舰长王景弘做了汇报。王景弘立即命令舰队停止前进，寻找失踪的阮兴无。

在茫茫大海上搜索一个人，这是一件无比艰难的事情，不亚于大海捞针。王景弘有一套完整的救助措施，每条舰船上都配有舢板，紧急情况发生时，将舢板放下水中，人通过绳梯从大船下滑到舢板上。舢板配有救生设备——圆形密闭的树桩。每条舢板还配有专业人员，在统一指挥下进行救助，以防遗漏。

王景弘万分焦急，只有他知道，这次南征有一个绝密计划，一是对阮兴无身份的确认，二是只有阮兴无对浙东南的倭贼的情况有所了解。如果阮兴无出了问题，则是对高层决策的不尊重，也会给南征带来不确定因素。因此，王景弘下令全力搜救阮兴无，这也是对舰队全体官兵的一次政治检阅。

船长吓得哆哆嗦嗦，深知自己的责任重大。阮兴无意外落水还是遭人陷害暂不是重点，重点是先寻人。大伙虽然心知肚明，但到了这种时候，谁也不敢吱声。因为事态是掌控不了的，随时有变数。大伙都缄默不语，按照落水失踪人员救助科目实施。

救助工作有条不紊，秩序井然。这不是宣传口号，是王景弘这支舰队的整体素养。但是，阮兴无这样的人也是奇葩。

其实阮兴无早想下水了，但是苦于战舰长途跋涉，不可能因为某个人的喜好随便停下来。王景弘是总指挥，但是也不能违背常理高兴就停停，那还成什么体统？

这一下水，阮兴无就把手脚与脖子处的暗扣全部启动，并用嘴将密闭的制服吹成了一个救助的气囊。漂浮在水面上的阮兴无仿佛大海上的卧佛，或者就是今人在互联网上描绘的"大白"的形象。

让救助队惊讶的是，大伙是在一个孤岛上找到他的。他靠着洋流的推力以及自己的浮力安全着陆在一个岛上。但是，当官兵找到他时，他已经恢复成原先的样子了。这令大伙非常吃惊，不知道他有什么高超的本领。

回到舰队的时候，他才回忆起蹭他入海的那个细微动作，他想不起是哪位把他顺手牵羊地推进大海中去喂鱼的。

世界真够神奇，蹭他入海的那位水军副使却在一个深夜跳海而亡。据有人说，这位跳海的副使身体绑上了铁质的兵器，大伙猜测这是明显拒绝舰队的救助而刻意为之的。

王景弘将阮兴无调至自己的身边，防止再次出现类似的事情。阮兴无对落水的事情避而不提，对自己的发明成果倒是非常满意，特别是已经做到了实质性的验证，在紧急情况下，还可以救人。这是阮兴无最为关心的事。

他向王景弘提出要培训"潜水兵"的事情。对于这样的好事，王景弘当然支持他耐心地做成。前文已经提到新型材质的代替问题。

王景弘觉得阮兴无是个不可多得的人才，根本不知道他曾是个剃头师傅。阮兴无倒是也不避讳，直截了当地说自己已经试过一些器材，最好的还是骆驼皮和骆驼油。但是，其缺陷也很明显，就是无法搭载多人，最多也就是一个人，类似于一个螺蛳壳。王景弘说他想了好久，始终想不出一个办法来。下潜的深度也有限，到达一定的深度，骆驼皮气囊就会爆炸，人自然也小命难保。

阮兴无在苏州西山做过大量的试验，已经能充分证明这个问题是难以突破的，但是，他就是不太服气，甚至想在猪和牛等其他动物身上做试验，终究还是没有能够成功。

舰队一路上遇到的这些不快，都被王景弘写进了航海记录。特别是，阮兴无的发明突破了明代以前的技术。王景弘希望越来越多的人能够对生活中的细节加以研究，再进行推广。

当船队到达浙东南海岸的时候，王景弘听从了阮兴无的建议，一举攻克方大猷的巢穴之地。方大猷交代了所有关于勾结日本倭贼原井苗的事实，特别是与原井苗勾结大肆贩卖人口。这令王景弘怒不可遏，对方大猷实施了绞刑。

方大猷说自己非常爱国，看到别人不爱国他怎么也睡不着觉，这下悬着多日的一颗心终于踏实下来了。王景弘的意见是，你再爱国，不爱自己的父母和乡亲，爱国爱皇帝也是假话连篇。

王景弘说："你还认识原井苗身边的一个人？"

他说："谁啊？"

"张姓船长。"王景弘提示道。

方大猷说："我见过他，他好像有一把土铳，非常准，打哪儿哪儿开花。"

"土铳？"阮兴无恍然大悟，他们也曾收缴过这类东西。话音未落，只听见外面雷声震天，一会儿电闪雷鸣。抢劫常常会发生在这样的夜晚，今夜注定也是无法入眠了。

攻打原井苗还算比较顺利，原井苗也没有负隅顽抗，乖乖交出了所有地盘。官兵将其押回刘家港，集中审讯。

一来一回，舰队走了足足三千多公里，这也是中国古代航海技术的一次重大提升。王景弘拍拍阮兴无的肩膀说："多亏你给我一次发现你的极好的机会。"

阮兴无听了哈哈大笑，他不想琢磨长官的想法，他只想乐此不疲地继续发明"潜水器"。

王景弘率领的征南舰队在一个秋高气爽的时节回到了刘家港。郑和亲自到港区迎接舰队的将士们的归来。朱家大街也是张灯结彩，人们从心里欢呼着这支舰队远征归来，因为自从驻进了舰队之后，刘家港的繁华今非昔比，朱家大街更是热闹非凡，居然有了京城之外的第一家医馆和水师技工学校，目的也是保证水师和舰船能胜任更远的航程以及更为宏大的任务。

当关押着的原井茴被带上岸的时候，欢迎的人群顿时炸开了锅。激动的人群中射出了木棒和飞瓦，很多人被这些杂物砸中顿时血流如注。"砰、砰"两声巨响，原井茴的胸口被击中，血肉布帛混在一起，一个个沙眼清晰地布满了胸前。押送人员赶紧将原井茴送到了水师新开设的医馆抢救。

郑和和王景弘命令封锁现场，缉拿凶手。但是，人群极其混杂，大面积的人群像洪水一样倾泻而来，这是谁也没想到的。卫兵赶到时，人群基本散去。惊魂未定的人们到了朱家大街又活跃起来，习惯眼见为实的人开始滔滔不绝回忆起当时一幕幕的场景，听的人也是竖起了耳朵，害怕哪个细节忽略了会影响他向下一个人复述……

最终，郑和向刑部求助。刑部介入进来，结论是没别的，就是土铳射杀的。这意味着有人私藏土铳，但是，大明皇帝没有禁止土铳啊，还不能说是私藏。办案人员想到了被杀的伙计，他的那条土铳呢？怎么没收缴那条土铳啊？是谁允许那条土铳物归原主了。

梁娟儿说她没见过杀伤力这么大的土铳，她总共也就射过一次，还是在淀山湖的时候，至于从昆山到太仓的过程中射杀官兵的是吴实，她觉得没有必要说了。最关键的是，这铳自从被伙计发现、暗藏、劫杀"滕记药房"多人之后，再也无人跟她提及这条失踪的"土铳"了。

排查办案人员？有谁见过这条"铳"呢？

"滕记药房"原主人滕子京说，我的亲人都被杀光了，我也没见过这条"铳"啊。这条"铳"到底到哪儿去了呢？

刑部也有人提出质疑："谁能保证这条'铳'就是那条'铳'呢？天下难道就一条'铳'吗？"说得大家顿时就一脸蒙。找"铳"当然是一个突破口。尽管证据并不是最重要的，还有犯人的口供呢。现在问题是"犯人"也没抓住。这越来越像一宗"无头案"了。大伙都陷入一片互相指责当中。

破案工作一时间也陷入僵局，但是，郑和和王景弘非常着急，他们是得等案情大明之时，向永乐皇帝报告事情的来龙去脉的。

原井茴失血过多，身体虚弱得只剩下一丝游气。医馆的方士说："能不能度过危险期还很难说。"从破案的角度说，原井茴个人的那些恩怨也有破案的线索。然而，原井茴竟然连"危险期"都没有度过。这么一来，问题大了。

伙计全家人都被抓获审查，必须交代清楚那条"土铳"的下落。伙计的父亲说，抓获他儿子的时候，"土铳"也一并被带走了。答案出来了，"土铳"一定在刑部官员的手里。郑和和王景弘觉得问题极其严重。

难道问题是出在那份极其神秘的合同上？王景弘思忖着，郑和也想到了这张可怕的"符咒"。梁娟儿拿来了吴实与倭贼签署的一份合同，很多倭字非常模糊，还有一些莫名其妙的符号。

梁娟儿辨认了一会儿，说："我没法识别这些鬼画符。"

伙计的一份假合同也不翼而飞，滕子京有一份合同。寻找滕子京的那份合同的行动落实在王景弘和郑和两个人的身上。正当他们行动的时候，军中传来消息：滕子京在舰船上盘绳索的时候飞来横祸，绞绳机的绳扣突然断了，飞速旋转的绞绳机的粗木棒正好打在他的头上，顿时，脑浆四溅，场面惨不忍睹……

接二连三的事情令郑和和王景弘感到事态严重。他们当机立断，转移羁押倭首的监牢，同时对原井茜的医馆加强保卫，特别是在方士和郎中身边都安插了护卫和暗探。

王景弘安排了三百护卫，在一个夜晚从刘家港出发沿漕运路线将倭首一直送到大沽口。然后，星夜兼程将倭首押到北京关押起来。

平静下来的朱家大街因为一张特殊的"契据告示"又喧闹起来了，人们奔走相告，说是水师捡拾到一份合同，涉及巨额财产的分红，请失主速到水师大营领回契据。

这消息不胫而走，真有不少人到水师大营去领取，基本上都说是继承上辈人的，不慎遗失，云云。水师大营都做了登记和讯问笔录，一派热火朝天的气氛。

郑和暗中又派人将刑部驻地秘密看管起来，特别是将进出刑部的人员都做了记号。此时，一张大网已经全面撒开。

刑部开始出现了异常，一个探员居然在院内的假山上上吊而亡，而且就埋葬在假山后面一块巨石之下。但是，刑部把消息封锁得水泄不通，要不是郑和的密探买通了刑部的护卫，这事绝对没有人知道。

这个重要线索已经不言自明。但是，为了能够一网打尽，郑和又叮嘱将那个埋葬尸体的地方严加看护，以防有人毁尸灭迹。

原井茜终究还是度过了"危险期"。郑和深深地叹了一口气，口气极为沉重地说："臣无死心塌地，国无一日安宁。"

原井茵也被秘密送到北京。

一份真实的合同被还原了，其中既不涉及伙计，也不涉及滕子京，而是涉及原井茵、船长和刑部按察员外郎张三儿。

对张三儿的缉拿通告是刑部尚书郑赐宣布的，但是，在他下令缉拿逮捕张三儿的那一刻，圣旨到，宣布由吕震接替刑部尚书之职。郑赐被剥夺官职，听候发落。在抓张三儿的当晚，张三儿举剑自刎。至此，大明永乐的"秘密合同案"销声匿迹。两个倭贼在北京菜市口问斩。围观者有千人，大家就想围观一下"倭寇"是什么样的面孔。原来就是个肥脸、小眼、连个头也特别矮小的黄种人啊。人们惊呼的声音一直传到刘家港。

朱家大街上人们热议的却是："明明是从我们这里抓住的，为什么要送到北京去？"原来，不管你认为刘家港多么好，还是不如那北京人啊，都是弄好的给他们，功劳都是他们的，便宜也都被他们捡去了，还要夸他们好、有本事、有能力。

朱家大街上的人们终于有了安静的一天，据说，自从那天开始，很多人开始想去北京了。

第三十二章　末路陈情

永乐皇帝感到事态严重，如果不对倭贼做一次清算，恐怕下有百姓的怨声载道，上则有官员牵连其中，胡惟庸那样的位高权重者都避之不及，何况一般人，恐怕最后连自己的帝业都要受损。

清倭工作面广、量大。一方面，加强东南沿海的军事力量，肃清倭贼的残余势力；另一方面，颁布文告，对流倭和隐倭进行举报，地方衙门增设改造机构，对转化人员进行惩教。这消息传得很快。

官员内部也进行了另一场自清行动。各级官员互相检举与倭寇有关联或是瓜葛的。刘永福当年的水师最早受到调查。倭寇之所以在东南沿海猖獗，与水师腐败牵连起来。永乐皇帝对当年的"百人上书案"非常敏感，命令兵部尚书金钟和刑部尚书吕震重启调查，苏州府王观协助调查。

阮兴无再次被调查，其中有一项是他怎么也不能接受的，就是伙同他人涉嫌挪用资金。这令阮兴无倍感意外。

当年西山基地和龙潭基地的"潜水计划"再次被扒了出来。

虽然这是洪武皇帝在世时的事情，但是当年的这些人有些还在，甚至在关键岗位。阮兴无没有征兵入籍记录，这令调查的官员大为吃惊，向刑部和兵部高层做了汇报。

阮兴无的问题成了悬案。这令郑和和王景弘也感到异常意外，积极配合两部调查。失去自由的阮兴无非常绝望，虽说进入老境，但是从没有现在的落寞。他想起了澄湖上跟随他一起出逃的二十个人白白送死，最后，连尸骨都无法回到亲人的身边。想到此，他感到自己罪孽深重。还有，他也知道吴淞江上的所谓"潜水器"，无非也是两派势力为了争夺资源进行的较量，但他无形中成了一个"帮凶"，一个任人使唤的"刀把子"。

他还"逞能"，在大运河里成了吴实的帮手，人生一下颠倒了过来。想到了自己的"颠倒"，他一下沉浸在曾经在李善长府邸的日子，想到自己曾面见洪武皇帝的情形，觉得自己也够"风光"的。要说死吧，自己不知道死过多少回了。这么一想，他不怕死了，死算得了什么呢？他想感谢吴实，是吴实给了他这些机遇，否则，他就是随大军一起遣送到江北海边继续做流民的命运，说不准早已变成一堆白骨了。

他没有别的想法，他也不再想说他是吴实了，他曾经用这个名字骗过洪武皇帝，就这一桩就够灭门九族了。他想见见吴实，或是梁娟儿，这是他最为迫切的最后一念。当然，他也感谢蓝玉，是蓝玉让他的命运出现新的转机。他恨自己没有能做出最好的"潜水器"来，真是对不起蓝将军。当然，他对郑和、王景弘也是充满感激……

阮兴无想找这些人谈谈，可是，等待他的却是另一番情形……

刑部提供的一份资料让郑和和王景弘都惊讶不已：吴实、梁娟儿曾与倭寇有过深度交集，阮兴无带领水师的两个士兵擅自离营投靠方大猷。按照大明律法，他们一律得斩首。证据确凿，证人就是倭窝里的那几个妇女，还有随阮兴无一起到方大猷属地的水军士兵。

这一来，梁娟儿和阮兴无都得斩首，吴实已经死亡，无从追究。

梁娟儿不服，她说为了破倭，她失去了儿子；吴实为了破倭，深入倭窝，最终丢掉了性命。她要上告朝廷。刑部一看这女的不服，本来想压制下去的。但是，兵部觉得事态严重，便将口供呈给郑和。郑和找来王景弘密议。如何处置？这关涉地方的军心与民心，不可草草处置。

在娘娘庙的千人院落，一场旷世公审如期举行。

被告席上的梁娟儿陈述了自己与吴实在倭窝与倭首的斗智斗勇，一份合作协议挽救了二十个乡亲的生命，但是乡亲们在有了归宿之后，竟然加入"上书"的行列，要挟朝廷。面对如此的逆变，吴实选择了独自行动，在多次失败之后，才想出独闯倭营行刺倭首，不料计划失败，遭遇了不测。自己也是从倭巢中逃出，本想利用外部力量进行干预，岂料国家出现动荡，根本无力剿倭。在关键时刻，这份合同牵制了倭首的精力，为郑和将军剿倭赢得了时间……

一时间，看热闹的老百姓都鼓起掌来。刑部官员一看这样子不行，宣布公审大会临时停止。人们开始抱怨起来，这一抱怨还了得，突然，两声"轰、轰"打破了喧闹，进而爆出更大的喧闹。

刑部审讯官头部血流如注。"不好，有人劫法场！"刑部郎中发现不对劲儿，赶紧命令捕快收监。这时，台下的人群开始往台上冲了，还有人拿出了木棒。外面又是一阵更大的骚乱，兵部的马队到了，将众人包围起来。有愤怒的群众居然推倒了娘娘庙的围墙，场面极其恐怖……

兵部有人发现这是一条铳，那条丢失的铳怎么又出现了？刑部的人也是奇怪，这条铳是从哪个角度发射的，目标是谁？

郑和、王景弘迅速将此事向朝廷汇报。苏州知府会同刑部对属地百姓进行逐门逐户搜查。

本来计划好的一场审判结果成了一场蓄谋的暴动，这令各级官员丢尽了颜面。

梁娟儿是杀还是不杀，此事已经不再是地方可以做主的事情了。

刑部认为，这条铳有可能在兵部的某个人手上，理由是，抓捕伙计时，具体是兵部派人去执行的。兵部坚持说，是捕快参与具体监督的，而且，最终也是刑部问斩人犯的。苏州知府认为，这可能是一伙暗藏的倭贼在作乱。

这么一分析，这铳到底是冲着刑部主审官来的，还是为了灭口将梁娟儿先做掉？一时间，扑朔迷离。

至于倭贼乘机作乱就有些无稽之谈了。

娘娘庙这一出，自然影响了对阮兴无的处置。刑部加大对阮兴无的看管，时不时提醒他交代出过往一些细节，包括是否见过一条铳。

阮兴无说："我不仅见过铳，还尝过飞榴炮的滋味，要不是跑得快，在阊门的一次爆炸中就死定了。"这一提，问题来了，阊门事件那可又要旧事重提了。

当年的"阊门事件"他居然一清二楚，这事可不是小事，那是列祖列宗都得记住的大事。刑部尚书吕震亲自过问此事。

看来这阮兴无是个大人物，横贯我大明三代的人物啊。这等人能杀吗？这是个天大的难题。要说这阊门事件，那时吕震也不过是冀北一个小小的县令，要不是皇帝的赏识岂有今天？

他要面呈皇帝，大明还有这么个人物，岂不是时代给大家开了个尴尬的玩笑？

主审官最终还是不治而亡，散弹穿破了其心肺。吕震说："看看这弹子是什么材质，从哪儿来的？"手下人赶紧汇报，是铁刺和瓷片。

梁娟儿暂不杀吧！这铳不是你带出来的吗？你得配合把这条神秘兮兮的铳给找出来啊。吕震把话跟调查的官员说得明明白白，至于何时杀，还是要等皇帝的命令。

这么一来，梁娟儿继续被押回大牢严加看管。任凭她怎么喊叫，没用。关起来的都是疑犯。问起这铳来，梁娟儿想起一件往事，这令刑部的人更加伤脑筋。

张员外有两条铳，送一条给我，他自己还有一条铳啊。那么问题来了，这另外的一条铳到哪里去了？梁娟儿还说那条铳在淀山湖上杀了湖匪的人。而这湖匪的身份也是猜测的，谁也不清楚这淀山湖的匪与倭贼是不是一伙，还是另有其他地方武装？

要认真调查这事，其实等于是刨朱家的祖坟。这事怎么能干啊？吕震暗暗吃惊，这其中的套路是多么深啊。

但是，这条铳还是要找出来的，否则，无法向上面交代。

金钟也是绞尽脑汁，这事与军部也脱不了干系啊，也不是人家刑部一家的事情。金钟找到郑和、王景弘商量。三人找来了水军炮手和火药手，他们模拟了各种角度和射法。

从模拟的角度看，这不是一条土铳，而是一条火铳，因为从距离和火药爆炸的范围看来，火铳比土铳的药量要大，爆炸范围小，否则，伤亡人数还要多。另外，这条火铳是从房顶上向下发射的，由于人群混乱，射手不被人注意，是从房顶穿墙而逃。

这场暗杀到底是预谋还是出于何种用心，的确把刑部和军部搞得人心惶惶。

为了保证水师大营的秩序不受影响，特别是对机械和船只的养护，郑和、王景弘加大了对船厂和训练营所的警戒。同时，苏州府会同太仓卫对全地区进行了戒严，搜查。特别是对进出刘家港的海外船只加大盘查的力度，对拒不服从配合检查的可疑船只进行无限期扣留。

另外，在水师大营寻找蛛丝马迹。鼓励各级将官和士兵进行举报，知情不报者一经查实处以火刑，这是刑罚中最高级别的处罚，意味着对皇帝的背叛。

不光这些措施，有人密报郑和，北京巡检司的人也悄悄入驻苏州府了。这明显是对准官员的，搞得上下都胆战心惊。王景弘看事态严重，就对郑和说："我看此事不宜再扩大了，搞得不好恐怕不好收场，那样上面和我们都非常难看。别说我们，洪武皇帝皇帝的事情，连洪武皇帝自己都是睁只眼闭只眼，我们不能翻案啊。"

要不是两人的关系密切，这样的话他也是不敢讲的。

郑和会意，回答道："老兄说的也是吾意，若是捅出天大娄子来，麻烦的是皇帝，我们自然也是无处藏身。只有永藏秘密，这也是对大明的长远负责之心。至于刑部与军部之间的抬杠，依我看我们还是不要参与了。"

郑和、王景弘两人一直聊到深夜，才各自归去。

营垒外，灯火通明，巡营的、值岗的和更夫也少去了往日的欢声笑语，大家都保持着沉默，谁也不知道未来会发生什么。偶尔传来一两声水鸟的声音，使沉闷的夜晚显得稍微有些活气。

刑部员外郎刘晔与兵部侍郎袁原两人在剿倭中早已经结下了交情，他们也是纳闷儿，本来已经处理好的格局怎么一言不合，说变就变了？个中微妙定有人可以解开，但是，这样的人一定不是你我。两人也是交心得不行，各自说出了自己的想法。倒是有一条两人是基本认同的，那就是这事与水师关系不大，其实是冲着苏州府和刑部来的。

两人边散步边与巡防的士兵一起查勘要塞和港口设施。两人聊得正精神，突然，一阵炸雷从天妃宫方向传来。刚才还是有点暗月的，怎么一下子打起雷来？两人同时惊呼起来，再看天空，已经红了半边天。船厂着火了，那可是郑和、王景弘经营了三年的宝船厂所在地啊。大军一片哗然，好在应急措施得法，各路水车涌达，街巷水井全部开启。大火扑灭之后清点损失，造册上报，不得马虎。这是郑、王二人做事的一贯姿态。

两位大帅也是伤透了脑筋，在这关键时刻，居然接二连三发生这样的事情。太仓刘家港可是户部尚书夏原吉经营多年的地盘，也是平江伯陈瑄总督之地。两人同时想到了这两个人，会意地相视苦笑。

却说刘晔和袁原太不服气，总觉得事情发生得如此蹊跷，定有不可告人的玄妙。于是，两人在军中对士兵的籍贯起了疑心，难道是一种内讧，或是以此下作手段向上表达一种暗示？

"这是一个好的时代，这也是一个坏的时代"是多少年后西方人总结出的一个道理，但是，这个道理在这里同样用上了。

闽籍巡捕举报了他的同伴在押送梁娟儿路上的举动。

审判工作也是极其简单的。淮安籍士兵的两只手指上套上了两根粗棍子，棍子可以转动并且有十个孔，分别被穿上绳子，便于拽绳收放，十指在十孔之内，绳子一紧，关节粉碎，士兵号叫。同时再加以脚刑，两块木板，用橡皮连接，打上洞孔，两脚穿过，整只脚夹在板中，拉紧绳索，拿木槌打索，骨头发出"咔嚓、咔嚓"的碎裂声。

最后还是上了火刑。

执行者是刑部尚书吕震。吕震认为，为徇私情，使用火铳暗杀审判官，军中叛徒定用酷刑，以之警示。但是，对于这样的刑罚，郑和、王景弘还是觉得判死可以，但是，用刑太不人道。

　　吕震迁怒于梁娟儿，正欲秘密处置梁娟儿。郑和、王景弘向巡检司汇报了案情重大，苏州府急需安定的发展环境，不宜将并不复杂的案情如此扩大化，搞得上下猜忌、人心惶惶。

　　皇帝一道圣旨急召吕震回北京述职。太仓危机总算平息下来，梁娟儿、刘永福、阮兴无全部释放。

　　太仓天妃庙大火也以更夫不慎，引发仓库大火结案。

　　郑和、王景弘向永乐皇帝上书一份：大明皇恩浩荡，世界大同于陛下之恩，今未雨绸缪、运筹帷幄。吾当以舟达五湖四海，赐恩于外。祈请皇帝恩准代为播送之，以答皇帝恩情于吾二人。

　　写完之后，两人亲署其名，连夜派人送往北京。

第三十三章　意外解密

　　永乐二年注定是个多灾多难之年，大雨从芒种开始一直不停，到大暑又遇强台风，海水倒灌，整个刘家港已无一块干地，朱家大街歇业数月，溺毙者近千，漕运被迫中断。永乐皇帝派水官何傅前往刘家港整治水患。

　　郑和急调舰只支持何傅治水，水师的一半人被征调到江边修筑海堤。何傅提出，必须在外围海堤与内围海堤之间同时挖河道，以便海堤一侧不受水泡，保证海堤不垮塌。海堤之外的地质状况至为关键。还须摸清海岸近况，选择最佳投放石块的堤址，同时为防止洋流与沉沙对海堤形成的侵蚀，需要对海岸进行系统勘察。

　　水师派出了精干人员辅助何傅勘察，每天进出的船只近百艘，对沿江进行了拉网式勘察，通过钯勺对江土进行分析，同时，利用海图对经纬进行定位，手绘出一张海堤江基图。勘察之后进行投石施工，太仓无石，便从苏州城西南运石，远路则通过海路从海州花果山调石，西南则从徽州，南则从浙西，多路并举，确保漕运码头和水师的活动正常。

　　而水官何傅偏偏在这关键时刻得了疟疾，卧床不起。郑和安排最好的医生伺候着何傅，药量一剂高过一剂，医馆也来人配合军医一起诊治。何傅虽病重，但是始终牢记永乐皇帝的使命，不时念叨海塘建设。他说，唯一的办法就是围堰排水、疏浚娄江，将上游的太湖水引入大海，同时，筑堤以防海水倒灌，别无他法。

据相关史料记载：从十三世纪末期开始，太湖流域东北向排水发生新的变化。至元二十四年（1287年）朱清领导开浚平江府的河道，自（苏州）娄门导水由娄江以入于海，粗得水势顺下，不致为害。这条重新开通的河道就是以后的刘家港（今浏河）。从北宋以来一直不通的古娄江水道，至此又开始担任太湖流域的排水功能。在元后期治理太湖流域水患的策略和措施中，主要一点就是令水势转于东北，由刘家港入海，此时的刘家港已成为水深港阔的重要航运通道。明永乐二年（1404年），夏原吉治理太湖流域的措施之一，也是这个方法。由此可见，从十三世纪末开始，从吴淞江上源而来的水流，有一部分在其上游河段改向北流，由刘家港入海。

然则，情况不遂人愿，浪大风高，江岸逶迤，江堤、海堤经不住风浪侵蚀。新堤刚好，老堤即溃，土石料根本就来不及运达。这可急坏了何傅。今天通行的做法是：海一侧的坡面，采用上下不同坡度或中部设置平台（戗台）的复式断面。斜坡堤消浪性能较好，对地基沉陷变形适应性强，施工简便。但断面、施工土方量和占地面积都较大。斜坡堤堤身一般用土料填筑。迎海一侧外坡直接承受波浪、水流的作用，其结构稳定性关系到堤身的安全，常采用保护堤身的防浪抗冲材料，称为人工护面。坡度一般为1:1.5～1:5，无护面的外坡更平缓，具体坡度视土质而定。背海一侧的内坡常采用植物护面，坡度一般为1:1.5～1:4。人工护面有块石、混凝土块或人工异形块体、混凝土板等结构形式，护面下设置碎石滤层或垫层，防止堤身的沙土被吸出。护面范围从坡脚至波浪上爬最高处。在水浅、浪小、滩地较高的地段，外坡也可以采用植物护坡。

夜黑风高，郑和、王景弘来回踱步，两人默不作声，谁也不主动打破这死寂的沉闷。自从永乐皇帝将两人召集到一起整饬水师以来，这次灾难可以说是前所未有的。海塘一日不成，陆地不出，将意味着刘家港沉江废弃，这可是大明的耻辱。

还是王景弘先打破了沉默，他说："我记得有个人不是说会潜水的吗？我看就请他的'潜水艇'来试试如何？"郑和一拍手掌，说："是啊，就是他，还得请他来！"

阮兴无从监牢里出来，神情异常恍惚，他以为自己早死了呢。从阊门的护城河到吴淞江，到澄湖，又从李善长的府邸下水道出逃，到浙东海面上的意外落水，他不知道自己死多少回了；也就是说，他是白捡了条命，活到现在，他感到非常满足。他可是见过皇帝、斗过倭寇，还做了一回水师的副统帅啊。

说到这"潜水艇"，阮兴无还真是来了精神。这回是要勘察水情，阮兴无说："好吧！我得自己来。"

可是材质让阮兴无犯难了。

原先的皮质由于长期没有保养，均已腐烂，根本无法使用。他想起了驴胶，驴胶密封性强。阮兴无狠心地宰杀了一头八个月大的毛驴，用它的皮熬制了一锅驴胶，再仿制人形的尺寸做了一套"潜水服"，呼吸器用了两根驴肠绑定在行走的船沿上，人在水底，船跟人走，两根导管保证水下呼吸通畅。

阮兴无下潜到江下，仔细地看泥土的沉积，随行船只做好浮标，一张新的海上勘察图也渐渐成形。郑和、王景弘亲自到江面视察施工现场。

郑和感慨道："差点杀掉，不是我们杀，别人也会杀……"王景弘附和道："这样的人难怪会被杀，脑子好使，诡计多端，让人放心不下啊。这盐商真是了不起，连个伙计都这么厉害。"

阮兴无又挽回了自己一命。郑和说："你哪儿也别去了，好好研究你的'潜水艇''潜水服'，将来这些东西大有用场。蓝玉将军不傻啊。可惜没有更多时间给你。现在你也六十多岁了，是你自己的时间不够。抓紧时间，去吧！"

阮兴无去了水师一营，成了"潜水部队"新教官。官复原职，只是时代不一样了。他如释重负，仰天长啸，仿佛自己做了一件惊天动地的大事。

师夷长技以制夷，这是后人的总结。可在一个盐商的伙计眼里，这不过是一种乐趣，在一个剃头匠的心里那是一种谋生的手段，但从一个水师长官的职业角度来看，这可是一个无法抗拒的使命。阮兴无渐渐觉得，自己活出了意义来。因为他的这些乐趣、活计现在成了郑和将军的一部分，郑和将军是代皇帝做事的。那这不就是皇帝的事吗？阮兴无不敢想了，想了不再是乐，而是怕，搞得不好，是要杀头的。

阮兴无真的做了一个杀头的梦，他的头正要上绞架的时候，他吓醒了，全身汗津津的，连下床的力气都没有……

对于阮兴无的处置尽管有着很大的争议，但是，阮兴无在太仓河塘修造中的积极表现也引起了很多军官的嫉妒，想借刀杀他的人眼睁睁看他从刀口下躲过一劫。为什么有那么多人想杀他？这令郑和警觉起来。难道他真的知道什么世人难以知晓的秘密？再说，阮兴无老得很快，也许哪一天失忆，什么也记不清了。傍晚时分，郑和和王景弘一起到营房去探望阮兴无，这令阮兴无异常惊喜。

进屋的时候，阮兴无正在摆弄着"潜水艇"的模型，模型是用一只大冬瓜雕刻的。

阮兴无也算是一个干瘪的小老头了，小头上长着一对小眼睛，与几年前在大海上被救起时相比，人明显矮了一大截。王景弘记得那场景，因此，见到阮兴无，王景弘也有些伤感。郑和说："阮叔，你心里一定有什么想法无处可说吧？"

这一问，把阮兴无问得手足无措，不知如何回答是好。阮兴无的脸一下红了起来，额头上浸出了汗水。

"我历经三朝，没有什么可想的，就一个凡夫俗子，见过皇帝，自认为根浅一直浪荡于江湖。自从迷上'潜水艇'，我就放弃了所有东西。比起贩盐、跑堂、剃头，还是这个有意思。没想到倭寇也在搞这套东西，蓝玉将军喜欢，可惜他们都很短暂就离开了……"

听罢阮兴无的陈述，郑和转向王景弘，说道："弘兄，你以为这当中可有什么我们需要提炼的？"王景弘谦虚地回复道："郑帅德高望重，定能定夺。只是我想问的是，这倭寇到底在为什么与朝廷较真？'潜水艇'只是一个表象，背后是否还有什么人在使劲儿？"

阮兴无笑了起来，他说："我也是快要死的人了，那个带我的吴实都死了好几年了。梁娟儿也是可怜，我现在看到她当没有看到。一个女人逞什么能，弄得自己人不像人、鬼不像鬼的。"

郑和脸一沉，连忙说："这是什么话？老阮，你觉得倭寇真实的动机在哪儿呢？"说着他从怀里取出皱巴巴的那份吴实与倭寇签的合同。

阮兴无即刻明白了郑和的意思。他哈哈大笑："这是一个草民与倭贼的分赃协议。其实，远不止这些吧，我不敢说。"郑和向王景弘使了一个眼色，王景弘会意，接过话茬连忙说："都是前朝的旧事，也不便追究这些了，只不过我们现在该怎么做呢？"

阮兴无沉默了好久，叹了一口气，捡起地上的一片瓷瓦，说："大家都想这些东西。倭贼想带回去，我们的人想带进坟墓里去。"郑和会意，连忙制止阮兴无再往下说。

郑和问阮兴无："这份协议上的图案你应该能认识吧？"说着，郑和当着王景弘的面把协议摊开。阮兴无说："签这份协议我不在现场，只有梁娟儿能懂。"

郑和说："上一回，梁娟儿说她也看不懂啊。"

阮兴无说："难怪有人想在她身上做文章啊，她哪里能承认读懂这份协议啊？"

郑和又看了一眼王景弘。

王景弘喃喃自语："莫非这里面藏着什么玄机，或是我们当中有人跟这份协议有关联？"阮兴无干咳了几声，似乎有些不耐烦。郑和说："这样吧，这事就交给你办。"说完，他将协议书递给阮兴无。

阮兴无一看郑和交给他协议书，"扑通"一声，跪在地上。阮兴无说："我不敢接，我没有这个能力完成这项任务啊，你还是让我好好研究这个'潜水艇'吧。太湖和淀山湖里应该有'潜水艇'，我们可以去打捞，就用我的'潜水艇'去捞，一定可以打捞出他们的'潜水艇'，秘密都在那里。"

郑和看此情形，顿时有些尴尬。王景弘走上前来打圆场说："我看这样，你先接活，我会安排人来辅助你。"说罢，他扶起了阮兴无。阮兴无这才缓过神来。

他躬身拱手作揖，感谢二位的信任，表示自己将全力以赴紧跟二位统帅。

郑和拍拍他的肩膀说："宝刀不老，老骥伏枥。"

郑和、王景弘走后，阮兴无摊开那幅"鬼画符"，顿时有一种毛骨悚然之感。那图案已经非常模糊，右上方还缺了一个角。但是，这图案倒是非常熟悉，那不是一个岛的图吗？再一对照，简直神了，标注的地域都是陆地，水面部分加了点号。把点号一连，又是一个图案，像另外一个岛。

阮兴无隐隐感到玄机即将打开。突然，房顶一阵响动，阮兴无感到有异常响动，只见眼前一闪，一个身影闪电一样从天而降。阮兴无的额头感到一阵清凉，一个避闪，一绺头发落地。"哎呀"一声之后，他扑在图上。来人就是盗图的。正在这不可开交之时，外面灯火通明，王景弘指挥的士兵已经里三层、外三层将阮兴无的营房包围得密密匝匝。刺客飞上廊檐，但是躲不过弓箭手，满身箭矢从屋顶上滚落下来。扯开蒙面布，大伙倒吸一口凉气，阮兴无更是吓得面如土色。

此人不是别人，正是与他一样年迈的刘永福。

阮兴无此时明白了几分，只见郑和从人群里走了出来，王景弘指挥水兵后撤。一场危机平静地过去了。阮兴无心里本来就挺敬佩这个统帅的，这么一来，对他更是敬佩有加。阮兴无把郑和叫到暗处，悄悄地说："这图里暗藏很多玄机，愿意分析给主帅听。"郑和说："也好。回我的营帐。"

郑和的营帐很简朴，除了换洗的衣服之外，还有兵书和笔墨纸砚，一看便知，郑和是好学之人。阮兴无说："这些水面的暗点都是岛礁，地下必有玄机。另外，陆地上的点连接起来，也是一座岛，其中一定有我们需要的瓷瓦片。"

郑和眼睛一亮，高兴地握住阮兴无的手说："这玄机还是被你识破了，了不起！"说着，他竖起了大拇指。阮兴无面红耳赤，连连说道："我才疏学浅，只是偶尔为之，还是亏了主帅的才气和德行的感召才有今天。"

说罢，两人哈哈大笑，一路向后营走去。

第三十四章　怒海滔天

　　王景弘在刘永福的营寨里找到了那条土铳。梁娟儿仔细辨认，确证这条土铳就是张员外的那条土铳。不过，令梁娟儿纳闷儿的是，这条曾把"滕记药房"灭门的"土铳"是怎么到刘永福手里的。特别是那张"契据"与她自己保留的一份居然一模一样。

　　难道这其中还有着不为人知的秘密？那个灭门的小伙计是否就是一个替罪羊呢？一连串的疑问令梁娟儿不寒而栗起来。她想起了吴实，一个与她本没有关系，但是又生活在一起的男人。

　　她拼命回忆在倭窝里的那些琐碎的日子，回忆吴实与倭首的合作以及与阊门百姓之间的尔虞我诈。

　　她想起了那夜与张员外在吴淞江和"蛙人"相遇，还有在淀山湖上与"劫匪"正面交火；也就是说，这些都不是凭空降临的"异事"，必有蹊跷。但是，为啥朝廷对这些事情置若罔闻？梁娟儿想到此又有些义愤填膺。

　　四月的江水还有些微凉，郑和、王景弘的水师开进了长江口，阮兴无的小分队夹在船队里，并不显眼。

　　王景弘根据"契据"上的无规则的标点，挨个定下了浮标，船队在浮标之间围成了北斗星状的图案。阮兴无一声令下，小分队成员钻进了驴皮袋，两根导管顺着船舷缓缓下沉。阮兴无所在的"大船"作为指挥，这支神秘的水下部队开始行动起来，水面上游弋接应的船只也是一刻不停地配合水下部队的巡查。

接连有三艘船接到水下的暗示，主要是以接应绳为信号，其次看水下传上来的气泡，一看到这样的信号，水面上的水兵必须紧急起吊，以前曾发生过多起因为起吊不及时导致人员溺毙的事故。水下情况异常复杂，比如会撞到岩石或是遇到水下植物、沉船等硬状物的穿刺，还有受到水下海洋大型生物的攻击等等。

三个水下士兵上来报告的结果一样，水下有沉船，而且还有铁质物。这令郑和兴奋异常，三个士兵休息，又换了三个下水。郑和等待阮兴无上来报告水下情况，毕竟这支水下部队一直由他组建指挥。

时间看起来平静，其实，在郑和的内心就像江面那奔腾不息的江水，一分一秒地在向前汹涌奔腾。他知道，许多不为人知的秘密会逐渐打开，面对这样的情形，他不仅仅有一种看"西洋景"式的兴奋，而且希望在这其中能发现一些规律。

阮兴无的信号终于传递上来了，郑和下令："快，快。起吊……"

阮兴无上来就倒在了船上，脸色苍白。郑和命令军医赶紧救治。军医却是满头大汗，一筹莫展，因为以往没有发生过这样的事情。王景弘则是不停地按压阮兴无的心胸，并对着阮兴无的嘴巴吹了起来，这是他从他父亲那里学来的。很多溺水的人通常用此法被救活过来。

这个命大的阮兴无还真的在王景弘的按压下，缓缓地有了气息。

意识恢复过来后，阮兴无想起了水下能够看到的、探测到的东西，极有可能是一支沉没的舰队，除此之外，还有若干说不清楚的硬物。这令郑和、王景弘深感意外，郑和感慨道："这水下到底还有多少故事？原来这世界早就有人来过啊。"这话说得让人琢磨不透。

王景弘则是微微一笑，说道："难怪倭人死死盯住不放，保不准与他们有些关系呢？"郑和回应道："或许他们知道的比我们多。"

一声不响的阮兴无马上跳了起来："刘永福知道，吴实也知道，当然，胡惟庸和蓝玉也许都知道，该不会就是我们自己人的吧？"

郑和补充说："如果是我们自己的，那也是洪武皇帝时期的，我们那时可远在北京啊。"阮兴无这才意识到，自己也是前朝的人，不免有些自责，不该把话题扯得那么远。

这事严重了，到底该不该向皇帝报告呢？

郑和和王景弘此刻都在想这个问题。而水兵们都在紧张地接应着水下传递来的起吊的信息。可惜的是，上来的少，没有传递上来的信息多。这又是一个紧急的事态。全体集合，统计人员，发现近一半人没有上来。郑和、王景弘感到事情已经不是他们所能掌握的了，就等阮兴无发话。

阮兴无一言不发，走到郑和面前，单膝跪地，说只有一个请求，那就是把兄弟们一个个找到，找到最后一个为止。这又带来一个难题，他怎么吃得消呢？

郑和一言不发，脸色铁青。王景弘紧皱眉头，颧骨高耸。没有一个人敢喘气，只有哗啦啦的江水在肆无忌惮地汹涌。只见王景弘走到船沿，看了江水流向，走到阮兴无面前说："只有一个时辰，之后大潮就要了。"这句话提醒了阮兴无：小月，大潮要来，只能抢时间了。

阮兴无顺着一根根绳子下去，下面漆黑一片。到了水下，绳子的情况异常复杂了，有些绳子在水面上似乎还在，但在水下则是断的，还有些绕在水下的硬物上，还有一些则是在驴皮艇上，但是士兵的尸体不在。

阮兴无见一个摸一个，他感到自己不行了。他居然想到了蓝玉将军，仿佛将军在向他招手，蓝玉将军曾让他组建第一支"潜艇部队"，还有西山基地和龙潭基地的许多弟兄都在向他招手……

他居然还看到了吴实，带他逃出官兵队伍的吴实，还有走不出澄湖的阊门二十个老邻居……

他不服气，觉得自己没有完成任务，还有许多想到的材质都没有来得及研究。可是，他真的太累了，最对不住的还是王景弘和郑和，给了他第二次生命，让他进入长江。这可是波澜壮阔的事业啊，可是，自己毕竟老了，玩不动了。

时间仿佛凝固了。

他觉得对不住自己的弟兄，他要把他们一个个都找回来，然后交给他们的父母。他自己自小闯荡江湖，不是没有父母可依恋，实在是他自己办不到。他自己都不知道自己的父母在哪里。所以，他一直以为，那一湖水就是自己父母的怀抱，在他们的怀抱里长大，然后扑腾，再扑腾，现在，他可以安魂，但是弟兄们可不行啊。

他找啊找，他要把长江口找一个遍。

可爱的弟兄们，你们在哪里？阮兴无居然兴奋起来，他的驴皮艇飞了起来，飞向了大海，飞向了天边……

时间一分一秒地过去了，天色渐渐暗了下来，江上的水流也渐渐地急遽流转起来。大潮汛真的来了。郑和和王景弘焦急地等着水下的消息，配合水下作业的官兵开始有些松懈。郑和看看天色，对王景弘说："时辰不早了，我看就不等阮兴无暗示了吧。"

王景弘面色黯淡，紧蹙双眉，轻轻回应道："好吧。"

郑和一声令下："起吊。"

得到命令的官兵们顿时来了精神，因为之前谁也没有干过这个活计，深邃的大江大海里埋藏着无尽的秘密与神奇，人的好奇就在那一刻得到了完全的满足……

几十个闽籍汉子围着缠满缆绳的锚车使劲儿地推，推着推着，锚车越来越沉，渐渐地推不动了，滑车也卡住了，水面上的缆绳绷紧得没有一丝水花。"不好，一定是卡起来了。"指挥员迅速做出反应，并紧急下令："停，固定锚位。"

郑和和王景弘看着这个三十岁刚出头的指挥员，问道："情况怎样？"

"报告将军，在下费信。水下有异物，已经将引导缆绳卡住了。如果不做处理，仅靠锚车之力，定会将缆绳绷断，前功尽弃。鄙人请求下水处理。"指挥员说完就跪了下来。

郑和想起来了，此人正是太仓卫副千户周闻推荐来的费信。眼看着天色将晚，救援工作再度遇到困难，王景弘会意，他说："在潜水部队中物色五个体魄健壮者配合你下水。"

一切就绪，在引导船的两侧，六人顺着缆绳紧急下潜。

又是一阵子等待，时光无比漫长，官兵们都为他们捏了把汗，同时，也对阮兴无的生死充满了一种悲壮的想象。

水下的情况可比水面上凶恶多了，漆黑一片，还有惊天的轰鸣声从天而降，人在水中根本无法自由摆动，驴皮潜水艇在撞击中根本撑不了多久。费信通过"信号绳"摸到了轧住的勒口，黑暗中只能触及坚硬的器物，费信确信这是一个沉水物。在沉水物四周，费信试图寻找到阮兴无的蛛丝马迹，但任凭他怎么摸，连阮兴无的踪迹都没有，倒是他的驴皮艇的牵引绳还在，只是缠在一块硬物上。围着这个沉水物，六人把其余的缆绳围了一个圈，这是冒着多大的险才能做到啊。

后来，费信回忆起此事一直认为是帝国的神灵在护佑着他们。当然，这是后话了。

按照约定，费信给了大家一个指示，这个指示在水下也出现了偏差，本来大家之间有一根绳子连着的，但产生了一个问题：在伸手不见五指的水下，这绳子就成了障碍。为灵活起见，大伙就把"通信绳"给割断了，临时启用一根总"暗示绳"。这根绳子有碗口粗，也是"救命绳"。以绳子上的"结"作为暗示。"小陶罐"代表"上岸"，"瓶子"代表"下潜"，"编钟"表示"原地待命"。驴皮潜水艇抗不住水底暗流的撞击，随时都会被水冲破。大伙都等费信的信号。

摸到"小陶罐"的都顺着绳子上潜，水面上遥感"总绳"信息，迅速起吊。费信最后一个上来，六人又少了两人。费信把情况向郑和做了报告。郑和沉默了片刻，除下帽子向江面缓缓鞠了一躬。

看看已是深夜，郑和说等天亮"起吊"如何。王景弘说："潮水一个时辰变一次，流沙和暗流一刻不停，沉体也在移位，不能拖得太久。"郑和一声令下："起吊。"船似乎承受不了这个庞然大物的重量。王景弘建议说："同时启用三只大船，从三个不同的角度才能保持沉重物的平衡。"郑和采纳了王景弘的建议。

在灯火笼罩的江面上，一场旷世"起吊"沉体的活动继续进行着。江面已经接近结冰，大伙却是汗流浃背。

大家都在等待惊心动魄的出水那一刻。

渐渐地那庞然大物的一端出水了，原来这是一艘舰船的尾部，偌大的舵子有士兵吃饭的方桌三个大。这让所有人都看呆了。郑和和王景弘喜出望外，焦急地等待船体出水。

忙碌了一夜之后，将士们疲惫至极，很多士兵和衣而卧。郑和和王景弘一夜没有合眼，直至把舰船全部清理出水。在船体残骸里，官兵们发现了阮兴无的遗体。

阮兴无非常安详，手里紧紧攥着一个木质的雕版，上面雕刻有密密麻麻的细字。郑和轻轻取下那木板，命人用绸布包裹起来。他要向朝廷报告，这些文字里也许藏着他们想知道的历史，还有绝密的事实。看着阮兴无直挺挺躺在那里，郑和感到一种无尽的悲戚，仿佛是上苍冥冥之中的安排。郑和不能不对这位历经三朝的长者肃然起敬。

按照江淮地方习俗，郑和下令要对阮兴无及失踪将官以衣冠冢进行厚葬。这里暂不多表述。

郑和和王景弘两人对工作进行了合理分工。王景弘负责对沉船进行全面清理，对财产进行登记，将人员遗骸集体安葬。郑和则火速回北京，把打捞出的刻字木板呈给朝廷，请朝廷决断下一步的局势。

皇帝在乾清宫专门接待郑和的到来。君臣畅叙一番之后，郑和命人取出雕字木板。皇帝一看那木板，大惊失色，原来，这就是当年洪武皇帝亲授建文帝组建舰船远征日本国的密奏。其中，有日本国使者与大明的密议计划……

皇帝下令，此木板就地销毁，不得外传，陪同郑和来北京的副将调任云南就职。至此，围绕着"合同"文书争议的所有秘密只有皇帝和郑和两人知道。

郑和因为有功，赏赐金银货币和绸缎若干，同时，对王景弘诸将官一并赏赐财物若干。郑和奉旨率船队正式出使日本。长江口永久通航，不得采集沉沙和打捞任何物件，交由长江江防严加看守，发现一起治死罪，永不赦免。

永乐二年（1404年），郑和、王景弘率三十艘大船横渡大洋，直达日本。郑和船队的到来，震惊日本朝野。

向室町幕府第三任将军足利义满宣旨："使其自行剿寇，治以本国之法。"足利义满同时受明朝封赏，并派遣使节献上抓获的倭寇，与明朝正式建立了外交关系。双方签订了《勘合贸易条约》，日本以属国的名义对明朝进行朝贡贸易。明朝赐足利义满"日本国王"金印一枚，足利义满回书自称"日本国王，臣源义满"。

自此，郑和完成了向东的一次特殊的使命。

第三十五章　漂洋过海

　　足利义满的臣服令朝野为之欢欣鼓舞，所有的新仇旧恨一笔勾销。皇帝最大的心病就是怕有人揭他的伤疤，刨他的祖坟。现在，日本小国主动示好，何乐而不为呢？朝廷对郑和出使东洋的成果大为赞赏。帝国内部所经历的一切是是非非需要有这么一种力量来感召臣民。这是一种多么高明的策划！

　　皇帝说："现在我把整个龙江都给你造船吧，要造世界上最大的船，你要给我到最远的地方去。给我把那个侄子找回来。找回来，我这位置还还给他，我自己和你们一起旅行去。做皇帝累不算，风险还小吗？不知道有多少人整日整夜觊觎着那充满无限魅力的宝座。"

　　郑和感恩戴德，说只要皇帝开心就行，他会跟着皇帝从南到北、从北到南。有王景弘这样的技术专家在，他们就能把皇帝想要的那人找回来。皇帝高兴极了，连连夸赞说："还是你了解朕啊，朕有你们才如此安心。"皇帝说得有仁有义，做臣子的更加死心塌地，义无反顾。

　　国运昌盛，人民安享太平盛世。皇帝也并不支持到海外去生事，对擅自外出打劫的一样重处。偏偏有人就是不买账。广东潮汕地区的林凤，此人平素好吃懒做，纠结了一伙人占岛为王，劫掠过往的船只和渔民。

广东总督瞒不过去，上报到朝廷。皇帝说，你广东自个儿处理，处理不了我再安排人给你。广东总督吓得面如土灰，只有磕头的分儿，哪有申诉之力，回去之后组织大队人马去围剿，几次围村围岛，都扑空而回。这林凤知道风向不对，流窜于东南亚一带，俨然是跨国行为了，一路到达马尼拉城。

他这一路上不断扩充自己的人马和船只，高峰时达到了两千多人，大小船只四十艘，规模确实不小。大明朝的皇帝是打仗过来的人，他太明白这股势力如果不处理掉，将来势必成为自己的心腹大患。依靠广东总督显然是不行了，必须动用国家队了。

这林凤在南海上适逢另一伙匪徒林道群，这林道群根本不是林凤的对手。一场海战之后，林道群只带走五艘船逃跑，还有五十五艘船都被林凤缴获了。林凤的势力一度到达了鼎盛，以拥有常规船只九十五艘、士兵近万人的规模，严重影响着大明乃至东南亚的安宁。西班牙人那时也已经到达了菲律宾的马尼拉。西班牙人将林凤看作他们的对手，他们想到中国来传教和朝拜，所以对林凤这样的劫匪也是深恶痛绝。可这个林凤不信他们的邪，不仅要与西班牙人平起平坐，甚至要在马尼拉取代西班牙人。这令西班牙人非常恼火，他们的外交政策中明确有一条，反对林凤，但不反对中国的皇帝。甚至不少传教士愿意到中国做奴隶来传教学习，想用上帝的福音给中国人带来安慰。

皇帝似乎有意无意地不理睬他们，访问可以，就是不能让他们自由流窜。林凤满以为我不在你眼皮下作恶，我跑远点，大概与你不相干了吧。这样的想法还是错了。皇帝说，你过去是我的臣民，跑到哪儿都是。我不能让你胡作非为，丢人现眼。

一场围剿林凤的军事行动不动声色地开始了。

郑和作为前敌围剿总指挥，临危受命。林凤心狠手辣，又是善水的高手。因此，除了充足的物资保障之外，人才是最重要的。组建一套合理的富有战斗力的班子是作战打仗的关键。跨国作战可不是一件容易的事情，更别说那时没有国际法。西班牙人都跑过来了，人家是按照哥伦布和麦哲伦的路径走的。我们不愿意到外面去，但是这贼不能不管啊，要完好地把林凤这小子给逮住押送到北京来审判，看他还懂规矩否。

翻译人才的奇缺难住了郑和，好在王景弘懂一些东南亚的土语。武器也是关键，这林凤做了海盗，也算是见多识广的，如果没有精良的武器作为保障，也许跨国擒贼还是个幼稚的愚蠢行为。

潮汕地区流行一句俗语："上有雷公，下有海陆丰。"王景弘是闽地人氏，对潮汕地区人的处事之道并不陌生。他说，须得有特殊手段才能把飞贼给引渡回来。西班牙人则认为，这林凤也侵犯了他们的领地，在他们的固有思维里，这马尼拉是他们的，是他们到远东的基地，因此，他们也有义务围剿林凤。

跟林凤作战可不能简单靠长矛和大刀，在大海上比不得在陆地上，得击沉他们的船啊。于是，都想到了一个人，没错，正是梁娟儿。梁娟儿哪里还想再去漂洋过海，都风烛残年的境况了，她哪儿都不想去。再说了，这些年的遭际让她变得异常憔悴。

可郑和的面子不能不给，她同意培育火器班学员如何在行进的水上进行火器射击。这是个难题，一是射程达不到有效距离，炸弹落在自己的船上，将适得其反。二是出海时间不定，得预备多少量的战备才能保证实际使用，怎么避免弹尽粮绝的不利因素。三是遇到恶劣天气如何保证火器的效果。梁娟儿围绕以上科目大纲进行专题培训。

这些还真不是鼓吹出来的，在那时看来都是难死人的棘手问题。

梁娟儿有种劫后余生的悲凉，当看到千军万马的场面，内心不禁生出一种告慰。自己就这么一点儿见识，何况这些见识多多少少都与那些已经离开的人有着若干的交集。或许，这也是一种告慰，年轻人无法理解的告慰。一种即将年迈的老太太与将士们在一起的那种豪迈更是一般人所无法认知的。

身经百战是一种资历，也是一种见识和阅历，是在安宁的环境中成长的人无法探知的。把这些作为一种资源贡献给年轻人的时候，她也是义无反顾的。从火药的配料、剂量到射程的测量，都需要实证。另外，防水问题、储备问题、安全问题需要一项项地规划与培训。如此看来，实践是最好的老师此话不是今天的人才总结出来的。任何一个开明的时期，总有一部分人在以不同的方式探寻其中的真谛与奥秘。

年轻的将士们对这个充满传奇色彩的老太太也是敬佩有加，学习和交流得也是异常认真。

所有人此时都有着一个与皇帝不同的梦想，就是走出去，打胜仗，活捉林凤。而皇帝的想法其实也很朴素：大伙忙起来就万事大吉，最怕的就是没事干，拼命地去想皇帝的生活。这一想就容易出问题，会生大事，这是万万不可的。所有人都不能想，也不配想，因为皇帝只有一个，只能有一个。

不断有海外使臣和传教士从海上到达泉州，然后呈上他们皇帝带给中国皇帝的外交文书。传教士们更是神奇，要求在中国的将军手下当奴隶，只有一个条件，就是让他们传递上帝的福音。中国的总督们总是比较客气地接待他们。当然，他们是没有权力决定这些海外使臣和传教士的去留的。

中国皇帝也非常客气地招待这些远道而来的使臣，但大都是任其酒足饭饱，还提供免费游览之后限期送人。这也形成了规矩。传教士们大都高兴而来扫兴而归。当然，后来留下来的都是成功者。这些都是后话，不在此处交代。

皇帝接待完来自西班牙的一个将军之后，终于知道这个叫林凤的人正在马尼拉近海劫掠。皇帝心想，你跑到南海上去败坏我大明名声，这不行。大明虽然不主张跨境作战，但是，你林凤是我大明的臣民，不可如此嚣张，须得把他抓回来。皇帝也是这么信誓旦旦地跟人家海外使臣说的。

正是得到这样的旨意，郑和火速地准备跨洋过海追剿林凤。军师大营训练有序，出海设备的测试、海路的规划一应俱全，就等皇帝的诏书下达即可起航。

首航日本的成功，对这次征讨林凤起到了不小作用。除了旗舰之外，另外配备了十艘战舰，包括两艘火器舰，一艘由费信率领的"潜艇队"，这在当时也是非常先进的联合舰队。

暮春三月，冰雪消融，大地回春。皇帝诏书亦已到达，水师舰队在郑和、王景弘的统领下，向南海进发。舰队历经台州、温州、福州、厦门、泉州，一路向南，直达苏门答腊和爪哇岛，所到之处，均受到当地人的欢迎。原来，他们的祖先很早就来过中国，他们看到中国如此庞大的舰队，无不赞赏。

侦察分队负责对林凤踪迹的搜索，除了一部分上岛搜索之外，还派出海上分队。朝廷为了能准确描述出林凤的模样，专门让广东总督安排熟知林凤长相的老乡向画师描述他的长相，军师靠着这幅画像寻找疑是林凤的海匪。

　　当船队到达马尼拉附近班丝兰河口时遇到了一支小型舰队。侦察队报告说是一支不知国籍的舰队，郑和命令用旗语与外籍舰队交流，对方并不理会，也没有反击的举动。这令郑和非常纳闷，只得静观其变。

　　为了防止偷袭，王景弘安排费信的"潜艇队"在对方的舰船四周进行探寻，发现可疑目标立即报告。同时，将"火器营"的炮位和火枪的弹药膛填装好，火绳一点即可发射。士兵们哪敢马虎，各就各位……

　　可是对方仍旧没有动静，侦察分队回报说，船上死了一个将帅，新的将帅还没有到任，将士们还沉浸在一片哀伤当中。这令大伙好奇，这是哪国的舰队？怎么跑到这里来了？郑和命令士兵给大船送上友好的呈子，说明身份的同时特别强调是奉旨追剿海盗林凤。呈子特别有用，一下子就受到了对方的欢迎。

　　原来，林凤在进攻马尼拉时将西班牙统帅哥依蒂杀死，当地总督以国王的名义任命莎尔西多接任战地指挥官。他们一看到中国人，还以为是林凤的部属，所以，一直避让。当听说是朝廷派到南海捉拿林凤的，他们非常高兴，盛情为郑和接风。

　　同时，他们也把所了解的林凤的活动范围以及行踪都做了汇报。郑和和王景弘采取追击的方式，搜寻林凤。功夫不负有心人，这天上午，侦察分队终于在离班丝兰河口一百海里的波利瑙港发现一支船队。

　　一看服饰，没错，正是林凤的舰队。郑和占据上风，做好火攻的部署，同时，命"火器营"埋伏在一海里的河口处，有逃出的立即采用火器射击。潜水部队在水下组成隐蔽的封锁线，对落水人员进行有效行刺，同时将水底的逃路堵死。

　　引导人员先到林凤大营规劝林凤，但是始终看不到林凤出来对话或是受降。营中一片死寂，王景弘担心腹背受敌，命令"火器营"由围攻改为防御。

没想到，一阵西风过后，海盗真的先行动了。"火器营"的士兵按照预先的计划，对海盗进行了密集的攻击，这令海盗们猝不及防，顿时，船舶陷入一片火海之中。潜水部队暗地靠近海盗大营，掩护突击进入"大营"的水师陆战队。莎尔西多率领的西班牙舰队到来时，战斗基本结束了，但是，在打扫战场时就是不见林凤。后来通过西班牙的翻译得知，林凤可能已经秘密逃跑了。这令郑和和王景弘非常气恼，发誓说，一定要抓住他送到朝廷法办。

没有逮住林凤，郑和不甘心一路拜访沿线的土著酋长，说明明朝皇帝是如何痛恨海盗。这份诚意还真的打动了不少人，他们纷纷要求向皇帝进贡。这也令郑和和王景弘感动不已，同声诅咒海盗的作恶多端，一致表示尽快铲除海盗，将海盗绳之以法。

话说这天夜里，水师大营出现了异常。报告说一名士兵失踪，这令郑和大为惊讶。必须寻找到这位士兵，否则事态将格外严重。经查明，该士兵在采购食品时没有归队，郑和命令侦察分队向全岛搜寻。

这就带来了另外的一个难题，到哪里找到这个失踪的士兵？郑和展开了紧张的斡旋，一方面，召集土著长老商议进展；另一方面，暗中调查是否有海盗的密探在暗中行刺。

果然没错，有当地居民举报发现了这位失踪士兵的遗体，的确是被人杀害抛尸于野外的。郑和和王景弘这才意识到，在海外，还有数不清的暗战。这一课须得补上。

在一次秘密会议上，郑和精挑了三十位精干人员请当地懂得马来语和印尼语的长老进行培训，然后按照编制定期领取一定俸禄，让他们留在岛上……

　　在大陆与这些海岛之间有了一队看不见的飞鸿在飞来飞去，冬去春来，它们从不间断。郑和这个决定得到了皇帝的高度赞赏，这才是大明的人才，大明的脚步就是要漂洋过海，踏遍千山万水。

　　据说，林凤就是被这支秘密部队找到的。最后，他们秘密将他擒获，押送到北京。皇帝大喜，经过一番深思熟虑之后决定让郑和继续西行。

　　这便有了历史上的新一幕大戏——郑和下西洋。

策 划 人 _ 常晓鹏

联合策划 _ 翻阅小说　册府文学

责任编辑 _ 吴　枫

出版发行 _ 吉林文史出版社

书　　　号 _ 978-7-5472-6479-9

定　　　价 _ 68.00 元

装帧设计 _ 土　土

联系电话 _18600574900

投稿邮箱 _229286673@qq.com

册府文学　　　　　　　　策划人

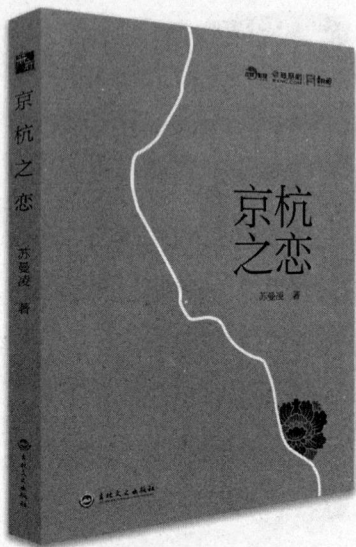

策 划 人 _ 常晓鹏

联合策划 _ 翻阅小说　册府文学

责任编辑 _ 吴　枫

出版发行 _ 吉林文史出版社

书　　号 _ 978-7-5472-6739-4

定　　价 _ 68.00 元

装帧设计 _ 土　土

联系电话 _ 18600574900

投稿邮箱 _ 229286673@qq.com

册府文学

策划人